LES TROIS VIES DE JOSEF KLEIN

www.editions-jclattes.fr

Ulla Lenze

LES TROIS VIES DE JOSEF KLEIN

Roman

Traduit de l'allemand
par Pierre Deshusses

JC Lattès

Le travail de l'auteure sur ce livre a été soutenu par le Deutsches Literaturfonds e.V., la Kulturakademie Tarabya ainsi que le Land de Berlin.

Klett-Cotta
www.klett-cotta.de
La citation de la page 155/156 est tirée du livre : *Der Radio-Amateur » Broadcasting«, Ein Lehr-und Hilfsbuch für die Radio-Amateure aller Länder.* Dr. Eugen Nesper, Berlin 1924.
Printed in Germany
Couverture : ANZINGER UND RASP Kommunikation GmbH, Munich, utilisation d'une photo de © Gettyimages
Régi par C.H.Beck.Media.Solutions, Nördlingen
Imprimé et relié par GGP Media GmbH, Pößneck

ISBN : 978-2-709-66684-8

Ce livre est un roman. Même si j'ai utilisé en grande partie la vie de mon grand-oncle Josef Klein, le personnage littéraire de Josef Klein relève de ma seule imagination.

1

San José, Costa Rica, mai 1953

Début de soirée, lumière du crépuscule, nuées d'insectes. Avec la vitesse, il les prend en plein visage et plisse les yeux. Malgré tout, au moment de quitter le chemin qui longe la rivière aux eaux vertes, il aperçoit Maria debout sur les marches du perron de sa maison. Elle se dandine d'un pied sur l'autre, comme impatiente ; à un moment donné, elle se donne une tape sur le bras.

On dirait qu'elle l'attend.

« Don José, du courrier pour vous », lance Maria au moment où il pose son vélomoteur. « Sur les escaliers », dit-elle. « Ça vient d'Allemagne », ajoute Maria au moment où il passe devant elle. Il ralentit le pas.

Cela fait trois mois qu'il n'a pas écrit à son frère. La plupart du temps, il en est quitte pour quelques reproches. *On s'est toujours efforcés de garder le lien.*

« Tu veux entrer un moment ? J'ai de la limonade fraîche. »

La lettre de Carl va devoir attendre.

Il entre dans la pièce aux meubles de bois sombre. Elle met en marche le ventilateur qui commence à brasser de l'air, odeur de poussière. La petite cage accrochée à une poutre se met à tanguer. Cela fait des jours que l'écureuil enfermé à l'intérieur essaye de trouver le moyen de s'échapper. Maria l'a attrapé dans le jardin, *con mis manos*, de mes propres mains. La queue empanachée tournoie tel le pinceau d'un peintre furibond.

« Quand est-ce que tu vas le remettre en liberté ? »

Elle le regarde, étonnée. « J'aime les animaux. Les chevaux, les chiens, les écureuils. »

« Mais il ne fait que tourner en rond. Tu vas le faire tourner en bourrique. »

Elle rit de son jeu de mots, *volverse loco*, et se renverse dans son fauteuil. Son corps a la forme d'une petite barrique. Pas de taille. Cinq enfants, tous mariés. Elle porte la chemise de son mari décédé, grande et large. Il le sait, Maria est un cœur solitaire. Ici, les soirées sont comme enveloppées d'une ouate sombre. Aucune lumière nulle part. Une touffeur enserre la maison aux murs déjà saturés de chaleur.

Il parle de son vol au-dessus de Santa Barbara. Ils doivent commencer à faire le tracé de la route qui sera construite l'année suivante, ce qui explique les réunions avec les ingénieurs.

« Les routes, c'est important, dit-elle. Il y a trop de poussière ici. »

San José, Costa Rica, mai 1953

Pendant qu'ils discutent, l'obscurité envahit tout. Il ne parle plus de l'Allemagne. « Le pays est divisé maintenant ? » demande-t-elle du bout des lèvres. « Il y a eu une guerre en Europe », dit-il, elle devait bien le savoir !

« Une guerre mondiale », ajoute-t-il.

« Il y a tellement de guerres », dit-elle pour se défendre. « Ici aussi, il y a beaucoup de guerres », ajoute-t-elle.

Quand son verre est vide, il se lève et se dirige, sous la clarté de la lune, vers la montée d'escalier. En passant, il attrape la grande enveloppe brune.

À l'étage, la chaleur est étouffante. Il occupe une chambre avec une véranda donnant sur la jungle. Il ne peut pas se plaindre. Dörsam a tout arrangé, même en ce qui concerne son poste à l'Institut géographique.

Il met le ventilateur en marche, ouvre grand la fenêtre et se retrouve assailli par les stridulations des cigales. Ici il n'y a pas beaucoup de bruits différents et distincts. Une région entièrement recouverte par le vert des plantations et de la forêt vierge. Parfois seulement, le vrombissement d'un camion sur la route conduisant à San José ou les coups de sonnette éraillés et solitaires du garçon boulanger sur son vélo.

Il déchire l'enveloppe et se retrouve avec un magazine dans les mains. Il s'ouvre tout seul à la page où Carl a glissé sa lettre. Et là il voit son propre visage.

À l'époque, la photo se trouvait partout, même dans le *New York Times*. Il est devant sa station radioamateur avec Princess assise sur une autre chaise à côté de lui ; tous les deux fixent l'appareil photo. On a l'impression que quelque chose ne va pas, sans qu'on sache si ça vient de lui ou de la chienne : ils ont tous les deux la même taille.

> *Cher Josef (ou Don José ? Ton nouveau nom nous fait tous beaucoup rire !), dans le magazine* Stern, *il y avait un reportage sur toi. Un article sur les activités des services secrets allemands en Amérique. Il s'agit d'une série ! Il va y avoir encore une suite de cinq articles et je te les enverrai dès que je les aurai. Juste ces quelques mots pour l'instant, davantage plus tard. Bonjour de nous tous, ton frère, Edith et les enfants.*
>
> *P. S. Täubchen a maintenant une chambre à elle au rez-de-chaussée. C'est devenu une vraie petite dame !*

Il pose le magazine sur la table et approche la lampe. Ses yeux parcourent chaque ligne ; il ne lit pas, il cherche son nom. Mais il ne le trouve nulle part.

Il relit, correctement cette fois. C'est une histoire qu'il connaît déjà, mais vue maintenant par les Allemands. *Amour de la patrie*. C'est raconté comme un roman policier, comme si tout ça était un divertissement. « *FBI ! Vous êtes en état d'arrestation ! Il serait préférable que vous passiez tout de suite aux aveux, non ? Si vous parlez, vous échapperez peut-être au pire !* »

Pas étonnant que Carl soit si émoustillé, presque enthousiasmé. Mais ce n'est pas un divertissement. C'est sa vie.

Une fois au lit, il se contente de regarder les publicités.

Pour vos tartes et vos gâteaux, rien ne vaut le lait concentré Glücksklee.
Vous aussi vous pouvez perdre du poids grâce aux granulés Heumann.
Schauma donne du volume à vos cheveux.
Un coup de fatigue ? Vite Halloo-Wach !

On dirait que l'Allemagne va mieux.

Il se réveille en nage. Aube grise. Le soleil ne s'est pas encore levé. Il parcourt sa chambre à la recherche d'un peu d'air frais. Toutes les portes et les fenêtres sont restées grandes ouvertes durant la nuit, mais la température n'est pas la même partout.

Il passe dans la véranda, touche la balustrade de fer, saisit le métal à pleine main. Pas froid mais quand même un peu frais.

Il regarde les palmiers alanguis. Pas de gratte-ciels comme à New York, pas de ruines comme en Allemagne, pas de pampa comme en Argentine, rien que ces grandes découpes vertes partout alentour.

Pareils à des géants qui l'encerclent et le guettent. Bruit délicat et mouillé des frondes de palmiers frottant les unes contre les autres.

À l'arrière-plan, les eaux vertes de la rivière. Ce matin, elles sont comme du verre. Pas le moindre mouvement à la surface. La rivière reflète des palmiers et des bananiers. Il n'y a rien d'autre ici. Tout à l'heure, il s'habillera et se rendra à l'Institut géographique. Survol d'Alajuela. Ils sont en train de faire un relevé complet et méthodique du Costa Rica : routes, montagnes, rivières, lacs. Ils ont reçu de nouvelles machines, mais ils manquent de personnel qualifié. Des gens comme lui, ils leur déroulent le tapis rouge. Dörsam, qui est à Buenos Aires, veut venir le mois prochain. Un quelconque rapport avec le reportage ? À Buenos Aires, les Allemands fumaient de gros cigares qui lui donnaient mal au cœur. On parlait. De la conjuration contre l'Allemagne, du gouvernement en exil qui n'allait pas tarder à démettre cette marionnette d'Adenauer manipulée par les Américains. Évidemment. C'était comme une chanson à boire que tout le monde reprenait, plus personne ne faisait attention aux paroles. On l'invitait au club d'échecs et au thé dansant du Club Union. Mais la plupart du temps, il restait à l'écart. Quand l'occasion se présenta de travailler à San José, il sauta dessus. Dörsam sera bientôt là.

Sous un arbre, Maria frotte ses pantalons et ses chemises sur la pierre à laver. Elle fait tout ce qu'il y a à faire le matin, quand la chaleur n'est pas encore trop accablante. Son buste va et vient d'avant en arrière ; elle frotte avec force, elle frotte patiemment jusqu'à faire même de petites déchirures dans ses vêtements. Il faut dire que ses habits sont vieux, la plupart viennent de Carl. D'Allemagne. Les caleçons de Carl. Josef les a portés en Europe, en Afrique du Nord et en Amérique du Sud. Les caleçons de Carl voyagent, alors que Carl n'a encore jamais quitté l'Allemagne. Pour les accrocs, il faut qu'il en touche un mot à Maria. Mais comment ? Il ne veut pas la vexer. Maria repasse ses chemises, nettoie son logement, lui donne du « Don », alors qu'à cinquante ans à peine il est encore bien trop jeune pour ça. Jamais elle ne se plaint, même quand il laisse les cartes et les photos de l'Institut étalées par terre. Respectueuse, elle nettoie tout autour sans rien déplacer. Elle a même réussi à faire de nouvelles paires avec ses vieilles chaussettes grises. Il est facile de bien s'entendre avec Maria, elle lui laisse toutes les libertés, le soir parfois ils font un brin de causette, il ne veut pas être obligé de déménager encore une fois. Combien de fois il a déjà dû faire comme si c'était chez lui en arrivant quelque part.

2

Neuss, juin 1949

L'œil gauche ne bouge pas. C'est un œil de verre. Cela fait un quart de siècle que Josef n'a pas vu cet œil de verre. Il avait oublié.

Ils se prennent brièvement dans les bras, pas trop mollement, avec une insistance solennelle. En dépit de la chaleur, Carl porte un costume avec, par-dessus, une blouse blanche de commerçant.

« Comme tu as maigri, mon cher ! » lance Carl. « Et nous qui pensions qu'en Amérique on vivait comme un coq en pâte ! »

Josef sourit et suit son frère dans la maison de brique rouge dont il a vu des photos avant la guerre, étroite et haute, mais les pierres sont toutes de guingois. C'était bon marché, avait écrit Carl, mais elle n'était pas aryanisée. C'était une chose que Carl refusait tout net : « Ce genre de truc, ça n'apporte que des ennuis. »

Josef monte à pas pesants les escaliers derrière son frère. Carl, qui a un début de calvitie, a peigné en arrière ses cheveux poivre et sel, qui frisottent sur sa nuque. Il s'arrête devant la porte de l'appartement.

« On a tellement de choses à se raconter ! Tellement de choses à rattraper ! C'est ce que j'ai dit à Edith : j'espère que cette fois, il va rester un peu plus longtemps. »

« Ça veut dire que je ne dois pas rester longtemps ? » demande Josef en clignant des yeux. Mais en voyant le regard de Carl, il aimerait pouvoir reprendre ce qu'il vient de dire.

« Non, c'est comme je te le dis », répond Carl en lui ouvrant la porte de l'appartement. À l'intérieur, ça sent le produit d'entretien et le gâteau.

« Edith a fait un gâteau. Elle est juste partie faire quelques courses, mais elle va revenir d'un instant à l'autre. »

Josef pose son sac de voyage sur une chaise et voit le regard de Carl.

« C'est tout ce que tu as ? »

« Oui, juste ça. »

Comme Carl ne dit rien, Josef reprend son sac sans plus oser le reposer. Carl lui prend le sac des mains et va le porter dans la pièce à côté, une sorte de salon avec des rideaux en velours marron, des meubles de style en bois sombre, des tableaux de paysages peints à l'huile et une tapisserie avec d'énormes motifs en forme de gouttes d'eau.

« On a pu sauver tout ça en dépit de la guerre », dit Carl. Josef ne dit rien, incapable du moindre compliment. Il sent poindre une légère souffrance et fait tout ce qu'il peut pour la contenir. « Viens, dit Carl. Tu dormiras dans la petite chambre là derrière. »

La chambre est encombrée : canapé, fauteuil et secrétaire. Et là non plus, pas de téléphone. Il faut pourtant qu'il appelle Dörsam.

« Edith te fera un lit sur le canapé. Qu'est-ce que tu en dis ? Tu crois que tu vas t'y faire ? »

« Bien sûr. Tout est vraiment très bien. »

« C'est le mérite d'Edith ! Une femme d'intérieur tout ce qu'il y a de plus capable, une vraie perle ! »

Le mot *capable* revenait toujours dans les lettres de son frère quand il parlait d'Edith, Carl n'avait pas d'autre adjectif pour qualifier sa femme. Sur les photos, il voyait une belle femme brune au regard étonné. Il se disait qu'Edith devait être un peu plus grande que Carl, au cas où ce dernier se serait mis sur la pointe des pieds, comme il le faisait toujours quand il était pris en photo.

« Tiens, bois un verre d'eau. » Josef boit et regarde Carl qui fait les cent pas devant lui ; il parle de son commerce de savon en gros et dit que son affaire prend de plus en plus d'ampleur. Josef se contente de poser quelques questions pour entretenir la conversation :

« La nouvelle poudre à lessive est mieux, c'est aussi ce que disent les clients ? »

« Oui, et je fais suivre au fabricant. Paul a maintenant treize ans. Il travaille l'après-midi avec moi dans l'entreprise. L'année prochaine, on va le retirer de l'école et il pourra travailler à plein temps. »

Neuss, juin 1949

Carl s'arrête un instant et redresse un cadre accroché au mur.

« Tu ne vas pas tarder à faire la connaissance des enfants. Ils auraient préféré sécher l'école quand ils ont appris hier que leur oncle d'Amérique était ici ! Le chocolat que tu leur as envoyé, ils ne sont pas près de l'oublier ! »

Dans les trente colis, il y avait bien plus que du chocolat.

Colis 1 : café, saindoux, lait en poudre, beurre, œufs en poudre, savon, savon à raser, tabac, cigarettes, fil et aiguilles, aspirine, saccharine, Maggi, chocolat, poivre, noix de muscade, clous de girofle, laine à repriser.

Colis 2 : flocons d'avoine, farine, sucre, amidon, riz, gélatine, pansements, aspirine, levure à gâteau, chocolat, fil, adhésif, nouilles, laine, tabac, peigne, chaussettes, lames de rasoir.

Colis 3 : lentilles, tabac, chocolat, saindoux, sucre, lard, miel, café, poivre, gélatine.

Colis 4 : farine, café, lait concentré, miel, farine pour pâte à crêpes, savon, tabac, chocolat, cigarettes, huile de table.

Colis 5 : café, sucre, lait concentré, saindoux, cacao, chocolat, lames de rasoir, lacets, extrait de vanille, fil, aiguilles.

Etc.

Tout l'argent qu'il destinait à son avocat, 600 dollars, passait dans ces colis. Son cas était de toute façon sans espoir. Trente colis entre 1946 et 1949. On pouvait les confier à une agence qui se chargeait de les faire parvenir à destination.

Carl s'assied dans le fauteuil à oreilles et caresse d'un air songeur un endroit déjà tout râpé.

« Le plus dur est maintenant derrière nous. Mais en 47, nous avons eu un hiver très rude. Soupes populaires, salles d'hébergement, les voisins ont brûlé leur piano pour se chauffer. Et là-dessus l'été est arrivé avec des inondations partout, des chutes de grêle, toutes les récoltes détruites. Dans des moments comme ça, on n'a qu'une chose à faire : serrer les dents, se serrer la ceinture, faire des sacrifices, économiser. Tu n'es pas de cet avis ? »

Il regarde Josef d'un air interrogateur. Le silence oscille entre eux deux comme une balançoire vide. Ce serait à Josef de parler, de dire pourquoi il revient comme un pauvre hère de la riche Amérique. Non seulement il est à zéro, mais en plus il est dans le rouge. Il sent à nouveau une légère douleur dans la poitrine.

Ils sont sauvés par le parquet qui grince. Tous deux regardent vers la porte. Une femme est là. « Bon, on aura bien le temps de discuter tranquillement de tout ça », dit Carl. « Je te présente Edith. »

Elle est maigre. Voilà ce qu'il voit. D'abord la maigreur puis la beauté. Une beauté de madone légèrement ascétique. Si elle était un peu mieux nourrie, elle pourrait travailler comme mannequin. Mais il n'a pas le droit de lui dire des choses pareilles. Elle lui tend la main avec une réserve un peu raide. Il lui serre la main sans la lâcher tout de suite, comme pour la soupeser. Ils peuvent s'imaginer que c'est comme ça qu'on fait en Amérique. Il la serre encore une fois puis il fait une chose qui l'étonne lui-même, il prend sa main et la porte à ses lèvres pour un baisemain.

« Oh, le jeune homme a pris des manières », lance Carl.

Edith rougit et même Josef sent le rouge lui monter au visage.

« Vous avez faim ? » demande-t-elle. « J'ai fait un clafoutis aux cerises. Ou vous voulez plutôt autre chose, Josef ? » Il sent qu'elle se force à parler avant de se tourner vers la porte pour cacher son visage.

« Du gâteau, c'est très bien », dit-il en regardant son dos étroit.

« Il a un accent. Tu entends, Edith ? On dirait un vrai Américain », dit Carl en riant.

« Le café est prêt dans dix minutes ! » lance Edith depuis la cuisine.

Carl se lève et serre brièvement l'épaule de Josef. Une pression ferme, comme s'il voulait dire que tout est bien. Tu es ici. Tu es ici, c'était comme ça autrefois, ils étaient tout simplement là et tout d'un coup c'était de nouveau comme avant, l'espace d'à peine une seconde. Puis Josef se lève et suit son frère dans la cuisine.

Son regard revient toujours vers Edith. Elle porte une robe d'été légère avec des motifs à fleur. La robe se prend entre ses jambes quand elle se lève. Elle a une mise en plis, une coiffure démodée qu'il n'a plus vue depuis longtemps. Elle est à la fois timide et sûre d'elle, surtout quand il s'agit de servir à table, ce qu'elle fait de façon presque fringante.

Ils mangent un gâteau acide avec beaucoup de cerises. « On n'a plus de beurre ni de sucre », dit Edith. Les enfants, un garçon et une fille, sont si tranquilles et manifestement si intimidés que plus tard, au moment de s'allonger sur le canapé, Josef est incapable de se rappeler à quoi ils ressemblent. Mais il se souvient que le garçon cligne toujours nerveusement d'un œil, un tic sans doute. Une fois, Carl a même levé la main et lui a dit à voix basse : « Arrête à la fin ! » Mais le fils n'a pas arrêté.

Il s'échappe un instant en rêvant avant d'être ramené à la réalité par la voix de Carl : « Laisse ! La chaleur va rentrer ! Laisse la porte fermée ! » Puis il entend la voix douce d'Edith, puis de nouveau Carl qui hurle : « Elle n'a qu'à aller dans la rue, si elle aime tant le soleil ! »

Les cris de Carl. Cela fait vingt-cinq ans qu'il n'a plus entendu la voix de son frère. Et maintenant, elle a les inflexions de leur père.

Quand ils se sont quittés, il y a vingt-cinq ans, il avait encore cette blessure toute récente. C'était après l'accident du travail. Il avait vite fallu enlever l'œil. Impossible à l'époque d'en apprendre plus sur cet accident. Carl restait mutique. D'abord un cri, puis des hurlements à n'en plus finir, c'est ce qu'avaient rapporté plus tard les autres soudeurs, les collègues de Carl. Quant à Carl, il se taisait sur son lit d'hôpital. Il y avait un reproche muet dans ce silence, et ce reproche était adressé à la vie ou peut-être aux lois sur l'immigration en Amérique. La première chose que signifiait la perte de cet œil, c'était la perte de son autorisation d'entrer sur le territoire américain. Ils avaient appris l'anglais ensemble, mais Carl allait se retrouver à Ellis Island avec une croix tracée à la craie blanche sur son épaule et il serait aussitôt renvoyé d'où il venait.

Dans ses premières lettres, Josef se contentait de dire à quel point la vie d'un immigrant était dure, à quel point les Allemands étaient mal aimés, à quel point la situation du travail était difficile et les loyers élevés. Et c'était effectivement le cas.

Le soir, ils se retrouvent tous autour de la grande table du salon. Edith sert une soupe de légumes et dit, comme pour se justifier, que tout vient du jardin. Carl observe le verre de bière rempli d'eau qu'il tient dans sa main.

« Au fait, Josef, dans les prochains jours il va falloir aller à la mairie pour te faire enregistrer. »

« Je crois qu'ils savent que je suis là », répond Josef avec un sourire de travers qui laisse voir un peu ses dents du côté gauche. C'est son sourire « spécial Joe », et il ferme brièvement les yeux. Il appartient au passé, il n'a pas sa place ici ce sourire, il le sent bien.

« C'est pour la carte de rationnement », lui dit Carl. « On va vérifier qui tu es. » Il lève son verre et boit sans quitter Josef des yeux.

« Josef ? » Edith est debout à côté de lui. Il fait un signe de tête et elle lui donne une autre louche de soupe. Maintenant il perçoit nettement l'odeur d'Edith ; c'est le même parfum de savon ordinaire qui émane de toute la famille, mais il y a quelque chose en plus qui n'appartient qu'à elle, et si on pouvait toucher ce parfum, il serait doux comme du velours.

« Tu n'as jamais pensé au mariage ? » lui demande Carl à brûle-pourpoint.

« Pensé ? Si. »

« Mais tu n'as pas trouvé la bonne personne ? »

« J'avais peut-être trouvé la bonne personne, mais quelque chose est venu s'interposer. »

Carl fait un signe de tête sans pousser plus avant. Ce serait maintenant au tour de Josef de parler. Mais Josef ne voit aucune possibilité de parler d'un amour qui, aux yeux de Carl, aurait été inutile, totalement inutile, voire nocif.

« C'est bon ? » demande Edith.

« Très bon, merci », dit-il sans hésiter et avec un sourire.

Trouve-t-il cela bon ? Manger a toujours été important pour lui. Très important même. Il lui arrivait, quand il mangeait, d'avoir des révélations, comme si les arômes animaient des angles morts de sa nature, comme si une herbe aromatique était capable de réveiller quelque chose dans son cerveau.

Neuss, juin 1949

« Tu sais comment maman t'a appelé, une fois que tu étais parti ? »

« Non. Comment ? »

« Johe ! »

Josef ne comprend pas mais il sourit malgré tout. Edith se met à rire, elle semble avoir compris.

« Tu lui avais écrit une fois qu'on t'appelait Joe en Amérique. Maman est vite venue nous voir avec ta lettre à la main et elle a dit : Notre Josef, il s'appelle maintenant Johe ! Je lui ai dit : Mais non, maman, ça se prononce Djo. C'est vrai, non ? »

Josef approuve d'un signe de la tête. Bien qu'il trouve cette histoire drôle, quelque chose lui fait mal. Il sent la fatigue le gagner au fur et à mesure qu'il mange, de plus en plus, et il ne voit pas d'un mauvais œil Carl se lancer dans une discussion avec Edith sur les choses à faire : une table qu'il faut déplacer ; une armoire, dans le débarras, qu'il faut réparer et peindre. La fille n'arrête pas de le fixer et il lui demande d'une voix douce : « *How are you, my little dove ?* » Elle sourit et murmure : « *Good, thank you* », et elle continue à le fixer.

Ils vont se coucher tôt. En Amérique c'est encore l'après-midi, mais il est content de pouvoir se retirer. Sur son oreiller est posé un pyjama soigneusement plié, une serviette de toilette et une brosse à dents. Sa vie est désormais derrière lui, mais on lui permet de faire comme s'il en avait une. Il doit jouer le jeu. Et c'est Carl qui dicte les règles. Déjà dans ses lettres, il y avait toute une série de questions pénibles qui battaient en retraite quand les réponses ne venaient pas. Il prétendait alors qu'il ne s'y connaissait pas trop en politique.

Dans les premières lettres de 1946, il a été obligé d'expliquer à son frère qu'Ellis Island était, depuis le début de la guerre, un camp d'internement pour les étrangers ennemis.

Les étrangers ennemis ?

Je t'expliquerai ça plus tard.

La chambre donne au sud, ce qui explique la chaleur qui y règne. Même ici, ça sent le cigare que Carl a allumé après le repas. Une odeur âcre qui sent un peu la pisse.

Il ouvre la fenêtre et entend le train. Il ne peut que s'étonner d'être là. Il y a encore deux nuits, il était allongé dans son lit toujours un peu humide à cause de l'air marin, avec tout autour le mugissement des remorqueurs qui passaient devant l'île et la désolation anesthésiante de la captivité, une vie privée de toute décision. Le temps infusait tout. Il n'y avait que le temps, c'était l'élément dans lequel il vivait. Le temps comme châtiment. Mais ce qui avait été bien pire, c'étaient les quatre années passées auparavant à Sandstone dans le Minnesota, une vraie prison avec de vrais criminels.

Là-bas dans le nord, c'était toujours l'hiver. Ils se déplaçaient tous au pas de course. C'était la règle.

Neuss, juin 1949

Ne pas s'arrêter. *Don't stop. Move!* Car si les hommes s'arrêtaient, les bagarres commenceraient.

Carl ne sait rien de Sandstone. En Allemagne, ils étaient occupés par la guerre, et Carl n'a pas paru étonné que Josef soit resté cinq ans sans donner de nouvelles.

3

Neuss, juin 1949

Du bruit le réveille, des cris qui traversent le mur : « Mais comment il peut faire une chose pareille ? Il a quoi dans la caboche, ce gamin ? »

Il est question du fils.

Le réveil marque 6 h 30. Pour le moi qu'il a laissé en Amérique, il n'est que minuit. Il décide de se tourner de l'autre côté. Il sera ensuite réveillé par une musique d'opérette. Carl chante en même temps, mais uniquement les mélodies les plus marquantes. Edith lui dit : « Pas si fort. » Et Carl dit : « C'est chez moi, je fais ce que je veux. » Mais la radio s'arrête. Puis la porte se ferme.

Quand il ouvre à nouveau les yeux, le réveil marque 10 heures et le soleil passe à travers la fenêtre. Une fois de plus, la voix de Carl. Dans les rares moments où il arrête de parler, il entend la voix d'Edith. Il se lève d'un bond du canapé et file dans la cuisine. Carl se tourne vers lui et s'arrête au beau milieu de sa phrase.

Neuss, juin 1949

« Alors, monsieur a bien dormi ? »

« Je suis en retard de six heures par rapport à vous. »

Le regard de Carl montre qu'il n'a pas compris.

« Le décalage horaire. Pour moi, c'est le milieu de la nuit. »

« Tiens. Je n'ai pas encore bu dedans. » Carl lui tend une tasse. Josef boit, ne serait-ce que pour ne pas vexer Carl.

« Si nous n'avions pas eu ton café, Josef, sérieux, je n'aurais pas pu diriger cette entreprise. J'ai besoin de café. J'ai plus besoin de café que de n'importe quoi d'autre ! »

Il inspecte la tenue de Josef. « Tu ne veux pas enfiler quelque chose ? »

« Mais j'ai quelque chose. »

« Un pyjama plein de transpiration. On est à la cuisine, mon cher ! »

Edith se retourne et touille dans une casserole.

« Je vous prie de m'excuser », dit Josef.

« Edith t'a déjà posé des vêtements dans la chambre. Viens, je vais te montrer », et il pousse Josef hors de la cuisine.

Effectivement, dans la chambre se trouvent déjà un pantalon de costume, une chemise blanche, une veste et des sous-vêtements. Il est évident que tout cela vient de Carl. Ils ont la même taille, un mètre soixante-trois, ça devrait aller.

Carl regarde par la fenêtre pendant que Josef ôte son pyjama. Le pantalon est un peu trop large, il doit mettre la ceinture au dernier trou. Au moment où il boutonne sa chemise, il entend Carl lui dire, comme de très loin : « Allez, raconte ! »

« Quoi ? »

« Pourquoi tout d'un coup tu es là ? Comment c'est possible de monter comme ça dans un avion qui t'emmène de New York jusqu'à Francfort ? Tu as pris l'argent où ? »

« Le FBI peut faire ce genre de chose. »

Il a cru que le mot allait l'impressionner. Mais Carl demande : « Le FBI ? C'est quoi ? »

« Les services secrets américains. »

Il commence à remonter ses manches. Puis il s'arrête et les redescend – Carl va sans doute encore trouver que ça ne se fait pas d'avoir les manches retroussées, comme de se promener en pyjama dans la cuisine.

« Tu es un criminel ? » demande Carl.

« Après 1941, c'était déjà un crime d'être allemand, après que l'Allemagne avait déclaré la guerre à l'Amérique. »

Il boutonne sa manche gauche. Puis la droite. Carl le regarde sans rien dire. Visiblement il attend que son frère lui en dise plus.

« Nous n'étions plus que cinq Allemands sur Ellis Island. Cinq étrangers ennemis. Avec quelques Italiens et un Japonais. Ils n'avaient plus envie de maintenir l'île en service juste pour nous. »

Carl fait oui de la tête et regarde la porte : Edith vient de l'appeler.

« Les clients attendent. » En partant, il tapote l'épaule de Josef. Impression qu'on lui imprime une marque.

Il essaie maintenant de décrypter les pas de Carl. À la cuisine, la radio se met en marche. Un homme chante, une histoire de soleil rouge sur Capri, de pêcheur et de mer. Une fois, il entend Carl dire : « Tout ça est très mystérieux. » Puis la porte se referme en claquant. Il rejoint Edith dans la cuisine. Quand elle remarque sa présence, elle se met un tablier et se penche au-dessus d'une casserole : « Tu as sûrement faim. Je peux te faire des œufs. Nos poules ont bien travaillé. »

Elle porte la même robe que la veille. Elle colle sur son ventre, comme si elle transpirait du nombril.

Il ne peut s'empêcher de la regarder.

Edith est plus grande que Carl, il s'en est rendu compte la veille. Elle fait sûrement un mètre soixante-dix. Elle est donc aussi plus grande que lui. Elle semble perdue dans la contemplation des œufs qui font un petit bruit quand ils s'entrechoquent dans l'eau qui bout.

Elle finit par se tourner vers lui. Elle hésite un instant. Puis elle commence à mettre la table avec entrain. Assiette, salière, corbeille à pain, avant de poser avec une insistance distinguée une petite cuillère à côté de l'assiette.

Mais il y a malgré tout une gêne dans ses mouvements. Un étranger dans sa cuisine. C'est lui, et soudain tous les deux s'en rendent compte.

« Carl était tout heureux d'avoir soudain de tes nouvelles après la guerre. Nous nous sommes toujours réjouis de recevoir tes lettres. »

« Ses lettres étaient aussi très importantes pour moi », dit-il. « Avoir une famille. » Et il repense à toutes ces phrases encourageantes. Parfois ça le faisait sourire. Mais quand même : c'était son frère. Il n'en a qu'un. Il tenait à ses phrases, à cette écriture écorchée, tapée à la machine sur un papier crasseux d'après-guerre où les lettres perçaient des trous.

« Je suis dans la buanderie, si tu as besoin de quelque chose. » Il a la bouche pleine et fait juste un signe de tête. Il n'a pas très faim, en Amérique il n'est que 6 heures du matin. Mais il veut s'adapter.

Après le petit déjeuner, il cherche l'adresse de Dörsam dans son agenda. Il s'assied devant le secrétaire, prend du papier à lettres et écrit : *Cher Monsieur Dörsam, je suis à Neuss chez mon frère. Où pouvons-nous nous rencontrer ? Avec mes meilleurs sentiments. Josef Klein (Joe).*

Il trouve une enveloppe et même des timbres, et il écrit l'adresse de Carl comme expéditeur. Puis il plie et replie la lettre et la met dans la poche de son pantalon.

Edith devrait être juste à l'étage en dessous, dans la salle d'eau. Comme il n'a rien de mieux à faire, il va la rejoindre. Elle est agenouillée devant la baignoire. Il se racle la gorge et elle tourne la tête vers lui par-dessus son épaule. Son visage est tout transpirant, des mèches sombres collent sur ses tempes.

« Je peux t'aider, Edith ? »

« La lessive, ce n'est pas pour les hommes. »

« Mais pas pour les femmes non plus. »

Elle continue à frotter, comme s'il n'avait rien dit. Il n'abandonne pas :

« Je faisais prendre mes vêtements une fois par semaine. Un garçon venait les chercher et me le rapportait le lendemain, propres et bien repassés. »

Elle continue à frotter.

« Il n'y en avait pas beaucoup. Ce n'était pas cher. »

Une fois de plus, il regrette ce qu'il a dit. Il se glisse hors de la buanderie sans plus un mot. Peu après il se retrouve dans la rue.

Il n'y a pas de trottoir. Des enfants accroupis parmi les décombres sur la terre tassée sont en train de jouer aux billes. Dans l'air flotte une odeur d'épluchures de pommes de terre et de poussière.

La lettre bien pliée et glissée dans la poche de son pantalon le gêne. Quelques rues plus loin, il contemple l'amas de ruines d'une maison écroulée. Quand il est sûr de ne pas être observé, il se hasarde à faire quelques pas dans ce chaos, puis il se baisse et creuse un peu avec ses mains. Il met le feu à la lettre et attend qu'elle ne soit plus qu'un petit tas de cendres noires. Une fois dans la rue, il tapote sur son pantalon pour enlever toute trace.

À la gare d'où il veut appeler Dörsam, des fonctionnaires du gouvernement contrôlent tous les sacs. Il fait aussitôt demi-tour et regagne la maison de brique dans la Sternstrasse.

La maison se dresse tout en ombres bleues. Du côté nord, le terrain est limité par un hangar. À côté se trouve un poulailler d'où montent des bruits et des caquètements, agitation réconfortante par ce qu'elle a d'inhabituel. Il s'assied sur le banc dans le jardin et attend.

L'attente, il connaît. Il a passé huit ans à ne rien faire d'autre. Il ferme les yeux, comme submergé par une tristesse en rapport avec Carl, avec son regard au strabisme divergent. Il aimerait bien poser sa main sur le dos de son frère dans un geste apaisant et lui dire : *Relax, let's have a good time.*

Quelqu'un le tire par la manche. Il a dû s'assoupir.

« Si tu veux rester un moment chez nous, il va falloir te faire enregistrer. C'est la loi. Je me mets dans de sales draps si je laisse quelqu'un habiter ici sans qu'il soit enregistré. »

Josef lève un regard hébété vers Carl ; il voit les rideaux de la cuisine qui retombent et se balancent.

« Je n'ai pas de papiers. »

« Tu n'as pas de papiers ? »

Josef secoue la tête.

Carl prend sa respiration pour dire quelque chose, mais finalement il ne dit rien. Il fait quelques pas pensifs dans le jardin, va jusqu'à la remise. Bref regard en direction de Josef. « Si tu pouvais m'aider à transporter une table, ce serait gentil. »

Il fait sombre dans la remise, mais Carl n'allume pas la lumière. Lorsque ses yeux se sont un peu habitués à l'obscurité, Josef distingue des étagères pleines de cartons de lessive, de tubes, de flacons et de paquets de savon. Tout est bien rangé, mais il règne néanmoins comme une atmosphère de chaos, peut-être à cause de l'odeur pénétrante de médicament, de lavande, de citron et de dentifrice.

Sur la table est posé un téléphone. Il appellera Dörsam d'ici.

« Josef? Tu peux venir, s'il te plaît ? » C'est la voix de son frère. Il le trouve dans la pièce du fond qui sert de bureau.

« Elle n'est pas très lourde, mais elle est encombrante », dit Carl au moment où il s'apprête à mettre la table en travers pour la faire passer dans l'entrepôt.

« Tu veux que je marche à reculons ? » propose Josef qui sent l'hésitation de son frère sur toute la longueur de la table.

« Je peux le faire aussi », rétorque Carl sur un ton brusque en avançant en arrière jusqu'à ce que ses mains viennent buter contre le chambranle de la porte, l'empêchant d'aller plus loin. Josef ne dit pas un mot.

« La table est trop large », soupire Carl.

« Prends le plateau par l'intérieur, comme ça tes mains ne gêneront pas. »

Carl dit en riant : « Ah oui, c'est vrai ! »

Une fois dans le jardin, Carl insiste pour continuer la même manœuvre jusqu'à la porte d'entrée. Arrivé sur le perron, Carl pose la table et s'essuie le front avec un chiffon.

« Merci. »

« Pas de quoi. »

Carl a un instant d'hésitation puis il prend sa respiration et finit par dire : « Nous écoutions Radio Londres. »

« Radio Londres », répète Josef.

« L'émetteur ennemi. Si ça s'était su, j'étais bon pour la prison ou même pire encore. »

Josef hoche la tête.

« Nous étions toujours informés de ce qui se passait dans ce pays. La presse américaine a sûrement fait aussi des comptes rendus critiques ? »

« Oui, toujours. Toujours très critiques. »

Carl hoche la tête. Manifestement il est satisfait du résultat de la conversation.

4

Neuss, juin 1949

Il aimerait bien en parler à Carl et à Edith. Raconter sa vie d'homme libre à New York. Mais ils ne posent pas de questions. Ont-ils peur d'apprendre des choses fâcheuses et inconvenantes à son sujet ? Il ne peut s'empêcher de rire. Peut-être qu'ils pensent simplement qu'il n'a rien d'intéressant à dire. Possible aussi. Il s'adapte, essaie de ne pas se faire remarquer. Peut-être considèrent-ils que tout ce qui le concerne n'a pas d'importance ? Il n'a jamais su bien raconter ce qui était important.

Lauren fut étonnée de voir qu'il n'avait presque pas de livres. « Si, sur la radiocommunication », dit-il en faisant un geste timide vers une pile d'ouvrages. Elle finit par trouver une explication : « Tu sais pourquoi tu ne lis pas ? Parce que tu n'as pas besoin de voir les choses en double. »

Il lui demanda ce qu'elle voulait dire.

« Tu es toujours totalement là et ça te suffit. »

« À toi aussi manifestement. »

Elle éclata de rire. Comme rit un enfant.

« Et Thoreau ? » demanda-t-il.

« Toi et ton Thoreau. » Elle était encore polie en disant ça.

Plus tard, elle lui dit qu'il n'avait rien compris à Thoreau. Pourtant *Walden* était son livre fétiche. Il suffisait pour toute une vie. La vie de Thoreau dans une cabane au milieu de la forêt éveillait des désirs en lui. Le livre parlait du bonheur d'être dans la nature. Parfois il appréhendait la ville comme si c'étaient des arbres et des montagnes, un paysage de pierre, géométrique. Il pouvait y disparaître, car elle était suffisamment grande.

Lauren lui demanda s'il avait aussi lu les autres grands poètes et mystiques américains, Emerson et Whitman. Il ne connaissait même pas leur nom. Déjà le mot mystique le déroutait.

Les mots de Thoreau coulaient en lui, sans résistance, et grâce à Thoreau il savait ce qu'il pensait lui-même. Cela suffisait. Parler de quelque chose, c'était souvent le signe qu'on n'avait pas compris. Sa phrase préférée était : *Un homme est riche en proportion du nombre de choses dont il peut se passer sans perdre sa bonne humeur.*

Bien sûr qu'il aurait beaucoup de choses à leur raconter. Qu'il avait vu en vrai Duke Ellington au Cotton Club et que son médecin avait un nom allemand et s'appelait Weinrebe, qu'il n'allait plus à l'église et que ça n'intéressait personne. Qu'il était libre, car il y avait trop de gens de natures trop différentes pour prendre quoi que ce soit au sérieux.

Il avait habité à East Harlem, dans l'un des moins beaux immeubles, un gros bloc de briques sans grâce, mais tout en haut, si bien qu'il avait pu fixer sans problème son antenne sur la terrasse. Il aimait bien le quartier. Monde sans éclat. Il ne se sentait pas du tout obligé d'être en représentation. Il arpentait les rues dans un sens puis dans l'autre, sans se lasser. Les tours menaçantes ne semblaient plus le narguer comme au début mais au contraire veiller sur lui de façon paternelle.

Son seul luxe, c'était sa radio, et peut-être aussi Princess. Un chien de berger, une femelle, qui l'attendait patiemment toute la journée jusqu'à ce qu'il revienne de l'imprimerie, le soir.

Il la sortait lorsqu'il rentrait sur un terrain vague non loin de la Harlem River, où elle faisait ses besoins entre des restes de murs recouverts de végétation et de vieux pneus. Il régnait toujours là-bas une odeur saumâtre de putréfaction qui mettait Princess dans tous ses états et la faisait renifler partout. Puis ils allaient faire des courses. Pour atteindre Lexington Avenue, ils devaient se frayer un passage entre les enfants qui jouaient au ballon, aux billes ou à d'autres jeux sur les trottoirs. Les enfants caressaient Princess, l'appelaient par son nom, et Princess, gueule ouverte, semblait sourire.

Il allait avec elle au marché, achetait du rouget enveloppé dans une grande feuille de papier journal.

Au General Store il achetait des corn flakes Kellogg's et chez Idries une part de *bean pie*, une spécialité élaborée par les Noirs musulmans de New York. Au carrefour, le policier ganté de blanc avec des lunettes de soleil faisait la circulation, le boucher se tenait derrière sa vitrine au milieu de ses quartiers de viande qui se balançaient à des crochets, le chapelier italien fumait sous sa marquise. S'il avait de la chance, il lui arrivait de voir une show-girl sortir de l'un des clubs et il devinait sous son manteau sa petite culotte garnie de paillettes. De retour chez lui, il mettait un disque d'Ethel Waters, *Stormy Weather* et *Georgia on My Mind*. Une fois, il avait vu Ethel Waters dans Lexington Avenue. Grande et de belle prestance, et bien qu'elle fût déjà une star à l'époque, elle avait répondu à son sourire.

Son ami Arthur lui avait proposé un jour de fabriquer une station de radio. Ils avaient passé des jours et des semaines à se lire mutuellement des passages pris dans différents ouvrages, ils avaient enduit de paraffine un cylindre en carton, enroulé du fil électrique autour, dessiné des schémas électriques, coupé des câbles. Partout régnait une odeur d'huile et de brûlé, la table était encombrée d'écrous, de fils électriques, de ruban isolant, Arthur tripotait sa moustache blonde à la Charlie Chaplin, lorsque soudain – jamais il n'oubliera ce moment – un son se fit entendre. Un son ténu, un glapissement, un gazouillis. Ils tournèrent le sélecteur des gammes de fréquences et entendirent comme du vent qui se levait et de la pluie qui tombait à verse, puis en continuant de tourner, des sonorités qu'ils n'avaient encore jamais perçues, des sonorités électriques, ça sifflait, grinçait, bondissait, veloutait, autant de bruits qui provoquaient des fourmillements dans leurs membres, un sentiment de bonheur. Puis ils perçurent des voix. Les voix crépitaient comme des feuilles mortes en hiver. CQ, *come quick*. Une voix d'homme, tremblotante et vagissante chantait *Sweet Sally of my dreams*.

Ils se regardèrent comme s'ils avaient révélé Dieu en personne.

« Partout des voix. »

« Maintenant on peut tout se dire. Tout ce qui se passe dans le monde. Il ne va plus y avoir de secret nulle part. »

Le visage d'Arthur était lumineux. Il venait juste d'adhérer à un mouvement chrétien engagé contre les discriminations sociales. Bien que fils d'immigrés irlandais, Arthur n'était pas du tout croyant. Il ne croyait qu'à l'amitié. Et à l'ardeur germanique au travail. De ce point de vue, il était tombé sur le mauvais numéro avec Josef, ce dont il ne tarda pas à se rendre compte, mais il le laissa malgré tout travailler dans son imprimerie et même loger chez lui durant les premières années. Ce n'est que lorsque Arthur se maria que Josef emménagea à East Harlem. Là-bas, l'alcool coulait à flots dans les bars en dépit de la prohibition, et Arthur venait donc souvent le voir pour épancher sa peine sur les déboires de son mariage. « Elle commente tout ce que je fais. Il suffit que je coupe un avocat par le milieu au lieu de le faire dans le sens de la longueur, et c'est parti ! J'aurais mieux fait de t'épouser. »

« Tu savais qu'en Californie, ils ont essayé de changer le nom de l'avocat et de l'appeler : *la poire crocodile.*

« Vraiment ? »

« À cause de la peau. Mais ça n'a pas marché. »

« Tant mieux. C'est idiot ! »

Dès que ça devient plus calme dans la rue, il tourne le sélecteur et fait entrer les voix dans son appartement. Le matin de bonne heure en Afrique du Sud, au Mexique il y a une tempête, à Helsinki des poissons morts s'échouent sur les côtes, un vent modéré du nord-ouest souffle à Perth et en Chine le fleuve Jaune a débordé provoquant des inondations.

Il se débrouillait bien en morse. Le tut-tut virevoltant était audible quels que soient les autres bruits, les cris des voisins ou les clameurs de la rue. Au début il avait encore besoin d'un papier et d'un crayon pour noter les groupes de signes, puis il avait fini par tout faire de tête. Il reconnaissait tout de suite certains correspondants à certaines hésitations, certains ralentissements ou au contraire à leur rythme galopant. Chacun avait un son différent, chacun avait sa propre écriture.

Neuss, juin 1949

Il lui fallut toute une année avant de se décider à parler. Parler sans jamais voir personne. Développer sa confiance. Parler tout seul. Envoyer quelque chose de soi dans le monde au petit bonheur la chance. Puis il découvrit à quel point ce pouvait être libérateur. Personne ne le voyait. Personne ne savait quoi que ce soit à son sujet. S'il était Grand ou Petit, s'il habitait dans une villa avec jardin à Brooklyn ou dans une cage à lapins à Harlem.

Être seulement une voix, partout, à tout moment. Au début il voulait se persuader que seule cette situation précieuse le protégeait de la misère, comme par magie. Avec l'arrivée de la Grande Dépression, les règles universelles devinrent plus claires. Il existait des forces plus puissantes que sa vie intérieure.

Arthur fut obligé de fermer provisoirement son imprimerie. Ils se retrouvaient parfois à la soupe populaire à Bryant Park. Josef trouva un petit boulot mal payé ; il s'agissait de distribuer des prospectus pour un magasin de meubles. Une forme de régression pour lui qui avait justement imprimé des prospectus quelque temps auparavant. Mais le travail lui plaisait. Quand il arrivait à trouver le bon rythme qui ressemblait davantage à une rêverie qu'à un travail, il pouvait oublier le temps. Soulever le petit volet avec l'index et glisser dans la boîte le prospectus tenu entre le pouce et le médius, tout en gardant une main libre pour la cigarette. La ville devenait un animal avec une multitude de gueules affamées qu'il s'agissait de nourrir. Quand la situation économique se fut un peu améliorée, il se rendit compte qu'il était entré au moins une fois dans presque tous les immeubles. Mais il ne pouvait toujours pas envoyer d'argent à sa mère, il pouvait simplement dire comment il essayait de s'en sortir. Sa mère lui demandait s'il ne voulait pas rentrer, l'Allemagne reprenait du poil de la bête. Non. Jamais. New York était sa ville, surtout maintenant qu'il l'avait nourrie.

5

Neuss, juin 1949

Leurs journées ne s'accordent pas toujours. La famille de son frère a toujours six heures d'avance et lui reste à la traîne, épuisé. Et le soir il se tourne et se retourne dans son lit, alors que les autres dorment déjà du sommeil du juste.

Le matin à 6 heures, il entend Carl siffler des mélodies pleines d'entrain. Il se réveille brièvement puis se retourne et redort jusqu'à 10 heures. Carl rentre peu avant midi, Josef est debout depuis à peine deux heures. Un jour, Carl lui dit : « Mon cher, nous marchons à pas de velours le matin dans la maison pour ne pas te réveiller. »

« Je n'avais pas remarqué. Mais ceci mis à part, le bruit ne me dérange pas. »

La canicule pénètre dans les pièces et s'étale comme un sirop épais. La peau de son crâne est brûlante. La sueur ruisselle le long de son visage.

Carl continue à porter vaillamment un costume et une blouse, il semble être le seul à ne pas transpirer. On dirait qu'il est découpé dans un livre.

Edith a une marque blanche sur la nuque. Il ne peut s'empêcher d'y porter son regard.

Il passe les matinées avec elle. Ça va de mieux en mieux entre eux et c'est une bonne raison de se lever un peu plus tôt chaque matin. Peu à peu ils trouvent des sujets de conversation : les produits et les spécialités allemandes dans le quartier de Yorkville, le « boulevard de la Choucroute » (ce nom l'amuse), les préparatifs pour l'anniversaire de la fille (il a fallu mettre de côté, des semaines à l'avance, du sucre, du beurre et du cacao !). Pendant ce temps, Edith reprise des chaussettes, repasse des chemises, pèle des pommes de terre, astique le sol. Josef se propose de l'aider, mais elle refuse systématiquement son aide d'un air amusé. Elle campe sur ses positions : tout ça, c'est du travail de femme. Le fait qu'il ait dû faire des travaux de femme pendant des années parce qu'il était célibataire, elle ne veut pas en entendre parler et elle secoue la tête d'un air réprobateur. Difficile de savoir si elle le plaint ou le juge.

Il regarde donc. Il se laisse un peu enivrer par sa rapidité, sa façon d'exécuter les différentes tâches comme si de rien n'était, avec la maîtrise d'un chef d'orchestre. Parfois il se dit que cette Edith n'existe pas. Elle disparaît dans ce qu'elle fait. Il émane d'elle quelque chose d'une jeune fille, non pas un souffle de sensualité, pas même de l'innocence mais, en dépit de tout son affairement, quelque chose comme de l'assoupissement ou de la brume.

À midi les enfants rentrent de l'école. On les entend déjà dans la rue. Ils rient. Ça le met en joie. Ils apportent du soleil glané sur le chemin du retour. Mais une fois à l'intérieur, ils se taisent. Le fils s'appelle Paul. La fille s'appelle Irene. Josef l'appelle « Täubchen », ce qui veut dire « petite colombe », *little dove*. Täubchen est une eau tranquille, mais elle a toujours l'esprit en éveil. Elle a toujours ce regard qu'elle n'abaisse que lentement quand il la fixe à son tour. Il essaie de la faire sortir de sa réserve en lançant des plaisanteries. Il lui demande si elle est trop délicate pour participer aux travaux du ménage quand elle est assise à la table de la cuisine en train de cogiter au-dessus de ses cahiers, pendant qu'Edith épluche des pommes de terre. Il doit se forcer pour ne pas rire quand il remarque son regard vexé. « Alors, Täubchen, tu n'as toujours pas fini tes opérations ? » demande-t-il une demi-heure plus tard. « Tu ne devais pas aller chez Maikelowski chercher du pain ? »

« Michalowski », corrige-t-elle.

Il éclate de rire et regarde Edith. « Elle sait toujours tout mieux que tout le monde. Elle va taper sur les nerfs de son mari ! »

Täubchen ne bronche pas. Mais il remarque que ce qu'il vient de dire ne lui déplaît pas.

« Tu pourrais aller chercher le pain », dit Edith.

« Volontiers. Chez Maikelowski. »

Plus tard il entend les enfants imiter son accent américain.

Il ne parle plus correctement allemand. Il ne s'en était pas rendu compte.

Le quatrième jour, il a le droit de donner les outils à Edith, peut-être simplement parce qu'elle n'ose pas s'opposer à un homme quand il s'agit d'outils. Elle est agenouillée devant le vieux fauteuil à oreilles, un tablier de travail gris noué autour de la taille. Les outils posés sur le sol font comme une couronne autour d'elle.

« Je peux t'aider ? »

Elle lève les yeux, étonnée. « Je n'ai pas besoin d'aide. »

« Je sais bien, Edith. Mais un peu de compagnie, peut-être ? »

« Je ne sais pas », dit-elle, mais il s'est déjà agenouillé à côté d'elle.

« Je peux te passer les outils. »

Pourtant tout est à portée de main. Elle fronce les sourcils. Mais il lui tend les ciseaux puis une pince, puis de nouveau les ciseaux, tout en regardant attentivement comment elle découpe la toile usée. Ensuite il l'aide à enlever l'étoffe, ce qui fait qu'à un moment donné leurs bras se frôlent. « Tu es le chirurgien et moi je suis l'infirmière », dit-il pour bien remettre les choses à leur place, ne serait-ce aussi que pour briser le silence embarrassé. Il surprend un sourire gêné sur son visage.

Neuss, juin 1949

Le cinquième jour, il a le droit d'aider Edith à étendre le linge dans le jardin. Ils se déplacent entre les cordes, allant d'un arbre à l'autre. Les dessous, les siens, elle les a déjà triés et étendus dans un coin du balcon. Il a bien regardé : des culottes d'un blanc grisâtre aux élastiques usés et de petits soutiens-gorge qui donnent l'impression d'être faits à la main.

Il a le droit de lui faire passer les slips des enfants, puis les siens (qui sont en fin de compte ceux de Carl ; c'est Edith qui décide), ce qui a quelque chose d'un peu gênant. Edith, qui parlait l'instant d'avant d'engrais pour les plants de tomates, se tait soudain. Elle est tellement honteuse qu'elle se cogne contre lui. Ils restent empêtrés dans ce silence.

Quand ils ont terminé, Edith se penche vers la corbeille vide qu'elle veut ramener à la maison.

« Viens, Edith, on va s'asseoir un petit moment sur le banc pour se reposer. »

À contrecœur – elle ne trouve rien à lui opposer sur le coup – elle s'assied à côté de lui. Ses jambes sont serrées l'une contre l'autre, comme des objets bien rangés. Tout en elle est pondéré, simple, croiser les jambes lui semble sans doute déjà un signe de coquetterie. Lui en revanche garde les jambes ouvertes comme un ouvrier du bâtiment fatigué.

« Vous êtes très différents. Ça a toujours été comme ça ? »

La question l'étonne. Il regarde Edith en se demandant ce qu'elle voudrait savoir exactement.

« Oui. Mais ça a empiré. À l'époque j'étais le plus fort, et en plus je l'ai laissé quand je suis parti en Amérique. J'ai toujours veillé sur lui, c'était mon petit frère. »

Quelque chose se ferme dans son regard. Elle garde un moment le silence puis elle dit, comme sous l'effet d'une décision : « Il présente les choses autrement. Il dit que tu ne faisais que des bêtises et qu'il devait assumer à ta place. »

« Non, c'est faux. » Il a dit ça trop vite, sur un ton un peu agacé. Il essaie de se reprendre et de parler calmement.

« C'est lui qui a reçu le plus de coups de notre père. Il ne sait pas faire grand-chose de ses mains, comme tu le sais. Il faisait toujours quelque chose de travers. Il déchirait son pantalon, il perdait la monnaie des courses, il renversait le lait. Notre père le punissait bien sûr, à chaque fois. »

Il semble avoir éveillé chez elle une image étrange, son mari, enfant maladroit et battu. Il pourrait continuer à parler, dire par exemple : il est toujours comme ça aujourd'hui, en plus il lui manque un œil et ça doit lui demander une force incroyable pour compenser toutes ces faiblesses. Au lieu de ça, il dit : « Mais nous avons une chose en commun. Nous sommes des hommes de petite taille. »

Edith regarde ses mains, les veines qui courent sur ses poignets étroits. Elle a une peau claire qui ne réagit pas au soleil, ne rougit pas, ne se couvre pas de taches de rousseur. Comme si elle était sous cloche.

« Il aimerait bien que tu te confies à lui », dit-elle, l'interrompant dans ses pensées.

« Ah bon », dit-il pour essayer de gagner du temps.

« Tu t'en sens capable ? » demande-t-elle.

Que peut-il répondre ? Oui, bien sûr. De nouveau il se tait, beaucoup trop longtemps. Le corps d'Edith se tend, elle a croisé ses doigts, il éprouve presque de la pitié pour elle. Il sait maintenant que c'est Carl qui lui a demandé de dire ça. Et elle ne veut pas revenir bredouille.

« Je ne peux rien lui confier, vu que je ne sais pas moi-même ce qui s'est passé. »

Elle le regarde sans comprendre, presque fâchée.

« Tu n'as pas eu assez de temps en prison pour réfléchir à tout ça ? »

Il se renverse sur le banc et sourit à sa question.

« Quand on est en prison, on ne peut pas penser librement. »

« Qu'est-ce que tu veux dire par là ? »

Il fait « Humm », et passe son bras derrière elle. Aussitôt, elle se pousse un peu en avant.

« Écoute, Edith, je ne fais pas partie de ces gens qui, en prison, écrivent des livres très intelligents ou trouvent le chemin jusqu'à Dieu. Certains sont touchés par la grâce. Pas moi ! Je n'ai été touché par rien du tout et surtout pas par des pensées profondes. »

« Ce n'était pas ma question, Josef. »

Non, ce n'était pas sa question.

Il voit sa robe qui s'éloigne et flotte un peu dans le vent, au soleil, puis il entend une porte qui se ferme brusquement.

Il avait gardé des coupures de journaux. Ça avait commencé à Sandstone. Jusqu'à ce que Lauren les froisse en boules devant lui. Elle n'avait pas osé les déchirer. « Arrête avec ça ! » avait-elle crié d'une voix sourde par-dessus la table dans le parloir. Il était possible de crier à voix basse, du moins Lauren savait le faire. Est-ce qu'il avait arrêté ? Non. Bien sûr que non.

L'un des premiers articles qu'il avait découpés concernait Canaris. L'homme pour qui ils avaient travaillé. Canaris avait oublié d'informer Hitler que les troupes américaines étaient déjà en Afrique du Nord.

Le soir, il jette des regards à la dérobée vers Edith pour voir si elle est fâchée. Non, tout semble comme d'habitude. Les enfants poussent consciencieusement leurs petits pois sur leur fourchette en faisant attention à ce qu'aucun ne retombe dans l'assiette et surtout pas par terre. Tout cela est suivi par le regard sévère de Carl. Parfois une question : « Qu'est-ce que vous avez appris aujourd'hui à l'école ? »

Paul fixe son assiette, apeuré. « Regarde-moi quand tu parles ! » dit Carl.

« On a ramassé des plantes médicinales », dit Paul et il les énumère : des orties, des feuilles de bouleau, de tussilage, de pissenlit. Puis il plisse les yeux.

Neuss, juin 1949

« La maîtresse envoie les enfants dans la forêt avec les chômeurs et les réfugiés. On peut aussi bien les retirer de l'école et leur faire faire un vrai travail. »

Il tartine une tranche de pain bis avec du beurre, pose une tranche de saucisse dessus et mord à pleines dents. Il remarque le regard de Täubchen, Carl ne ferait pas mieux. Täubchen aussi s'est fait une tartine et elle a posé une grosse tranche de pain par-dessus pour bien se caler l'estomac.

« Tu es maintenant en liberté et tu ne peux toujours pas avoir de repas corrects ! » Les mots ont échappé à Edith.

En fait, ce n'est pas tout à fait exact.

« Les repas à Ellis Island étaient succulents », dit-il sans réfléchir. « On nous donnait tout ce que nous désirions. Hans Dörsam était notre porte-parole. Il tenait à ce que la convention de Genève soit respectée. À partir de 1946 on a eu notre propre cuisine, notre propre cuisinier, on mangeait des rôtis, des escalopes, des boulettes de viande hachée. C'était tellement bon que les gardiens voulaient même manger avec nous. On était tous assis dans l'ancien hall d'enregistrement, une salle immense avec d'énormes lustres et vue sur la mer. »

Tout cela est vrai, mais pourquoi leur raconte-t-il ?

« Pourquoi vous vouliez avoir votre propre cuisinier ? » demande Carl.

« Pour que ce ne soit pas un juif qui fasse la cuisine. » Les paroles de Dörsam, mot pour mot.

Un silence s'installe et ils se regardent comme s'ils se regardaient pour la première fois.

« Tu ne peux pas dire des choses pareilles ici, Josef. »

« Non, non, tu me comprends mal. Les Allemands avaient peur qu'on les empoisonne. »

Carl se racle la gorge et échange un regard avec Edith.

« Ça non plus, ça ne se dit pas. »

Il jette de nouveau un regard vers Edith, mais celle-ci garde les yeux rivés sur son assiette.

« Non ? » demande-t-il en finissant sa tartine. « Alors on dit quoi ? » Il a dit ça sans réfléchir. Il sait qu'il rend la situation pire encore.

« Si tu veux faire le clown, tu es à la mauvaise adresse ici. »

Pendant un moment on n'entend plus que le cliquetis des couverts sur les assiettes. Il se sent honteux. Il ne sait pas ce qui lui arrive. Il pense à l'eau qui les entourait de partout, elle était agitée et clapotait, et le vent sifflait dans ses oreilles. Des croix gammées en chocolat sur les gâteaux d'anniversaire. Manger des croix gammées. Un peu de tenue, messieurs. Des croix gammées gravées sur le chambranle des portes. Ne pas pouvoir parler. Et puis, quand on a le droit de parler, comme maintenant, dire des choses qu'il ne faut pas.

« Vous avez envoyé des friandises aux enfants », dit soudain Edith. « Ils avaient l'air d'être très aimables, les Américains. N'est-ce pas ? »

Täubchen approuve de la tête. Si on l'avait arrêté ne serait-ce que quatre mois plus tard, il aurait fini sur la chaise électrique. Comme les gens venus après. La loi martiale aurait prévalu. Une pure formalité qui le sépare maintenant des morts. « Oui, ils sont très gentils les Américains », dit-il.

Durant la nuit, il se réveille. Quelque chose est différent. C'est un bruit qui lentement s'allie à un mot et ce mot c'est : pluie.

La première pluie depuis des semaines.

Le crépitement est si fort qu'il efface les craquements du parquet. Il traverse la cuisine à pas de loup et arrive sur le balcon. Il veut être au plus proche de la pluie. Les arbres dans la cour se balancent. L'air est soudain frais. Il remarque que son corps cherche quelque chose exactement à cet endroit.

Il s'appuie contre le mur, sent la pierre froide dans son dos et essaie de prendre en lui cette fraîcheur, de la stocker.

Quand il ouvre les yeux, il aperçoit une lumière dans la chambre. A-t-il réveillé Edith et Carl ? Il entend leurs voix. Il peut entendre ce que dit Edith.

« C'est un vieux garçon, Carl, il ne le fait pas exprès. Il n'a jamais eu de femme pour faire attention à lui. »

« Oui, on ne peut déblatérer comme il le fait que si on n'a rien construit et quand on n'est responsable de rien ni de personne. »

« Carl, ne te mets pas dans des états pareils. »

Il ne respire pas. Avant d'en apprendre encore un peu plus à son sujet, il retourne dans sa chambre sur la pointe des pieds.

Au matin, l'air frais entre par la fenêtre ouverte. Un souffle entre rêve et réveil. Des mains qui tiennent la sienne. Dans le parc, des musiciens jouent dans un kiosque. Goût de bonbon au caramel. Carl est engoncé dans un manteau trop grand, c'est le manteau de Josef. Carl, le cadet, doit le porter jusqu'au bout. Des reflets de lumière brillent sur le verre de bière humide que le père tient dans sa main.

Un air d'opérette vient de la cuisine, Carl se met à siffloter pour l'accompagner. Josef se secoue, s'habille et arrive dans la cuisine à 6 h 45. L'œil de verre est encore sur la table.

« Bonjour, frangin ! » lance Carl d'une voix sonore.

Edith, en peignoir, esquisse un sourire timide. « Café ? » Sa voix est encore ensommeillée. Tous les deux donnent l'impression d'être en retard aujourd'hui. Sans doute l'orage, la pluie battante et leurs discussions de cette nuit les ont-ils empêchés de bien dormir. Josef sent une pointe de jalousie.

« Je peux venir ? » demande-t-il.

« Venir où ? »

« Aller livrer la marchandise avec toi. »

« Tu n'es pas encore enregistré. Ça pourrait nous valoir des questions. »

Carl se retourne et met son œil de verre.

« C'est vrai. Peut-être. Je ne sais pas. »

Neuss, juin 1949

Edith lui met une tasse de café dans la main au lieu de la poser comme d'habitude sur la table.

Elle sent que je n'ai personne, se dit-il.

« Demain », dit Carl. « Mais tu ne parles pas aux clients. Pas un mot ! »

6

Neuss, 1949 – New York, 1939

La fourgonnette est garée devant la porte. Carl porte une blouse blanche qui lui donne un air de médecin. Josef a mis un costume brun clair qui appartenait à Carl et qu'Edith a un peu ajusté. Maintenant c'est le sien. Une cigarette au coin des lèvres, il appuie son coude sur la fenêtre ouverte. Carl lui jette un regard puis démarre. Le vent qui rentre par la fenêtre consume sa cigarette.

Ça lui plaît de jouer le larbin de Carl. Des cartons sont transbahutés dans tous les sens, des papiers sont signés. Sans rechigner, il tient fermement tout ce que Carl lui met entre les mains. Sur le plateau arrière il entend s'entrechoquer les cartons de savon à barbe et de lessive au milieu du cliquetis des flacons. Un rythme agréable s'installe. Carl dit chaque fois : « C'est mon frère, il me donne un coup de main aujourd'hui », et avant que l'autre ait pu poser la moindre question, Carl s'empresse de demander ce que pensent les clients de la nouvelle lotion capillaire.

Dans la fourgonnette, Carl a toute une série de blagues à raconter, du genre de celles qu'on ne raconte pas à la table de la cuisine : « Deux amis se rencontrent. Le premier demande : Tu regardes où quand tu croises une jolie femme ? Et l'autre répond : Je regarde si ma femme regarde ! »

Le ciel est limpide. Un bleu rayonnant. Cela renforce l'impression de ville détruite. Carl semble enjoué, parfaitement détendu.

Edith lui a-t-elle parlé ? Est-elle intervenue en faveur de son beau-frère : Tu sais, il a simplement besoin de temps, tout est si nouveau pour lui. Et ce doit être un choc de revenir soudain en Allemagne. Dans un pays totalement détruit. Son pays natal !

Ils s'arrêtent devant une petite épicerie. Un garçon réceptionne la marchandise et signe à la place de son père.

Josef pense à Peter qui était aussi un enfant.

« Au fait, moi aussi, j'ai fait des livraisons. Pas du savon mais des choses que nous imprimions. »

« Ah oui ? »

« Je traversais tout New York. »

« Et maintenant tu traverses tout Neuss », dit Carl en riant.

Il se revoit avec ce garçon taiseux ce fameux jour où il avait fait incroyablement froid, tellement froid qu'on avait l'impression que la ville allait exploser sous leurs pas, ils traversaient Harlem, la tête rentrée dans les épaules. Février 1939. La voiture à bras cahotait sur des couches de neige gelées, mais elle ne transportait pas du savon, plutôt des saloperies.

Le fait qu'ils impriment tout et n'importe quoi, sauf des choses communistes, lui faisait se dire que c'était un job comme un autre. Les flyers étaient déversés par caisses entières du haut de grands bâtiments. Ils restaient accrochés aux arbres et collaient sous les chaussures. Le reste était distribué aux passants par des orateurs improvisés debout sur une caisse à savon qui braillaient le texte dans les rues à pleins poumons.

Au-dessus d'eux, un ciel d'un bleu étincelant vers lequel il ne cessait de lever les yeux et à côté de lui le garçon qui tirait la voiture. Josef était chargé de le former. Ensuite le garçon pourrait se débrouiller tout seul et Josef pourrait rester au chaud dans l'imprimerie.

Ils avaient beau aller souvent au bureau du Parti nazi américain, l'adresse semblait chaque fois décalée de quelques maisons. Il porta son regard alentour. Sam's Famous Pizzeria. Barber Shop. Smoke Shop. Et enfin le Nancy's Beauty Parlor, un salon de coiffure spécialisé dans le lissage des cheveux. Dans l'entrée ça sentait la nourriture. La coiffeuse noire leur fit signe d'aller derrière. Sans un mot, il toucha du doigt le bord de son chapeau. Ils montent des escaliers. Un tas de mégots par terre leur indiqua quelle était la bonne porte. Pas la moindre plaque. Le parti travaillait en secret.

Il frappa quatre fois, c'était le signe convenu avec Stahrenberg. La porte s'ouvrit, Stahrenberg tendit le bras pour faire le signe hitlérien. Josef aperçut tout de suite l'épingle de cravate : une croix gammée en métal. Le garçon posa rapidement les paquets de flyers sur la table et Josef fit signer le reçu.

Un enfant avait fait son apparition dans le salon, il écrasait son nez contre la vitrine. Il se tourna vers eux et les montra du doigt en riant. « Autrefois on imprimait des cartes de vœux », dit-il à la coiffeuse sur un ton gêné. Elle ne réagit pas.

Il y avait de la fumée dans l'air, le soleil d'hiver était accroché dans le ciel comme une grosse masse fondue. Arrivés à la station de métro à l'angle de la 116e Rue et de Lexington, ils descendirent les marches rouillées en portant ensemble la carriole.

Le wagon était bondé. Il dit au garçon de rester appuyé contre la paroi et de tenir fermement la carriole. Quant à lui, coincé au milieu, il essaya d'attraper la poignée suspendue et s'y accrocha si fort qu'il eut l'impression que ses côtes se déchiraient.

Il n'y avait que six stations et quand ils remontèrent à la surface, le monde avait soudain changé : de pauvre il était devenu riche, de miteux il était devenu splendide. Ils se retrouvaient au fond d'une gorge formée par d'imposants immeubles de douze étages avec des tourelles et des pignons, de vrais châteaux dans le ciel. Park Avenue.

Josef était nerveux. Le flyer du leader noir Samuel Jordan, *Don't Buy Where You Can't Work*, avait atterri par mégarde chez la très chic Mrs Dollings, présidente des Patriotes américains, et inversement son flyer *America for White People* s'était retrouvé chez Samuel Jordan. Le gamin avait mal étiqueté les paquets. Arthur avait tellement enguirlandé le garçon que depuis il ne disait plus un mot.

Ils entrèrent dans un grand hall tout en dorures et en marbre, bien chauffé et abondamment éclairé. Le concierge se leva d'un bond et leur indiqua l'entrée de service. « Mrs Dollings nous attend personnellement », dit Josef, phrase qu'il n'avait cessé de répéter dans sa tête. Ils patientèrent tandis qu'il passait un coup de fil. Le garçon louchait sur les fauteuils capitonnés et la table en acajou vers laquelle on ne les convia pas.

Les portes coulissantes se fermèrent sans bruit et le liftier les conduisit jusqu'au douzième étage, le plus haut, celui qui était devenu entre-temps l'étage d'habitation noble et stylé. Autrefois il était tout juste bon à accueillir la buanderie, les débarras et les domestiques. Arrivés dans le couloir qui sentait bon le parfum, ils furent enveloppés par ce calme qui ne sied qu'aux riches. Ils passèrent devant des portes généreusement espacées et atterrirent devant une porte grande ouverte située tout au bout du couloir. Ils furent accueillis par une domestique. Il donna une bourrade au garçon qui hésitait à entrer, et quand il remarqua le regard de la bonne, il ajouta sur un ton aimable : « Allez, mon garçon, avance. »

Elle les conduisit dans un salon comme il n'en avait vu jusque-là que dans les films avec Cary Grant et Ginger Rogers : des tapis d'Orient, des antiquités, un gigantesque candélabre et derrière une grande baie vitrée une terrasse enneigée. Tout respirait la dignité. La bonne prit le chapeau et le manteau de Josef. Il ne portait même pas de cravate et avait la même chemise depuis une semaine. Son visage commençait à brûler, comme s'il avait pris un coup de soleil.

En entendant la voix de Mrs Dollings, il se dépêcha d'essuyer sa main moite contre son pantalon. Mais il n'y eut pas de poignée de main. Elle portait une robe longue de couleur sombre. Elle était grande et maigre et arborait ce sourire chaleureux, presque désintéressé, des personnes très haut placées – hommes d'État, stars du cinéma, ecclésiastiques – qui, du haut de leur position, peuvent être d'une très grande amabilité avec tout le monde.

« Bonjour madame, comment allez-vous ? » demanda Josef qui eut l'impression de faire des avances désemparées et il fut soulagé qu'elle ignorât la question.

« Notre jeune livreur aimerait s'excuser auprès de vous. »

Mais Mrs Dollings prit simplement la main du garçon et le conduisit jusqu'à la grande baie vitrée, près de la lumière. Le garçon portait une veste trop grande et des chaussures dont les coutures avaient sauté.

« Quel âge as-tu ? »

« J'ai quatorze ans, madame. »

Mrs Dollings secoua la tête : « Mais non, il a tout au plus douze ans », puis elle poussa un soupir et se mit à parler du travail illégal des enfants, qui n'était pas à l'honneur de l'Amérique.

Puis elle s'éventa avec le flyer *America for White People* et commença à informer Josef d'importantes modifications à apporter. Elle ignora la table, comme si elle redoutait une proximité impossible ensuite à modifier. Elle resta debout, et lui, debout à côté d'elle, s'efforçait de ne pas la toucher par mégarde.

« Vous voyez ce mot ici, il faut l'éviter. » Son index dont l'ongle était verni de rouge était posé juste sur le mot qu'il s'agissait d'éviter ; elle ne le prononça pas et quand il le fit à sa place, elle grommela quelque chose. « Tout le monde comprend maintenant de qui on parle quand on écrit *alien* ou *minority*. Nous ne pouvons pas nous rabaisser au niveau de la plèbe comme le fait le Christian Front. »

Il opina du chef.

« La même chose pour Hitler. »

« On met quoi à la place ? » demanda-t-il, prudent.

« Führer », dit-elle d'une voix bien nette.

« Führer », répéta-t-il.

« Comme alternative, on pourrait aussi écrire : le George Washington de l'Allemagne et de l'Europe. Ou bien : l'humaniste et le pacificateur. »

Il acquiesçait, comme s'il prenait des notes mentalement. Pendant ce temps, Mrs Dollings crayonnait en tous sens sur le flyer, biffant ici, corrigeant là. « On dit maintenant *New Leadership* au lieu de *Revolution* et *Save America First* au lieu de *Heil Hitler.* »

Il n'était en rien responsable du contenu et il y tenait. Il se contentait de tout mettre dans le miméographe. Normalement il n'était pas chargé non plus de faire les livraisons, sauf quand un nouveau devait être formé. Peut-être le confondait-elle avec Arthur ? Lui savait toujours faire preuve de compréhension et se montrer intéressé. Parfois, quand Josef entrait dans le bureau où Arthur était en train de téléphoner, ce dernier levait les yeux au ciel. « Mais pourquoi on imprime tous ces trucs ? » avait une fois demandé Josef. « Pourquoi ? Il faut bien que je fasse rentrer de l'argent pour pouvoir vous payer. »

« Vous devez être très fier de votre patrie, Joe. Avez-vous déjà pensé à y retourner ? »

« Mais je suis américain. »

Mrs Dollings leva un sourcil et sourit d'un air interrogateur.

« Il ne faut pas que vous me compreniez mal. Nous sommes pleins d'admiration pour le Führer ! »

« Ce n'est pas le cas de tout le monde. Le *New York Times*, par exemple. »

Elle le considéra en silence puis elle fit un signe à la bonne. « *Let me help you find the door, Mr Klein.* » Se sentant observé, Josef quitta la pièce à pas raides.

Pourtant au début il avait effectivement été fier. À l'époque il avait écrit une lettre à son frère et l'avait félicité pour cet homme fort qui donnait à l'Allemagne une nouvelle importance en Europe, c'était d'ailleurs ce qu'il avait pu lire dans les journaux. Mais Carl ne l'avait pas suivi sur ce terrain.

Une fine couche de neige fraîche recouvrait la rue. Le garçon essayait toujours de trouver des endroits où il n'y avait pas d'empreintes de pas et il faisait osciller la carriole. Ce garçon était vraiment encore un enfant.

Il ressentit une douleur derrière son front. Ils passèrent devant une pharmacie et il se demanda s'il n'allait pas acheter de l'aspirine, mais il ne voulait pas montrer de faiblesse devant le petit. Il aurait bien aimé rentrer directement chez lui. Mais il leur fallait encore aller au quartier général du Bund germano-américain, où Hans Schmuederrich voulait parler des épreuves à modifier pour le 20 février.

Un vent froid soufflait depuis l'East River. Le soir tombait. Le froid avait une odeur. Il sentait la neige. L'incendie. La cave humide. Sur la 3e Avenue, ils bifurquèrent dans la 86e. La librairie Germania avait déjà baissé ses stores, or il devait aller y prendre quelque chose pour Arthur, les discours du Reichstag qu'Arthur faisait traduire et vendait ensuite. Josef avait traduit une fois au début, mais il y avait trop de mots qu'il devait chercher dans le dictionnaire, sans parler des mots qu'il ne trouvait pas comme

Volkszorn, un mot qui évoquait la colère du peuple et ne semblait exister qu'en allemand.

Il continua avec le garçon dans la 86ᵉ, ils passèrent devant le Schwarzer Adler, le café Geiger, la Jägerhaus et l'association des Bavarois du grand New York. Dans les tavernes retentissait le bruit des chansons à boire. De petits fanions avec des croix gammées ornaient les devantures et les fenêtres.

Deux jeunes femmes en manteaux de fourrure les dépassèrent, bras dessus bras dessous, parlant allemand. Par réflexe il toucha l'épaule du garçon et tous deux changèrent de trottoir.

Les mots défilaient à mesure qu'ils avançaient : *Möbelladen, Konditorei, Bremenhaus*… Des mots bien allemands ponctuant les enfilades des rues de New York. Brioche nid d'abeille et couronne de Francfort, autant de spécialités alignées selon une froide géométrie. Au début il était venu ici comme on va sur une tombe. Les Allemands ne se rendaient-ils compte de rien ? Comme s'ils avaient la volonté sincère de reproduire ici leur pays natal. Mais comme si le souvenir devenait plus flou au fil des générations, des éléments étrangers venaient s'y mêler subrepticement. Entre-temps il ne s'en rendait sûrement plus compte non plus ; il éprouvait une sorte de réconfort quand il allait chez Schaller & Weber et mangeait de la *Mettwurst*. Il savait cependant qu'elle n'avait pas le même goût qu'à Düsseldorf. Ça commençait peut-être avec l'herbe de prairies, le soleil et le vent.

Parce que déjà les cochons et les vaches avaient ici un autre goût que chez lui, là-bas.

Ils entrèrent dans un bâtiment clair de trois étages et montèrent au premier. Des plaques sur les portes étaient écrites en allemand : *Pressebüro, Schatzmeister, Sekretariat.* « Herr Schmuederrich vous attend, vous pouvez y aller, Herr Klein », lui lança la secrétaire par la porte ouverte.

Schmuederrich était assis derrière une table ovale et brillante. Il se leva et tendit la main à Josef. C'était un homme grand et lourd. Quand il riait, on voyait une rangée de dents très espacées qui traduisaient quelque chose d'enfantin. Il avait la réputation d'être un coureur de jupons.

Une grande marche était prévue le 20 février 1939 au Madison Square Garden. Ils avaient imprimé des flyers, des affiches et des discours. Josef opinait du chef au fur et à mesure qu'il lisait : *Mein Bundesführer, Fellow White Americans and Other Non-Parasitic Guests*! Il ne se sentait pas bien. Sa tête bourdonnait. Il observait Schmuederrich qui était assis en face de lui et décortiquait fièrement les mesures de sécurité.

« On attend vingt mille patriotes ! Et La Guardia met mille sept cents policiers à notre disposition pour notre sécurité ! Ce pays me plaît de plus en plus ! »

Ensemble ils parlaient allemand, avec cette impression d'avoir quelque chose de solide et de consistant dans la bouche, à la différence de l'anglais qui glissait sur la langue comme un liquide. Ils s'étaient rencontrés pour la première fois au Rotesandbar à Yorkville l'année précédente, et Schmuederrich lui avait tout de suite parlé comme s'ils se connaissaient depuis des années. « Je donne l'impression de quelqu'un qui a une petite queue. Mais j'en ai une grosse. » Et il avait ajouté : « On ne fait jamais assez de conquêtes, on ne répand jamais assez de semence allemande. » Les femmes avaient couiné des « Hihiii », non sans un certain enthousiasme. Une impression de légèreté s'était diffusée autour du lourd Schmuederrich. Une sorte de badinage.

« Tu en es où avec ton émetteur radio ? Tu te débrouilles bien, si j'ai bonne mémoire ? »

Josef fit oui de la tête. Il avait récemment appris que la femme américaine de Schmuederrich voulait divorcer.

« Montre-moi la photo, s'il te plaît. »

Josef sortit la photo de sa poche. Il l'avait toujours sur lui. On le voyait avec Princess devant son émetteur radio. La chienne donnait l'impression d'être aussi grande que lui.

Schmuederrich parut réfléchir. « Je vais te mettre en contact avec des hommes d'affaires allemands. Ils cherchent de nouveaux moyens d'établir des contacts avec l'Europe. Ça pourrait être intéressant pour toi. Ça pourrait arrondir tes fins de mois. Ça t'intéresserait ? »

Il entendit la voix de la secrétaire au téléphone dans la pièce d'à côté puis la sienne qui disait : « Bien sûr. Gagner de l'argent avec son passe-temps, c'est tentant. » Et il sentit soudain que son pouls s'accélérait de façon inexplicable. Schmuederrich se leva, lui tendit la main et dit : « Dans ce cas on se voit le 20 février au Madison Square Garden. Ton chef a dit que tu serais là. Je m'occupe des cartes d'entrée. »

Il n'était pas au courant, mais il conserva un visage avenant. Arthur tenait à ce qu'il se montre lors des manifestations organisées par ses clients. « Il faut qu'ils se sentent en confiance. »

Josef renvoya le garçon chez lui et fila à l'imprimerie où il trouva Arthur en train de fumer dans son bureau. Sa brusque irruption fit s'ouvrir la porte de l'armoire qui dévoila des photos de femmes dénudées. Il voulait demander des explications à Arthur, savoir pourquoi il avait dit qu'il viendrait au Madison Square Garden, mais Arthur le devança : « Mrs Dollings se retire. Que s'est-il passé ? »

« Elle a dit quoi ? »

« Qu'elle n'avait plus confiance. »

Confiance. Le mot avait quelque chose de coupant, de tranchant. Comme s'il était une fripouille. Il se rendit compte que la radio était allumée. C'était la voix chantante de Father Coughlin, on avait l'impression que le prêtre savourait chaque syllabe qu'il prononçait. « Nous n'avons rien contre les juifs », bientôt suivi d'un « mais ». Plusieurs millions d'auditeurs.

« Éteins la radio, s'il te plaît. Je ne peux plus l'entendre. »

« Oh, depuis quand es-tu si délicat ? » dit Arthur sur un ton railleur avant d'éteindre la radio.

« Demain on va à une réunion du Christian Front. Tu fais comme à l'église. On n'est pas obligés de croire. Ce qui compte, c'est d'être là. »

« Je suis aux anges. »

« Fais un effort, Joe. »

Josef ouvrit la bouche, il voulait dire quelque chose mais se ravisa aussitôt. Il n'aimait pas le ton que prenait Arthur ces derniers temps. Il savait bien sûr qu'Arthur n'avait pas la vie facile. Mais tout le monde était logé à la même enseigne, la ville entière semblait être à deux doigts d'exploser. Et l'amitié était justement très importante dans des situations pareilles.

Ils fumèrent une cigarette ensemble. Josef parla de Schmuederrich, sans dire qu'il lui avait proposé un job de radioamateur. Il jouait avec l'idée de démissionner au cas où ce nouveau job lui rapporterait assez. Ils pourraient alors être simplement amis.

*

Midi approche et la fourgonnette n'est pas encore complètement vide. Il transpire, il aimerait bien quitter sa veste, mais il ne sait pas s'il pourra supporter le regard de Carl.

Son frère s'arrête à l'ombre d'une grande façade nue aux allures fantomatiques. « Ici on sera tranquille », dit-il en tendant un sandwich à Josef.

Le pain lui reste en travers de la gorge. Tout en mâchant il fixe l'asphalte crevassé. De l'herbe et des pissenlits poussent dans les fissures du bitume.

Carl lui parle des jumeaux qu'ont eus les voisins. « Dieu merci, tout ça c'est du passé pour nous ! » Il parle aussi de la ration supplémentaire de beurre qui a été octroyée à Täubchen parce qu'elle est trop maigre. C'est prouvé. Carl passe du coq à l'âne, mélangeant tous les sujets et Josef approuve chaque fois en bredouillant quelques mots.

Josef a fini de manger, sa bouche est sèche. Carl est remonté dans le véhicule, il se passe un peigne dans les cheveux et se regarde dans le rétroviseur. « Cette nouvelle lotion capillaire est vraiment très bien. Bon, tu viens ? »

Josef monte dans la voiture. Carl met aussitôt le moteur en marche.

« Je n'aime pas tous les clients chez qui je vais », dit Carl de façon inopinée et il attend que Josef approuve d'un mouvement de tête. « Certains ont un passé. Tu comprends ce que je veux dire ? »

Il comprend. Il comprend et jette son mégot par la fenêtre.

« Et maintenant on va chez Michalowski », dit Carl.

« Ah, Maikelowski ! » dit Josef pour plaisanter. Carl se met à rire : « Oui, chez ton Maikelowski. »

« Votre frère revient au moment même où tout est détruit – qui peut croire une chose pareille ? »

Le vieux Michalowski se met à rire.

« La vie nous joue parfois des tours », dit Carl.

« Je suis seulement là en visite », dit Josef.

Carl lui jette un regard étonné avant de poser les bons de livraison sur la table. « Une signature ici, s'il vous plaît, monsieur Michalowski. »

« Seulement en visite ? J'aimerais bien, moi aussi. Mais où aller ? l'Europe est en ruine. »

« Vous pouvez le dire à haute voix », confirme Carl. « Encore une signature ici, s'il vous plaît. »

« Et vous voulez aller où ? », dit le vieux Michalowski qui ne lâche pas le morceau.

« À Buenos Aires. »

Carl émet un bruit qui se transforme en toux.

« Et on peut vivre là-bas ? En tant qu'Allemand ? » demande Michalowski.

« Le gouvernement argentin est très germanophile. »

« Mais il faut bien sûr apprendre la langue. Le portugais ? »

« L'espagnol. »

« Au bout du compte, vous allez savoir trois langues : l'allemand, l'anglais et l'espagnol. Bon sang de bonsoir ! Vous en avez une vie aventureuse ! Il y a de quoi devenir jaloux ! »

Carl récupère les papiers et dit : « Il faut qu'on y aille maintenant. Désolé. »

Sa voix est un peu cassée. Josef aurait dû lui dire ça plus tôt. Et pas de cette façon.

En montant dans la camionnette, Carl se cogne le genou contre le volant et pousse un juron. Josef attend qu'il se soit calmé puis il dit : « Je n'ai aucun avenir ici. »

« Pourquoi tu dis ça ? »

« Regarde un peu ! Qu'est-ce que je pourrais faire ? »

Carl met le moteur en marche. Il ne dit plus un seul mot jusqu'à la maison.

« Descends ! »

Carl se gare dans la cour. Josef attend devant la porte. Il ne veut pas entrer tout seul dans la maison. Carl arrive et dit : « Comment tu veux financer ça ? Et en plus sans papiers ? »

« Je ne sais pas encore. » Il ment. Il le sait parfaitement. Il n'a plus qu'à appeler Dörsam.

« Tu pourrais aussi travailler avec moi. Réfléchis-y calmement. »

Il sent que Carl a dû prendre sur lui pour lui faire cette proposition. Il ne le fait pas parce qu'il a envie d'avoir son frère avec lui au cours des prochaines années, non, il considère que c'est son devoir.

« C'est très gentil de ta part, Carl », dit-il. « Je vais y réfléchir. »

7

New York, février 1939

Le lendemain ils partirent chez Samuel Jordan dans la 7e Avenue, le quartier noir de Harlem. Il y avait du bruit partout, de la fumée venue de braseros piquait les yeux, des rats filaient le long des murs des immeubles. Devant lui, Arthur et le garçon grimpaient l'étroit escalier. Ils arrivèrent au deuxième étage.

Jordan ouvrit la porte, il était en robe de chambre. Il les laissa entrer sans les quitter des yeux tout en tirant sur sa cigarette. Le sol était jonché de journaux. Jordan semblait passer ses journées à lire avant de monter sur sa caisse à savon, le soir venu, et de mettre en garde le monde contre les Blancs.

Ils poussèrent le gamin dans sa direction. « Allez, excuse-toi ! »

« C'est encore un enfant », dit Jordan. « Vous faites aussi travailler les enfants ? D'abord les Noirs et maintenant les enfants ? »

« Nous avons apporté les bons flyers », dit Arthur. Le garçon alla chercher les paquets dans la voiture à bras, des flyers où l'on pouvait lire *Don't Buy Where You Can't Work*. Il en fit deux énormes piles.

Sur une étagère était posée une photographie de Hitler, mine à la fois soucieuse et décidée. Une affiche du *Pacific Movement of the Eastern World* invitait à une conférence ; il s'agissait du Japon présenté comme l'allié de tous les Noirs d'Amérique. Josef connaissait cette rumeur qui disait que les Japonais étaient originaires d'Afrique, qu'ils étaient donc aussi des Noirs, d'où leur prétendue solidarité avec leurs frères opprimés d'Amérique. *Fight The Black Reds* annonçait une autre affiche, le Japon se défendait contre le communisme en Chine.

Jordan dit doucement : « Qu'est-ce qui s'est passé avec l'autre livraison ? » Arthur approcha sa chaise de celle de Jordan et lui murmura quelque chose à l'oreille. Josef entendit parler de retard puis Jordan dit : « Il est temps que nous tirions tous sur la même corde. »

« Mais nous sommes d'accord », continua Arthur sur le ton confiant et grave qu'il réservait à ses clients. « Le jour du grand bouleversement », dit Jordan. Puis Arthur parla d'une voix si basse que Josef ne comprit plus rien.

Une lumière aveuglante inondait la rue. Ils traversèrent Mount Morris Park, passèrent devant la colline avec ses gros blocs de rocher où Princess grimpait parfois. La montagne de Harlem. D'en haut on pouvait voir jusqu'à la rivière. Partout autour, des rochers d'un vert presque noir, rugueux, anguleux, avec des taches de neige par endroits, on aurait dit une peau d'animal.

Ils se taisaient, mais les mots se bousculaient dans sa tête. Il finit par dire :

« Que fait le portrait de Hitler sur l'étagère d'un leader noir ? »

« Ennemis communs : l'Angleterre et les juifs. »

« Vous préparez une révolution ? »

Pas de réponse.

« Vous vendez des armes ? »

« Il y a beaucoup de gens qui souhaitent un grand bouleversement : le Christian Front, les Christian Mobilizers, les Silver Shirts, les American Patriots, les Crusaders for Americanism, et même les communistes. »

Arthur s'arrêta. Un écureuil venait de débouler d'un buisson. L'animal les regardait et Josef perçut les battements de son petit cœur sous la fourrure.

« Et toi, Arthur, tu souhaites quoi ? »

« Joe, le rêve américain n'est pas pour tout le monde. Regarde un peu tous ceux qui travaillent dans les usines. Parfois il faut savoir se mettre au-dessus des lois. Au bout du compte, les lois aussi se mettent au-dessus de nous. Si je n'imprimais que des choses légales, tu crois que je pourrais t'employer ? Ils me payent une commission pour que je fasse ça. La majorité des Américains est démocratique. Ils détestent tous ceux qui sortent du rang. Tu ne t'en es pas encore rendu compte, parce que tu t'es confortablement installé dans ton Harlem comme ton Thoreau dans sa cabane au milieu de la forêt, comme si tu étais le seul être humain au milieu de nulle part. Tu ne fais pas partie de la société américaine, Joe. Ne va pas te raconter des histoires. »

Josef regardait les immeubles qui entouraient le parc. Ils ne dirent plus un mot jusqu'au Columbus Circle. La réunion hebdomadaire du Christian Front avait lieu dans la salle paroissiale d'une église.

Une centaine d'hommes étaient assis sur des chaises. L'air était déjà confiné, les vitres étaient embuées. C'étaient tous des émigrants, principalement des Italiens, des Allemands et des Irlandais. Il les reconnaissait à leurs costumes de travers et leurs poses avantageuses. Bouche ouverte, ils regardaient droit devant eux, attentifs. L'homme à côté de lui mâchait un chewing-gum à toute vitesse. Des croix gammées ornaient les épingles à cravate et les fanions qui entouraient le portrait de Father Coughlin.

Les haut-parleurs crachotaient. L'orateur parlait de révolution, de peuple, de race, de patriotisme et de nation. Il posait des questions et l'auditoire scandait les réponses. La plupart du temps, c'était précisément le fameux mot que Mrs Dollings ne voulait pas entendre. Parfois ils levaient le poing et Arthur en faisait autant.

Josef se retourna et regarda tous ces visages rougeauds. Il se demanda s'il n'allait pas se lever et partir.

Allaient-ils alors se ruer sur lui et décharger leur fureur contre lui ?

Le prêtre appelait le président américain *Rosenfeld* et le New Deal un *Jew Deal.*

« Mais Roosevelt n'est pas juif », dit Josef à l'oreille d'Arthur.

« Non, mais il se bat contre l'Allemagne nazie. Il est donc de toute évidence de mèche avec les juifs. »

« L'Amérique ne prend presque aucun réfugié venu d'Europe. Elle est d'ailleurs critiquée pour ça. À peine vingt mille par an ! »

« Ne t'énerve pas », dit Arthur.

Après la réunion, quelqu'un vint agiter un papier sous son nez : « *Social Justice* directement dans ta boîte aux lettres, tous les mois, seulement 2 dollars par an. »

Arthur intervint : « Joe imprime ça pour vous, gros benêt. »

« Il est déjà membre aussi ? »

« Non », dit Arthur en souriant, « mais peut-être que tu devrais, Joe ? »

Josef remplit à contrecœur un papier avant d'être entraîné par un groupe d'individus. Ils disaient appartenir à la Bürgerwehr et voulaient se rendre dans le quartier de Washington Heights. Il y avait là depuis quelques années un endroit appelé Frankfurt-on-the-Hudson ou Quatrième Reich. Arthur le tira par la manche.

« Je vous accompagne jusqu'à Harlem », dit Josef.

Ils avançaient à pas rapides dans les rues sombres en direction de Central Park, là où on ne les entendait peut-être pas, car entre-temps il était interdit de brailler « *Sieg* Hitler ».

Quelqu'un du groupe poussa du pied un rat mort. « Ça pourrait peut-être servir, les gars, non ? » Éclats de rire. Un autre arriva avec du papier journal et enveloppa le cadavre. « Ouvrez l'œil, on va peut-être en trouver d'autres. »

L'un était liftier, un autre apprenti charcutier, un autre vendeur de chaussures. « Tu as lu le protocole ? »

Josef fit signe que non. « Sans protocole, tu as peu de chance de comprendre ce qui se passe dans le monde. »

Le froid brûlait, il claquait des dents. Ils lui tendirent une bouteille de vodka et lui tapèrent sur l'épaule.

Une fois arrivé à hauteur du Harlem Meer, au nord du parc, Josef s'arrêta. Une oie sauvage jaillit des roseaux. « J'ai un rendez-vous radio. » Arthur lui fit un signe de tête. « On se voit demain. »

Peu de gens dehors. Sur Park Avenue, un homme dissimulé sous une couverture de cheval essayait de pisser derrière une voiture sans se faire remarquer. Une silhouette féminine fouillait dans une poubelle. Quelques femmes étaient encore installées dans les salons de beauté et se faisaient lisser les cheveux.

Il y avait même encore de la lumière chez Idries. Il acheta deux parts de *bean pie* qu'il mangea tout en marchant et en savourant cette douceur roborative. L'arôme chaud de la cannelle estompait les impressions du soir, les hommes qui braillaient et vociféraient.

Arrivé chez lui, il remplit de croquettes le bol de sa chienne. Puis il s'assit sur la seule et unique chaise de la cuisine et regarda la chienne croquer les petits morceaux qui, humectés par la bave de l'animal, prenaient une couleur plus sombre.

Il ne savait pas quel âge avait Princess. Il l'avait trouvée au bord de la Harlem River, attachée à un arbre. Au début il avait attendu avec elle. Elle semblait savoir que son maître allait revenir et elle lui jeta un regard prudent. On aurait dit que ses yeux étaient ourlés de khôl, ce qui était du plus bel effet. Quand le soir tomba et que la brume monta peu à peu au-dessus des pelouses, la chienne se mit à gémir doucement ; il la détacha et la conduisit jusqu'au bord de l'eau où elle but abondamment. Il l'emmena ensuite avec lui dans l'intention de la ramener exactement au même endroit dès le lendemain au cas où son propriétaire viendrait la rechercher. Durant six mois et pendant presque toutes ses promenades il allait jusqu'à cet endroit, prêt à tout moment à la rendre à son propriétaire. Puis un jour il se dit que c'était peine perdue.

C'était une bête très douce, facile et agréable, et comme elle avait quelque chose d'aristocratique, il l'appela Princess.

Il marcha sur une lame de parquet qui ne craquait qu'en hiver et qu'il avait l'habitude de contourner. Le mur au-dessus de sa station radio était couvert de cartes QSL jusqu'au plafond. Trophées de chasse. Lui aussi envoyait des cartes QSL pour accuser réception. À Paris, Stockholm et même une fois dans les mers du Sud. Tout un réseau se tissait autour de la terre. En anglais, avec tous les accents possibles et imaginables.

Il alluma son appareil et s'installa. De petits signaux perlaient dans un flot de crépitements et de sifflements. Il envoya son signal d'appel puis un CQ, *come quick*. Il répéta plusieurs fois l'opération, savourant la rumeur et le crépitement de l'espace, avec cette impression de faire affluer vers lui le monde entier.

« Ici W2DKJ. »

C'était la voix d'une femme.

« Bonsoir W2DKJ, ici W4NER, je reçois parfaitement ton signal. Il est quelle heure chez toi ? »

« Allô W4NER, je reçois aussi très clairement ton signal. Ici il est 23 heures. »

« Ici aussi ! » Cela voulait dire que l'autre personne ne se trouvait pas très loin. La plupart du temps, il avait affaire à d'autres fuseaux horaires, la zone aveugle pouvait s'étendre largement au-delà de New York.

« Tu te trouves où, W2DKJ ? »

« Catskill Mountains, Woodstock. »

« C'est là que se termine la zone aveugle de New York City ! »

« Et là que commence la vie ! »

New York, février 1939

Elle se mit à rire et donna soudain l'impression d'être très jeune. Il était difficile d'étiqueter cette voix, mais elle lui plaisait, une voix de paillettes et pour l'entendre davantage il lui demanda quel appareil elle utilisait. Pour la réception, elle utilisait un Hallicrafters, modèle Super Skyrider. Elle se renseigna aussi sur son équipement et pendant un moment ils parlèrent antenne, ce qu'il n'avait encore jamais fait avec une femme. Son timbre était chaud et accueillant, il avait l'impression que son corps figé par le contact fatigant avec les hommes se détendait. Il aurait bien aimé lui dire quelque chose de personnel, mais ce n'était pas possible, d'autres personnes écoutaient. « Tu es encore là ? » demanda-t-elle, car c'était son tour maintenant. « Je suis encore là. » Il y eut un silence, puis il lui souhaita une bonne nuit et « à la prochaine fois Dabbeljutudikeyjey. »

« Lauren », dit-elle. « Je m'appelle Lauren. »

8

New York, février 1939

Le crépuscule descendait sur la ville, couleur bleue. Autour du Madison Square Garden les réverbères s'allumaient, un éclat jaune venu des immeubles de bureau montait vers le ciel. Il était en bas dans la rue, minuscule, et cherchait Schmuederrich.

Il avait du mal à s'orienter. Les manifestants criaient « *Boycott Nazi Germany* ». Les policiers les refoulaient, matraque à la ceinture. Les chevaux de la police montée se cabraient, les manifestants refluèrent un instant, les banderoles s'affaissèrent au-dessus des visages : « Dehors les fascistes ! » Les chevaux luisaient sous les flashs des photographes.

Les sirènes devinrent plus fortes, les slogans enflaient : *BOYCOTT NAZI GERMANY*. Il voyait maintenant des hommes avec des lèvres ensanglantées, des hommes qui remettaient leur chemise dans leur pantalon.

Il sentit un coup sur son épaule et se retourna, paniqué. Schmuederrich était debout derrière lui. Il portait l'uniforme militaire du Bund germano-américain et, haletant, il désigna l'entrée du stade. Ils se frayèrent un passage à travers la foule. Au-dessus d'eux brillaient des publicités : Pepsi Cola, Planters Peanuts et Chevrolet. « *Bloody bastard* », cria quelqu'un. « *Go to hell!* » répliqua Schmuederrich. Un nouveau slogan se fit entendre : « *Go home Kraut.* » C'était pour eux.

Schmuederrich secoua la tête. « Là-bas on va nous laisser entrer. Ils me connaissent. Grouille-toi, petit. »

Les flyers qu'ils avaient imprimés jonchaient le sol, se mêlant à du crottin de cheval. Un papier resta collé à la pointe de sa chaussure : *Free America! Be United! Be a Nation, Be Americans And Be True To Yourselves!*

Des mots qu'aurait prononcés George Washington. Aujourd'hui, l'anniversaire de Washington était célébré par le Bund germano-américain. C'était ce qui se disait, tout en sachant que ce n'était pas vrai. Du bout des doigts, il toucha un poil de barbe qui avait échappé au rasage. Pendant qu'ils approchaient du tourniquet de l'entrée, ses doigts ne pouvaient s'empêcher de toucher ce poil de barbe qui le grattait. Du bout des doigts, il le faisait aller d'avant en arrière. À un moment il essaya même de l'arracher, sans se faire voir, tête baissée. Josef était petit, son chapeau faisait comme un couvercle.

Une fois le tourniquet passé, il n'entendit soudain plus les cris des manifestants. C'était le silence qui suit les disputes, où rien n'est encore clarifié, juste un cessez-le-feu. Ils empruntèrent de longs couloirs mal éclairés. Schmuederrich comptait les sorties. Il leur fallait avancer. En tant que fonctionnaire du Bund il avait de très bonnes places, presque sur la scène. Après avoir longé tout un bloc, ils arrivèrent enfin dans le stade. Il connaissait cet endroit pour l'avoir vu dans les journaux : l'espace où étaient maintenant assises des milliers de personnes avait servi de patinoire pour les New York Rangers et de ring de boxe quand Armstrong avait terrassé son adversaire Ambers. Or maintenant il était dedans, lui qui n'aimait pas la foule, en plein milieu et il manquait d'air. Partout des masses de gens sous la lumière des projecteurs. Ambiance brûlante, ardente, presque euphorique, qui ne cessait de se répandre et les happait. On a réussi, beuglaient toutes ces voix mêlées, on a réussi à faire front contre la haine qui s'accumule là dehors, à faire front contre la fureur là dehors, l'incompréhension et la tempête là dehors.

Cette nuit, le diable se glisse à New York, avait écrit la presse. Et le portrait de George Washington était accroché derrière la scène sur un panneau de trois mètres de haut. Il se tenait là, imperturbable, avec sa perruque blanche, ses grandes bottes, sa redingote juste boutonnée en haut, comme si un coup de vent l'avait ouverte. *Be United.* La croix gammée était interdite, mais on l'avait subrepticement introduite dans un dessin en trois dimensions qui se dressait comme un gratte-ciel entouré de drapeaux américains, *Be Americans.*

New York, février 1939

Schmuederrich l'entraîna jusqu'à la quatrième rangée. Ils se glissèrent devant une série de genoux qui se repliaient pour les laisser passer. Les chapeaux plats des dames posés en oblique l'empêchaient de bien voir ; une fois arrivé à sa place il se laissa choir, presque soulagé, comme dans une cachette faite de fleurs, de plumes et de tulle. Schmuederrich saluait avec bienveillance à droite et à gauche, se plaignant de la présence des « crapules là dehors », ce qui lui valut des approbations.

Schmuederrich était très apprécié de tous. Il avait l'art de donner à son interlocuteur l'impression d'être une personne unique et importante. Mais quel était le rôle de Josef ici ? Qu'est-ce que Schmuederrich attendait de lui ? Quelques enfants assis sur les bancs derrière lui, des petites filles en *dirndl* et un petit garçon en costume de ville, lui tirèrent la langue quand il se retourna.

Il se referma sur lui-même. Des cohortes de porte-drapeaux envahirent soudain les allées. Des troupes d'assaut montèrent sur la scène, le regard perdu au loin. Les tambours jouèrent une marche militaire, une solennité étouffante se répandit partout. Josef avait du mal à respirer. « C'est grandiose », dit Schmuederrich, « c'est comme à Nuremberg ! ».

Josef fit un signe de tête. Rien ne comptait d'autre que le poil qu'il avait au menton et qu'il sentait quand il passait son doigt dessus. Il pouvait se concentrer sur ce seul détail, se laisser absorber. Comme autrefois quand il allait à la messe avec ses parents, il pouvait se laisser distraire par un fil qui dépassait de sa manche et dansait dans la lumière, échappant à ce qui était grand pour se réfugier dans ce qui était minuscule.

Des applaudissements fusèrent des tribunes. Un orateur assurait que personne ici ne faisait de mal. Nouveaux applaudissements. La presse américaine les dénigrait simplement parce qu'ils disaient la vérité. Parce qu'eux, comme les meilleurs penseurs d'Allemagne, mettaient en garde contre le dangereux mélange des races. Or c'était leur devoir de le faire. Tout le monde savait qu'une *standard human race*, telle qu'elle était promue par le communisme, était une illusion, une offense blasphématoire dont le seul but était d'uniformiser le monde pour pouvoir mieux le contrôler. Personne n'avait quoi que ce soit contre les autres peuples. Mais chaque peuple se devait de préserver et d'honorer les qualités que Dieu lui avait octroyées en propre.

Josef connaissait ça par cœur. Il était chargé de la relecture et des corrections avant la mise sous presse. Il se disait que ces fameuses qualités n'étaient pas gravées dans le marbre. Lui-même était né rhénan et maintenant il était devenu new-yorkais.

Mais où était passé Fritz Kuhn ? Kuhn le nazi. *Chief of the Ratzies*. C'était ainsi que le brocardait la presse américaine. Schmuederrich lui avait dit qu'il était surtout venu ici à cause de Kuhn.

Une heure était déjà passée. Josef se demandait s'il irait ensuite chez Sam's Pizza, au coin de la 124e, ou s'il descendrait une station avant pour s'acheter des boulettes chinoises et les faire réchauffer chez lui. Il ne commençait le lendemain qu'à 11 heures à l'imprimerie ; ils avaient travaillé sans discontinuer ces derniers jours pour imprimer des flyers et des brochures ; on pouvait d'ailleurs les voir sur les tables alentour et les acheter, ainsi que des croix gammées montées sur des épingles de cravates, en dépit de l'interdiction, et de petits drapeaux américains.

Ici, il perdait son temps. Il aurait préféré être chez lui, allongé sur son canapé ou assis devant son émetteur. D'autant plus que maintenant il avait W2DKJ. Il la suivait sur les différentes fréquences, il reconnaissait son écriture, légèrement hésitante et sautillante. La plupart du temps, des informations sur le temps qu'il faisait dans les Catskill Mountains. Toujours de la neige, beaucoup de neige. Prenez vos skis et venez les New-Yorkais ! Hier, il s'était introduit dans les conversations : « Je viendrais avec plaisir ! » On pouvait tout dire. Elle avait éclaté de rire et ils étaient passés sur une autre fréquence où ils étaient seuls, et elle avait dit : « Non, c'est moi qui viens en premier. »

Enfin les applaudissements saluèrent l'arrivée de Fritz Kuhn. Son gros ventre était entouré d'un ceinturon dans un uniforme ajusté de couleur brune. Debout devant le pupitre, il laissait errer son regard sur l'immense stade long de plus de cent mètres.

« Vous avez tous entendu parler de moi. Dans la presse contrôlée par les juifs, je suis présenté comme une créature avec de cornes, des pieds fourchus et une grande queue. »

Éclats de rire dans le public. C'était un bruit immense qui se propageait ; venu de toutes les directions et partant dans toutes les directions, il ne s'arrêtait nulle part et ne cessait de se régénérer pendant que Kuhn continuait de plaisanter. Il ne faisait aucun effort pour masquer son accent allemand, au contraire, il semblait en être fier. Il y avait beaucoup de gens comme lui à Yorkville.

« *Wi dou not säi zat ol dschuhs ar communists …* »

Kuhn s'arrêta et porta son regard sur le côté. Un jeune homme avait sauté sur la scène. Il n'alla pas bien loin. Le service d'ordre se rua sur lui comme sur un feu qu'il s'agissait d'éteindre sur-le-champ. L'individu était maintenu sur la rambarde, tandis que des hommes le frappaient, imbroglio de jambes, de bras et de mains d'où émergeait parfois un visage déformé par la douleur. La police se précipita à son tour, éloigna le service d'ordre et dégagea le blessé sous les cris, les quolibets et les sifflets. Éclat blanc d'un caleçon et jambes poilues - les autres lui avaient baissé le pantalon de son costume. Des vagues de rire déferlaient dans le stade. La police évacua l'individu.

Kuhn ne bougeait pas. Les mains posées sur le pupitre, le buste légèrement penché en avant, il observait patiemment la scène. Puis il reprit la parole.

« Un juif », dit Schmuederrich.

« Comment tu le sais ? »

« Regarde là-bas, il y a une petite délégation de juifs. C'était convenu avec le Bund germano-américain. »

New York, février 1939

Pendant que Kuhn évoquait maintenant une Amérique juste, blanche, qui ne soit pas régie par des juifs, Josef essayait de se souvenir de la couleur de son caleçon. À carreaux ?

« C'était quand même courageux de sa part », dit-il à Schmuederrich.

« Courageux ? Quand c'est la SA qui s'en mêle, ça a une autre gueule. Ici, les gens ne risquent rien. Ils ont le droit de dire ce qu'ils veulent. Il a avec lui des gens qui font la claque. Et ensuite les journaux vont le porter au pinacle et le célébrer comme un antifasciste. »

L'hymne national américain fut chanté par une soprano. Il y eut ensuite des cris *Free America* où se mêlaient des *Sieg Heil* pourtant interdits.

Schmuederrich était occupé à serrer des mains. Il fit signe à Josef d'approcher. Ce dernier tapota sa montre avec un regard d'excuse. Il vit que Schmuederrich lui disait encore quelque chose, mais il était déjà loin.

À un stand de la 126e Rue, il avala une gigantesque portion de riz avec de la viande et de la sauce piquante. Un plat sénégalais.

Il n'y avait pas d'ascenseur dans l'immeuble où il habitait. Six étages. Il essayait toujours de trouver le rythme de la journée, un rythme qu'il pourrait garder jusqu'à la fin.

Il entendit la sonnerie du téléphone au moment où il allait atteindre le dernier palier. Il monta les dernières marches quatre à quatre, ouvrit la porte et, hors d'haleine, saisit le téléphone accroché au mur. Trop tard. Il raccrocha et resta un moment immobile dans le noir. La chienne s'était approchée et lui léchait la main.

Il avait envoyé une photo de Princess à son frère. « Un animal imposant. Mais toutes les femmes n'aiment pas forcément les chiens. Tu y as pensé avant de le prendre ? » C'était la façon de Carl de lui extorquer des détails sur sa vie.

Après être resté un moment sans bouger, avec l'impression d'avoir perdu le sens de l'orientation, il alluma le plafonnier. Il revit le visage de l'homme déformé par la douleur, le caleçon blanc au milieu de tous ces uniformes, les jambes poilues, les bras tordus.

Il mit Bunny Berigan, *I Can't Get Started*, se versa un whisky et se laissa tomber sur le canapé. Il posa les pieds sur la table basse et sentit glisser les papiers entassés dessus. Goebbels. Pour Arthur. Il fallait encore qu'il traduise ça. Non, il fallait qu'il refuse ça.

Il prit un journal posé là et lut que le téléviseur allait bientôt changer le mode de vie des gens comme l'avait fait la radio dans les années 20.

Le téléphone se remit à sonner, cette fois il réussit à décrocher à temps.

« Tu es parti bien vite, petit. Qu'est-ce qui se passe ? »

« Rien. »

« Viens mardi prochain à 19 heures au Old Heidelberg. Il y aura là quelques hommes d'affaires qui aimeraient faire ta connaissance. Dans le textile. Ça pourrait être intéressant pour toi du point de vue financier en tant que radioamateur. Dörsam sera là aussi. Botte-toi le cul, espèce de trouillard ! »

Josef connaissait un peu Dörsam pour l'avoir vu au Rotesandbar où il était souvent debout au comptoir en train de boire une bière. Des cheveux gris entourant une calvitie, un corps maigre, ingénieur chez Ford, vieux, du genre à toujours avoir été vieux.

Josef passa à la salle de bains et se rasa pour la deuxième fois de la journée tout en fixant les taches de calcaire sur la robinetterie. Il prit un chiffon et se mit à frotter. Quand il nettoyait, il se sentait toujours observé. Ça l'empêchait de nettoyer, mais cette fois il se força.

Quand il s'assit devant sa station radio, ON4JC était sur sa fréquence, un certain Jérôme de Belgique. L'anglais de Jérôme était convenable. Mais quand il se rendit compte que Josef était allemand, car son accent était très fort ce soir-là, il lui lança une insulte qui ressemblait à *asshole* et qui laissa place à un grésillement continu.

9

New York, février 1939

C'était donc W2DKJ. Une petite créature pâlichonne sous l'avant-toit du hangar à bateaux. Il sursauta un peu, car elle était très jeune.

« Hello Dabbeljutudikeyjey », dit-il en s'avançant pour lui serrer la main.

« C'est agréable de parler sans que tout le monde entende », lança-t-elle en riant. Il pensa qu'elle devait avoir vingt ou vingt et un an. Elle était un petit peu plus grande que lui. Elle portait un petit chapeau raide et ses cheveux blonds tombaient sur ses épaules.

« Je peux me permettre, Lauren ? » Il s'avança et ferma son parapluie. Le parc était vide sous la pluie – un vrai désastre pour un premier rendez-vous amoureux. À supposer que cela en fût un. Il ne savait pas vraiment. Elle n'était pas très jolie. Des lèvres trop fines, un visage anguleux et juvénile. Il lui offrit une cigarette, elle la prit et il essaya d'engager une conversation amicale, posant des questions sur les fréquences qu'elle utilisait et ses horaires.

New York, février 1939

Puis il y eut un silence. Il tira sur sa cigarette et hocha la tête, alors qu'il n'avait rien dit. La pluie tombait dru sur le chemin sablonneux, ils fixaient tous les deux un mur de pluie qui estompait la vue du parc.

« Qu'est-ce qui t'amène à New York ? » demanda-t-il. Elle se mit à raconter et il ne tarda pas à découvrir qu'elle avait fugué. La tante chez qui elle habitait dans le Upper East Side croyait encore qu'elle était de passage, alors qu'elle épluchait les petites annonces et cherchait une chambre meublée à Brooklyn. Lauren parlait avec cette connivence qui s'installe parfois entre étrangers quand on sait que l'on ne se reverra jamais, dans un bar, au fond d'un port, pendant un trajet en train, sur une plage. Oui, elle cherchait du travail, n'importe quoi, elle voulait bien faire la plonge dans un restaurant, être vendeuse, pourvu qu'elle soit indépendante. Plus tard elle voulait faire des études. Il ne connaissait personne qui avait fait des études et il dit sans trop savoir : « C'est une bonne idée. »

Lauren le regardait dans les yeux quand elle parlait. Aucune trace de gêne à la différence de ces femmes qui n'arrêtaient pas de se passer la main dans les cheveux, de se forcer à rire et de l'emprisonner dans un sourire qui n'en finissait pas.

« Catskill Mountains. C'est bien là où les New-Yorkais vont se détendre ? »

« Mes parents ont un hôtel à Woodstock. Ce n'est pas une détente. Se détendre pour nous, c'était aller à New York. »

« Je comprends », dit-il.

« C'était aussi comme ça pour toi, à l'époque ? Tu as été obligé de partir ? Tu n'es pas d'ici ou je me trompe ? »

« Non, je ne suis pas d'ici. »

Il y eut un silence. Elle attendit qu'il continue. « C'était différent. Je n'avais pas le choix. »

Elle fit une drôle de tête, prête à protester – comme s'il ne voyait pas la gravité de sa situation. Mais il ne voulait pas parler de la guerre et de la faim. Il préférait entendre sa voix, une voix qui lui était plus familière que son visage. « Parle-moi de cet hôtel. »

« Un petit hôtel familial. Avec une salle de bal, un orchestre pour danser et une piscine dans le jardin avec vue sur les montagnes. »

« Ça fait frémir. Moi aussi je prendrais la tangente. »

« Arrête, Joe », dit-elle en riant. « Tu n'es pas à ma place. »

Il sentit la manche de son manteau contre la sienne, au moment où elle reculait face à la pluie, et il mit ce moment à profit pour regarder ses pieds. Elle portait des chaussures à talons hauts. Si elle les enlevait, elle ne serait pas plus grande que lui.

Il s'alluma une autre cigarette et lui tendit à nouveau son paquet, mais elle fit non de la tête.

« Et toi, tu viens d'où, Joe ? »

« D'Allemagne. »

« D'Allemagne », répéta-t-elle et elle laissa un silence au cas où il aurait voulu ajouter quelque chose. Il ne dit rien. Il ne voulait pas s'abaisser à des prises de position indignes, comme on en attendait des

Allemands depuis un certain temps. Il finit par dire : « Tu sais, Lauren, en Amérique il faut faire comme si on avait toujours été là. C'est ce qui m'a plu. Mais depuis un certain temps, les choses sont différentes. »

Elle fit oui de la tête et avança d'un pas sous l'auvent. « Ça s'est arrêté. »

Ils se dirigèrent vers le sud, avec, en ligne de mire, le magnifique Plaza Hotel. Il lui dit qu'il aimait beaucoup Central Park en cette saison avec ses arbres sans feuilles qui laissaient voir les bâtiments alentour. Lauren appréciait le côté vallonné du parc avec ses chemins tortueux et elle lui expliqua que les paysagistes du XIXe siècle avaient essayé d'imiter l'environnement américain naturel, au lieu de faire des parcs tirés au cordeau comme en Europe. Il fit une mine impressionnée. Elle sortit de sa poche un guide sur New York : « Tout est là-dedans. »

Elle parla de l'Exposition universelle qui allait ouvrir ses portes dans deux mois, avec des nouveautés comme la télévision et la machine à laver la vaisselle. Ce serait aussi le grand rassemblement des radioamateurs. Lauren se disait qu'elle devrait y aller. Il y avait déjà plus de cinquante mille *radiohams* recensés en Amérique et il y en aurait sûrement des centaines qui viendraient, ça allait être splendide, comme une grande fête de famille. Elle leva les yeux et regarda la découpe grise des gratte-ciels qui entouraient le parc.

Elle lui rappelait le moment où il était arrivé dans cette ville, quinze ans auparavant. L'excitation du début, ses nombreux débuts. À cet âge, tout était le début de quelque chose. Qu'avait-il fait durant tout ce temps ? Pas grand-chose. Il n'avait rien créé, rien commencé. Il était plutôt devenu un maître dans l'art de disparaître. Comme si c'était là son succès. La cabane de Harlem. Arthur avait raison. Mais il allait bien, la plupart du temps. Toute la ville lui appartenait.

« C'était quoi ton contact le plus éloigné ? » dit-elle, le tirant de ses pensées.

« Sydney. Et toi ? »

« Haïti. Pas très loin. »

Il lui demanda où elle avait appris à devenir radioamateur. Ce n'était pas très courant pour une femme.

« Mais si. Dans mon école, on proposait des cours pratiques pour les filles. J'ai même construit moi-même ma première radio. »

« Ça remonte à quand, ces cours ? »

« Oh, longtemps. Au moins quatre ans. »

« Oui, ça fait un bail », dit-il dans un soupir.

Elle rit. C'était la première fois qu'il faisait une allusion à leur différence d'âge. Un test qui ne fut pas concluant. Il parla de son appartement qui lui donnait de plus en plus l'impression d'être une station radio, une vraie fenêtre sur le monde. Il s'avéra qu'elle adorait comme lui rapprocher un continent en tournant simplement d'un millimètre le sélecteur de fréquences, l'éloigner à nouveau et se faire disparaître. Cela faisait battre le cœur plus fort quand des voix se faisaient entendre, sans jamais savoir à qui elles appartenaient, quand on percevait ses propres réactions comme sous un verre grossissant.

Il aurait bien aimé lui demander si c'était la première fois qu'elle rencontrait un correspondant. En tout cas, Lauren n'avait pas l'air d'être une nunuche. Peut-être parce qu'elle était toujours en contact avec des inconnus à l'hôtel. Est-ce que cette idée lui plaisait ? Son assurance le déstabilisait. Soudain il ne savait pas si, devant les grandes flaques au milieu du chemin qui ne laissaient qu'un étroit passage à sec, il devait laisser passer la femme devant ou au contraire ouvrir la voie. Il hésita tellement que Lauren finit par passer la première, tandis qu'il perdait l'équilibre et mettait le pied dans l'eau. Son pied fut trempé jusqu'à la chaussette. Il essaya de ne rien faire remarquer.

Il pensa aux femmes qu'il avait eues. Des femmes divorcées pour la plupart qui se ressemblaient toutes, un peu enveloppées et trop maquillées, marquées par une fatigue d'où elles tiraient des rires comme on s'enlève un cheveu gênant sur la langue, dès le troisième scotch qu'il leur offrait.

Le temps était changeant. Ils furent surpris par une brève averse. Quand il ouvrit son parapluie, elle passa son bras sous le sien, comme si c'était la chose la plus naturelle du monde. Maintenant elle était tout près. Une goutte tombée sur son visage poudré traça une fine trace brillante.

De la brume s'élevait au-dessus du lac, irritait sa gorge. Il essaya de réprimer une toux. Il voulait éviter tout ce qui pouvait lui donner l'air d'être vieux. Dans la partie sud du parc, il y avait encore des restes de neige. Un bonhomme de neige se dressait, à moitié fondu, avec un gant posé sur la tête. Ils traversèrent des zones différentes faites de vapeur, de pluie, de froid, de chaud. Il commençait à transpirer. Elle lui fit signe de la main de marcher plus lentement, et fit comme si elle-même avait besoin de se reposer.

La pluie s'arrêta de nouveau et elle lâcha son bras. Elle regarda avec angoisse quelques taches de boue sur ses bas en soie. En cherchant un mouchoir propre dans sa poche de veste, il fit tomber un flyer. Vite il se baissa pour le ramasser. *Think Christian. Act Christian. Buy Christian.*

« Et toi ? Tu fais quoi comme métier ? » Ça lui avait demandé un effort. Venait-elle de se rendre compte qu'il était bien plus âgé qu'elle ?

« Je travaille depuis plusieurs années dans une imprimerie. Mais j'ai un autre travail en vue. Assistant technique pour une société étrangère. »

« Oh », dit-elle.

Ils approchaient de la sortie du parc. Ils le sentaient aux bruits qui devenaient de plus en plus forts : les sirènes, les klaxons, les voix. Sur la 59e, ils durent se frayer un passage au milieu de la cohue, passèrent devant des portails baroques et des calèches à l'ancienne mode qui attendaient les touristes devant les grands hôtels. Des halls d'entrée avec des hommes en uniforme et casquette. Lauren s'arrêta devant la devanture d'une librairie. *Grapes of Wrath*, John

Steinbeck, déchiffra-t-elle sur une couverture. *Mein Kampf*, lut-elle à haute voix sur une autre. Elle se remit à rire, mais cette fois c'était un rire gêné, peut-être à cause de l'expression du visage de Josef. « Joe, tu n'y peux rien si Hitler est sur la liste des best-sellers du *New York Times*. »

Être simplement un homme, se dit-il. Quelqu'un qui mange, respire, dort, travaille, flirte parfois avec des femmes pour autant qu'elles aient plus de trente ans. Être simplement. À un moment donné, il se dit qu'une existence simple était ce qu'il y avait de plus dur. Tout le monde voulait faire quelque chose de quelqu'un. Même s'il s'agissait d'un Allemand qui n'y pouvait rien s'il était allemand.

Ils continuèrent en silence, traversèrent des terrains de jeux abandonnés par les enfants, avec des marques de craies de couleurs délavées par la pluie, des restes de terre et de ciel. Elle finit par lui demander d'où il venait exactement, car sa famille venait elle aussi d'Allemagne ; elle avait émigré au milieu du XIXe siècle. Il lui raconta. Elle lui dit qu'elle aimerait en savoir plus sur ce Düsseldorf (« Duseldorf ») où il avait grandi, mais il n'avait pas envie de s'étendre là-dessus. Rien de comparable à son enfance et sa jeunesse à elle. Peut-être qu'elle le sentit et elle demanda alors : « Et c'était comment ton arrivée en Amérique ? »

Il lui fallait faire attention quand il se rappelait cette époque. Il pouvait patauger dans ces sensations comme dans un lac dont l'eau montait lentement. Comme si tout était encore très proche, et s'il n'y prenait garde, ce qu'il avait atteint pourrait voler en éclats comme un mirage ou s'effondrer comme un château de cartes, comme s'il n'avait rien atteint, juste une existence légère comme une plume, qui n'était à l'abri de rien.

« Ce n'était pas si difficile. New York m'a facilité les choses. Une ville épatante ! »

« Je pourrais m'y perdre ! » s'exclama Lauren avec enthousiasme. « Tu habites où en fait, Joe ? »

« On ne peut pas dire qu'il s'agit d'une bonne adresse, pour être franc. »

Il pensait aux cages à lapins où s'entassaient des familles nombreuses. Aux bars, aux dancings où les Blancs venaient comme pour un safari dans les profondeurs de l'Afrique.

« Harlem. East Harlem. »

« Mais si, j'ai lu quelque chose là-dessus. »

Elle sortit de nouveau son guide sur New York et le feuilleta jusqu'à ce qu'elle ait trouvé Harlem. « Regarde comme ton quartier est dynamique ! Les intellectuels noirs comme Langston Hughes, le jazz… »

« Oui, sauf que les bars sont maintenant tous tenus par des Italiens qui régalent le public blanc en faisant danser des Noirs. »

« Oh, vraiment ? »

Il était content d'en savoir un peu plus qu'elle.

Lauren s'arrêta et sortit un plan, griffonné un peu partout. À l'époque Josef possédait aussi un plan de la ville qu'il avait épinglé au-dessus de la table de la cuisine, avec des trajets dans tout New York. Il avait été tellement plié et déplié qu'il se déchirait par endroits. Et puis Josef l'avait laissé où il était, sans plus y faire attention.

« Le Musée historique dans la 76e Rue est ouvert jusqu'à 17 heures. On peut y voir d'anciennes photographies de la ville. »

Il n'avait encore jamais mis les pieds dans un musée. Il ne savait pas quel comportement adopter dans un endroit pareil.

« Je t'accompagne volontiers, Lauren. Mais ensuite il faudra que j'y aille, le travail m'appelle. »

« Peut-être un café ? »

Il était étonné. Qu'est-ce qu'elle lui trouvait ? Il leva néanmoins la tête et aperçut un bar. Plutôt un endroit pour les dockers. Il y avait aussi un restaurant avec du self-service.

« J'aime bien les restaurants avec du self-service », dit-elle.

Le restaurant était encore en désordre à cause de la ruée de midi. Les chaises poussées en vrac loin des tables. On pouvait voir comment les employés de bureau et les ouvriers avaient ingurgité leur repas à toute vitesse avant de repartir aussitôt. Lauren essuya quelques miettes avec son poing tandis qu'il allait accrocher son manteau.

Il revint avec un plateau portant deux tasses de café qui tintaient l'une contre l'autre et une part de gâteau qui devait montrer l'attention qu'il lui portait. Il était maintenant décidé à mener davantage la conversation.

« Ce type de restaurants m'a beaucoup aidé au début. J'avais peur de parler. »

« Vraiment, Joe ? » dit-elle en hochant la tête avec un sourire.

« Je pouvais peut-être dire cinquante mots en anglais, pas plus. Avec un accent à couper au couteau. À l'époque les immigrants n'étaient pas très bien vus, et dès qu'on ouvrait la bouche, on était repérés. Tu comprends ? »

Il sentit un regard de compassion.

« Et ces restaurants, ces chaînes que l'on trouve partout à New York, ils me donnaient l'impression d'être à l'abri. Le monde mettait à ma disposition de la nourriture dans de petits casiers avec une fenêtre. Des sandwiches, des scones, des bagels attendaient mon bon vouloir. Il me suffisait de mettre une pièce, et le tour était joué. »

Elle sembla vouloir dire quelque chose, mais après avoir pris sa respiration, elle se contenta de saisir sa tasse et de boire une gorgée.

Bing Crosby chantait d'une voix soyeuse *I'm no millionaire but I am not the type to care.*

« Tu aimes Bing Crosby ? Il est né la même année que moi, en 1903. Je le sais parce qu'on me dit toujours que je lui ressemble un peu. Tu trouves aussi ? »

Sa question était une invitation à le regarder. Elle tira sa tasse vers elle.

New York, février 1939

« Dans les magazines, je regarde toujours comment il vieillit et je compare. »

« Et ? »

« Pour l'instant, match nul. » Il prit une première gorgée de café. Il voyait que Lauren était en train de chercher dans sa tête. Elle prit un bout de gâteau, mâcha lentement, avala.

It's my universe, even with an empty purse. Cause I've got a pocketful of dreams.

« Désolée », dit Lauren.

« Pour quoi ? »

« Je ne sais pas. Peut-être parce que je ne dis plus rien. »

« Mais tu n'es pas obligée de dire quelque chose. » Et il ajouta doucement : « Et moi non plus. »

Elle lui sourit.

Petits seins fermes.

Lorsqu'elle se leva et remit subrepticement son corsage dans sa jupe, il put s'en rendre compte.

Il n'avait toujours pas son numéro de téléphone. C'était justement parce qu'il l'appréciait qu'il ne voulait pas le lui demander.

10

Neuss, juillet 1949

Le dimanche ils vont à la messe : se lever, s'agenouiller, rester assis, se lever, chanter.

Maintenant, rendons tous grâce et rendons gloire,
Vous toutes les nations,
Lui que les anges dans les cieux
Louent sans interruption.

« Tu ne remarques rien ? » lui souffle Carl au moment où le prêtre lève l'hostie et la présente à la communauté des fidèles, donnant ainsi à Dieu la possibilité d'une consubstantiation. Il remarque beaucoup de choses, mais il ne sait pas exactement à quoi il doit faire attention.

« Les cloches de l'église. Il n'y en a plus. Elles ont été fondues pendant la guerre ! »

Les gens lui sont étrangers. Tous portent des vêtements mal coupés faits de vieilles étoffes qui donnent l'impression d'être lourdes de poussière qui volerait si on soufflait dessus. Josef sait que son allure ne vaut guère mieux, il est comme tous les autres dans le costume marron de Carl qui n'est pas à sa taille. C'est seulement quand il ouvre la bouche que l'on remarque une différence.

Après la messe, Josef se met un peu à l'écart sur la place de l'église pour fumer une cigarette. Les voisins lui font maintenant un signe de tête. Ils savent qui il est, tout en sachant qu'ils ne savent pas vraiment. Une fois que Carl et Edith ont fini de serrer des mains, ils vont tous ensemble jusqu'au parc municipal pour la promenade dominicale. Des bancs, il ne subsiste que les soubassements en pierre, l'étang est un marigot dont la couleur hésite entre le vert et le noir, saupoudré de pollen. Pas le moindre canard à l'horizon. Probablement tous tués et mangés.

Bien que ce décor soit désolant, Carl insiste pour faire une photo de famille. Il a réussi à sauver son Linhof Technika durant la guerre. Il l'installe sur un trépied, demande à Edith, aux enfants et à Josef de se placer devant l'étang, appuie sur le retardateur et court se mettre en place. « On ne ferme pas les yeux ! On regarde l'objectif ! » Josef s'aperçoit que Carl se met sur la pointe des pieds.

« J'aimerais bien en avoir un comme ça. C'est un excellent appareil. »

« Je te le prête quand tu veux », dit Carl.

« Je le prendrai, merci. »

« Mais tu veux photographier quoi, ici ? Des ruines ? »

Josef se contente de hocher la tête.

« En souvenir ? Avant de repartir peut-être ? » demande son frère.

Il hausse les épaules. « Je ne sais pas encore. »

Savoir s'il va rester ou partir, ils attendent sa réponse. Lui sait. Bien sûr qu'il va partir. Et bien sûr qu'ils le savent. Mais l'espèce de rigidité qui marque leurs rapports lui offre un répit. Dès qu'il parle de son projet, il se retrouve en chute libre.

Pour l'instant, il n'en est pas encore là.

À la maison, Edith sert le repas. Il y a des côtelettes de porc, trois portions de viande croustillante. Lui et Carl en ont chacun une entière, Edith se partage la troisième avec les enfants. Il mange avec beaucoup d'appétit tout en observant Edith à la dérobée. Elle mange vite, sans faire de manière. Elle fait passer les plats et se sert toujours la dernière.

« Quand il était petit, Josef aimait bien vagabonder. Je peux raconter, non ? »

Il sourit. Il n'appellerait pas ça vagabonder. Il n'a pas de mot pour ça et il écoute son frère avec intérêt.

« Il marchait simplement droit devant lui, traversait les villages, la forêt. Tu avais quel âge ? Six ans, sept ans ? Moi j'étais tout gamin, quatre ans peut-être. Je me souviens très bien de l'affolement que ça a provoqué à la maison. »

« Et ensuite ? » demande Edith.

Neuss, juillet 1949

« J'ai été recueilli par un paysan et ramené à la maison », dit Josef qui prend le relais. Il ne dit pas le plus important : il avait été heureux. Il s'était glissé dans une étable et caché dans le foin. Personne ne savait où il était, sauf lui. Il s'était senti en sécurité.

« Ne vous avisez pas de faire pareil ! » dit Carl en levant un doigt menaçant à l'adresse de ses enfants.

C'est la première fois que Carl parle de son enfance. Jusqu'à présent il semblait concentré sur le jour même, sur tout ce qu'il pouvait voir, entendre et saisir autour de lui, comme si le reste n'était qu'une bouillie théâtrale qui menaçait de vous asphyxier, ce qui n'était pas forcément faux.

Lui-même n'était pas très friand de ce genre de chose. Mais il avait eu du temps. À Sandstone, il faisait chaque jour trois kilomètres dans sa cellule. Il marchait une fois dans un sens, une fois dans l'autre, trois mètres entre chaque mur. Et cela mille fois de suite.

Edith et Täubchen débarrassent la table. Petite musique en arrière-plan, mélange de cliquetis et de vaisselle qui s'entrechoque.

« Tu m'accompagnes encore demain ? Je pourrais avoir besoin d'aide. »

Carl ne lui demande qu'occasionnellement de venir avec lui. Il ne faudrait sans doute pas que ces tournées ensemble deviennent une habitude.

« Bien sûr. Volontiers ! »

Carl hoche la tête et se lève. « Viens, on va faire une partie d'échecs. »

Dès le début, Carl fait une erreur. En s'attaquant trop résolument à une tour de Josef, il découvre sa dame. Il ne faut que quatre coups à Josef pour s'emparer de la dame de Carl en sacrifiant un fou. Sous la table, Carl cogne sans faire exprès contre le pied de Josef. Il ne s'en rend pas compte et croit qu'il s'agit du pied de la table. Josef n'enlève pas son pied.

« Tu veux que je te la rende ? Sinon, ce n'est pas drôle. »

« Ça ne serait pas du jeu. »

Carl ne parle plus. Il fixe l'échiquier, concentré. Il semble utiliser toutes ses forces pour réfléchir. Josef saisit l'occasion pour lui parler de son activité de radioamateur.

« Il y en avait ici aussi. Mais ça a été interdit quand la guerre a commencé. »

« Tu peux vraiment traverser l'espace, Carl. Tu peux entendre parler quelqu'un qui se trouve au même moment à Paris. »

« Et tu dis quoi ? »

« On confirme qu'on entend bien. On dit aussi quelques phrases sur le temps qu'il fait ou des détails sur le matériel qu'on utilise. »

« Pas plus que ça ? »

« Si. Parfois les radioamateurs peuvent devenir des sauveteurs quand ils interceptent des messages de gens en détresse. Il faut savoir que l'on ne peut parfois communiquer que sur de très longues distances, à cause des ondes de sol. Les ondes se propagent selon différents angles d'élévation. Les ondes qui sont très près du sol sont absorbées par les obstacles. On appelle ça des zones aveugles. Mais une fois dans l'espace, il n'y a plus aucune perte d'énergie. Les ondes s'élèvent au-dessus de tous les obstacles, les maisons, les forêts, les ponts avant de rejoindre le sol. Et ce sont souvent des points très éloignés. C'est pour ça que l'annonce d'une avalanche en Autriche peut être interceptée en Angleterre. De là, on peut alors envoyer un message près de l'endroit où s'est produite la catastrophe et demander des secours. »

« Je ne peux pas réfléchir. » Carl montre l'échiquier.

Carl a perdu des pièces importantes. Ils continuent à jouer sans plus dire un mot. Cinq minutes plus tard, Josef annonce : « Échec et mat. »

« J'ai un peu perdu la main. »

« On jouait parfois à Ellis Island. »

« Tout s'explique », dit Carl.

Ils jouaient à toutes sortes de jeux, au poker, au skat. Il misait de l'argent, même si c'était interdit. « Au moins on fait quelque chose d'interdit maintenant, sans quoi je serais là sans la moindre raison », avait dit une fois un Japonais.

11

New York, février 1939

Il évita au dernier moment une femme qui sortait en gloussant de la Bremenhaus tandis qu'elle se retournait vers quelqu'un. La fourrure de son manteau effleura sa joue. Personne d'autre que lui ne le remarqua. Partout dans les vitrines des nez de clown et des masques, c'était Mardi gras.

Il découvrit Schmuederrich devant la charcuterie Schaller & Weber. Il portait de nouveau l'uniforme du Bund germano-américain. Ses yeux enfoncés dans son visage poupin étaient étroits et fatigués. Il tendit une main à Josef et de l'autre lui tapa sur l'épaule. « Tu les laisses faire la conversation, d'accord ? »

Dans le restaurant Old Heidelberg l'air était confiné et surchauffé. Ça sentait le rôti, la bière et le cigare. Quelqu'un avait lancé des serpentins sur les nappes à carreaux rouges, ils s'étaient enroulés autour des vases portant de petits fanions avec la croix gammée. Une fanfare jouait des airs allemands de carnaval, *Denn einmal nur ist Karneval, ist Karneval am Rhein.*

Schmuederrich désigna une table dans le fond. De loin, Josef reconnut Dörsam. Le groupe interrompit leur conversation, ils s'affaissèrent sur leur chaise, mais aucun ne se leva. Un homme habillé de façon élégante, cheveux gominés, dit sur un ton moqueur : « Sacredieu, Schmuederrich, vous vous êtes encore mis sur votre trente-et-un ! Voilà que je me sens comme Hitler en imperméable rencontrant Mussolini. »

Schmuederrich rit mais l'autre le fit taire d'un simple geste de la main. « Et lui ? C'est le radioamateur ? » Schmuederrich fit les présentations. Il s'agissait d'un certain M. Ritter, industriel dans le textile. Le troisième était un homme simple, blond, osseux, avec un visage d'enfant. « Max arrive juste de Hambourg, mais il a vécu plusieurs années ici, à New York. Il est aussi radioamateur », dit M. Ritter en regardant Josef d'un air intéressé.

Josef s'assit à côté de Dörsam. M. Ritter parla de son hôtel à Times Square, le Taft, « l'ancien monde, vous savez ce que c'est », et de sa cabine de luxe sur le bateau. Quand quelqu'un disait quelque chose, il tambourinait doucement avec ses doigts sur la table.

Une jeune fille en habit de soie jaune, déguisée en Chinoise, passait de table en table avec une corbeille pleine de roses en minaudant. Max reniflait toutes les trois secondes. Il ne semblait pas s'en rendre compte, mais Josef n'entendait que ça.

Les hommes ne parlaient pas avec lui. Il attendait qu'on servît à manger, et quand les plats arrivèrent, il s'attaqua à ses roulades au chou d'un air emprunté, comme quelqu'un qui est assis par erreur à une table où il n'a rien à faire. Il perçut l'expression « nettoyer de la vermine », ils parlaient de l'Allemagne, le mot restait en suspens entre la corbeille à pain et la croix gammée. Il se demanda s'il ne pourrait pas disparaître sans se faire remarquer. Si c'étaient là les hommes d'affaires qui avaient besoin d'un radioamateur, il ne gagnerait pas au change à quitter son ancien emploi.

À ce moment, Ritter dit : « Monsieur Klein, que pensez-vous du melting-pot à New York ? »

« Je n'ai pas vraiment d'avis à ce sujet », dit-il, prudent.

« Je connais Josef », intervint Schmuederrich, « il a l'impression d'être toujours en voyage autour du monde ».

Éclats de rire. Mais M. Ritter avait vite recouvré son sérieux. Il disait avoir de la peine à croire, quand il allait du côté du Lower East Side, à quel point la vie était encore arriérée là-bas, un vrai quartier de misère en plein milieu d'une grande métropole, comme si on était venu y déverser les régions les plus pauvres de l'Europe de l'Est. Rien que des criminels partout. Il fallait que cette ville apprenne enfin à se défendre. Il demanda à Josef où il habitait.

« À Harlem. » Il dit le mot presque sur un ton interrogateur. La plupart du temps, les regards se fermaient quand il prononçait ce nom, surtout chez les femmes.

« Vous n'avez sans doute rien trouvé d'autre ailleurs ? La ville est pleine à craquer, surtout avec tous ces réfugiés venus d'Europe. »

Josef desserra son nœud de cravate sans dire un mot.

« Et tout ce tintamarre à Harlem ! Ça ne vous dérange pas, monsieur Klein ? »

« Il y a des désordres partout maintenant. »

« Là, il a raison », dit Schmuederrich. « Même au Madison Square Garden on a dû subir les invectives des antifascistes. N'est-ce pas Josef? Ils t'ont même traité de *bloody bastard.* »

La tournure que prenait la conversation lui plaisait de moins en moins.

« J'aime bien habiter là-bas. On y mange bien, il y a de jolies femmes et le meilleur jazz du monde. »

Sourire ironique de la part de M. Ritter. Max avait l'air satisfait. Josef en conclut qu'ils devaient être concurrents.

Dehors la neige tombait, il s'en rendit compte quand la porte s'ouvrit et que les lampadaires firent scintiller les flocons.

Washington la semaine suivante. Puis Chicago. Partout des rendez-vous d'affaires. La société prenait de l'ampleur à toute vitesse.

« Il arrive », dit Dörsam à voix basse à Ritter, mais déjà il était là : un homme de grande taille, la soixantaine, qui avait encore de la neige sur les épaules. Il aurait pu être une star de cinéma. Il s'approcha de la table et serra la main de tout le monde, même de Josef. Il ne comprit pas son nom. On sentait une forme de respect autour de la table.

« Le radioamateur », dit Schmuederrich, et Josef remarqua qu'il redressait ses épaules. Il était évalué, c'était une sorte d'examen.

« Viens, on va parler seul à seul, Nikolaus », dit l'homme à Ritter avec un accent que Josef n'avait encore jamais entendu. Les deux hommes se dirigèrent vers un endroit du mur caché par un rideau à travers lequel ils disparurent comme par enchantement. Il avait l'impression de ne pas avoir réussi le test.

Autour de la table, tout le monde se taisait. Tous semblaient connaître cet homme, sauf lui.

« C'est Duquesne », finit par lâcher Schmuederrich, comme si tout était dit. Avait-il raté quelque chose ?

Ils ne buvaient plus que de petites gorgées de bière. Le verre de Ritter était encore à moitié plein. Max pétrissait une boule de mie de pain tout en chantonnant. *Wer hat nicht einmal am Rhein beim Glas Wein vom Glücke träumend zugebracht. Seelig berauscht… Das kranke Herz, es wird gesund.*

Un moment après apparut une femme telle que Josef n'en avait vu que dans les films : elle portait une étole de fourrure, une robe en soie et était d'une beauté renversante. Elle passa devant eux dans un frou-frou et rejoignit aussi la pièce du fond. Josef se rendit compte alors qu'il y avait là une porte capitonnée de cuir sur le côté intérieur.

« Parlez-nous un peu de votre station radio », dit Ritter après être revenu. Josef posa une photo sur la table. Il ne la montrait plus aux femmes qu'il rencontrait. Elles imaginaient aussitôt des soirées passées seules sur un canapé pendant que des miaulements et des voix étrangères traversaient la pièce. Jamais il n'avait pu transmettre son enthousiasme de voir que le monde était finalement tout petit. Les hommes en revanche, quand ils voyaient la photo, posaient aussitôt des questions. Bien sûr qu'il connaissait le morse. Et bien sûr qu'il pouvait envoyer des messages vocaux. Il avait tout ce qu'il fallait, un casque et un micro. Il se montrait détendu, savourant l'attention dont il était l'objet et sa capacité à répondre aux questions qu'on lui posait. Il parla de façon exhaustive de la fabrication de solénoïdes monocouches et de dispositifs de chargement avec rhéostat. Il confirma que l'on pouvait émettre jusqu'à Hambourg et recevoir aussi des messages depuis là-bas. « Ça va considérablement accélérer les communications commerciales, monsieur Ritter », dit Schmuederrich avec empressement.

Mais Josef ne dit pas un mot sur ce qui était le plus important pour lui. Quand, au milieu de la nuit, il entendait des crépitements et des chuintements et qu'il tournait tout doucement le sélecteur de fréquences. Quand il envoyait un signal et attendait que quelqu'un se manifeste. À Toronto, Helsinki ou au

Caire. Il était à la fois appel et voix. Tous n'étaient qu'appels et voix.

Ritter orienta la conversation sur les guerres, les bras et les jambes fracassés, les visages calcinés. La Russie en 1917. Max y avait participé, depuis il lui manquait deux orteils. Il avait dû s'amputer lui-même. Schmuederrich avait aussi combattu les bolcheviques, à Munich, en 1919. Il en avait descendu quelques-uns, dit-il. Dörsam avait fait la guerre sur le front occidental en France. C'était là que le père de Josef était tombé, alors que Josef n'était encore qu'un enfant. Ils se confortaient les uns les autres, s'assurant tous de leur présence durant cette période de l'histoire. *Des anciens combattants.*

Dehors, tout était blanc. Il rentra à Harlem. On lui avait dit qu'il avait le job. On avait besoin de sa station radio et de ses capacités à communiquer en morse. Max, qui était encore un néophyte dans ce domaine, se ferait un plaisir d'en apprendre plus avec lui et de travailler à ses côtés.

Josef n'éprouvait aucune joie. Il se demandait s'il ne devait pas refuser.

Il alla jusqu'au Hot-Cha-Club, acheta un billet et s'assit à une table. Les filles sur scène sautillaient et trépignaient, levant les jambes avec toujours le même sourire. À la table d'à côté était assis un homme dont la main disparaissait parfois sous la table. Josef était le seul à le remarquer, mais ça ne semblait pas déranger l'individu en question. Puis les danseuses disparurent, cédant la place à une seule fille qui n'était vêtue que d'un boa de plumes. Elle commença par danser puis retira sa culotte et finit par laisser tomber son boa.

Il avait déjà assisté à un spectacle de ce genre. C'était après une traversée de trois semaines en bateau. Son pays natal semblait être englouti à jamais. Les voix de Carl et de sa mère n'étaient plus que dans sa tête et dans ses rêves.

12

New York, janvier 1925

Il sentait encore sa main dans ses cheveux qu'elle lui avait coupés la veille. Ils ne se reverraient sans doute pas, car quand on partait pour l'Amérique on partait pour toujours. C'était ce que disait sa mère : Qui part pour l'Amérique part pour toujours. Sa voix était résignée.

Il avait mis deux réveils, mais il n'avait pas pu fermer l'œil de la nuit tellement il avait eu peur de rater le train et de ne pas pouvoir partir, comme Carl.

C'était la première fois qu'il se retrouvait seul. Il vivait dans un endroit avec beaucoup d'autres, mais personne ne le connaissait. Trois fois par jour, ils mangeaient dans de la vaisselle en fer-blanc qui se déformait à la moindre pression.

Les robinets ne donnaient que de l'eau salée. Personne ne se lavait. Les hommes pissaient par-dessus le bastingage. Il fit la même chose, le troisième jour, et pissa lui aussi avec un léger soupir de soulagement dans cette eau noire qui était à l'origine du monde.

Il n'y avait plus ni matinées ni après-midi. Il avait acheté un billet d'hiver, c'était moins cher. De la fumée noire tombait sur le pont de troisième classe. Il savait qu'en haut, en première classe, il y avait un orchestre, une salle de bal, un fumoir et un service postal.

La paille sortait des matelas. Elle lui tombait dessus depuis la paillasse de l'homme qui ronflait au-dessus de lui. Ça le démangeait sur tout le corps. Il s'allongeait sur le ventre et coinçait ses mains sous lui, des petits bouts de peau restaient accrochés sous ses ongles.

Ses voisins de lit jouaient aux cartes jusque tard dans la nuit. Il entendait parler du boom dans la construction à New York. Mais il ne pouvait pas travailler sur les chantiers. Il n'était pas assez costaud pour ça. Il entendait dire que les villes étaient surpeuplées. Que l'année suivante, l'Amérique allait mettre un frein à l'immigration. Il aurait bien aimé en parler avec Carl, qu'il le tranquillise. Mais Carl était resté à Düsseldorf avec un bandeau sur l'œil.

Parfois il entendait des prières. Depuis l'accident de Carl, depuis qu'il avait perdu un œil et donc le droit d'émigrer, il savait que les prières ne servaient à rien.

Un matin, la ville se dressa devant eux, comme surgie de la mer. Des valises, des tapis, des corbeilles, des matelas furent hissés des entrailles du navire. Il mit solennellement le costume noir de son père, un solide tissu d'avant-guerre et de bonne qualité, presque jamais porté. Entre-temps le transatlantique s'était approché si près des gratte-ciels que Josef pouvait compter les étages, avec chaque fenêtre dirigée sur lui comme d'innombrables yeux. Les photos ne l'avaient pas préparé à ce spectacle. Cette élévation, cette majesté.

Il leur fallut attendre. *First class first.* Leurs billets bon marché en avaient déjà fait des suspects.

Autour de lui, des enfants en pleurs et des mères qui essayaient de les consoler. Des hommes se tenaient debout, jambes écartées, menton en avant, comme si l'Amérique, c'était du tout cuit. Dans l'eau noire des blocs de glace s'entrechoquaient, ces crissements et ces craquements n'avaient rien de désagréable à ses oreilles. Il souffla dans ses mains pour se réchauffer.

On finit par les laisser aussi débarquer, et sentir la terre ferme sous ses pieds fut un vrai bonheur. Ils titubaient tous, on aurait dit marins. Une fois à quai, on les dirigea vers un embarcadère de ferry, tandis que les gens de première classe étaient déjà en route pour rejoindre leurs appartements ou leurs hôtels. Il était le dernier de la file et observait les mouettes affamées qui suivaient comme une traîne. Il n'osait pas leur jeter du pain, il sentait les regards de tous ces gens, tous des pauvres diables identiques à lui. Ils se dirigèrent vers un bâtiment qui semblait posé au milieu de l'eau, une bâtisse imposante qui ressemblait à un château : Ellis Island.

New York, janvier 1925

Il titubait au milieu des cris de toutes sortes. Des femmes en costume coloré s'agrippaient à leur sac, des hommes en uniforme lançaient des directives en plusieurs langues. La foule roulait, incertaine. Il ne savait pas ce qu'il devait faire. Un homme remettait sa prothèse dentaire. Ça sentait la sueur et le vomi. Il trouva une pièce avec des lavabos. Il se faisait bousculer de tous les côtés. Il joua des coudes à son tour. Il se rasa, cracha du sang, sa gencive lui faisait mal. Il but une gorgée d'eau, là aussi elle avait le goût de sel.

« *No, this way!* » On l'envoya vers un escalier. Ce que signifiait cet escalier, tout le monde le savait, même en Europe. En haut, derrière une vitre, se trouvaient des médecins qui décidaient si on valait la peine d'être américain. Il suffisait d'avoir du mal à respirer pour être refoulé. Il monta à toute vitesse les escaliers et se retrouva dans une immense salle avec des bancs en bois et de gigantesques lustres au plafond. Il semblait avoir réussi à l'examen. Il s'assit et sentit dans son corps le roulis du bateau, qui n'en finissait pas.

Il chercha à lire sur le visage des inspecteurs comment ils aimeraient qu'on se présente devant eux. Il voyait de jeunes femmes répondre aux plaisanteries et faire usage de tous leurs charmes. Il vit comment on faisait une marque à la craie sur l'épaule d'une femme qui éclata en sanglots.

« *You're next!* » Il se leva d'un bond. Un homme qui ne ressemblait pas du tout à un médecin lui demanda de montrer ses mains et de tirer la langue. Il l'envoya ensuite vers un inspecteur qui lui demanda son nom, son âge, sa date de naissance. L'homme comparait avec les papiers qu'il avait dans les mains. À la fin on lui présenta une bible ouverte où il dut lire un passage, en anglais. Il lut sans comprendre ce qu'il lisait et fit un signe de tête affirmatif quand l'inspecteur lui dit quelque chose, alors qu'il n'avait toujours rien compris. Il avait de la chance. Un officier lui fit signe d'approcher, plus aimablement que tout à l'heure : *« Your landing card, Mister »*, et on fixa un papier sur le revers de sa veste. Il traversa une sorte de parc d'attractions avec des stands où l'on pouvait acheter à manger, un bureau de poste, des bureaux de change, des offices proposant des billets de train pour la Californie, des panneaux publicitaires pour des cours d'anglais et des offres de travails pour les migrants. Il changea son argent liquide : 4,2 milliards de Reichsmarks. Il reçut 181 dollars.

Il fit porter ses bagages chez les Engelking. Lower East Side, Mott Street 32. Il essaya de se souvenir du lien de parenté. Les Engelking leur avaient envoyé, il y a bien des années de cela, une photo montrant le père en costume et coiffé d'un chapeau rond. Carl savait que ça s'appelait un chapeau melon. Plus tard ils virent au cinéma de la Königsallee à Düsseldorf que Charlie Chaplin portait ce genre de chapeau. L'homme donnait l'impression d'être très distingué. Il écrivait qu'il avait créé une entreprise à Manhattan.

Un sentiment de bonheur ruisselait dans tout son corps quand ils levèrent l'ancre dans la lumière grise de l'après-midi et se dirigèrent vers la pointe sud de Manhattan.

*

La démarche raide tant il était concentré, il avançait au fond d'une gorge faites d'immenses murs gris. Un grondement montait de la ville. Un martèlement, un battement, bruit de métal cognant contre du métal. Des sirènes hurlaient.

Il ne cessait de renverser la tête en arrière. Des ornements, des pignons, des colonnes, même tout en haut. C'était comme ça qu'il se représentait Rome ou Athènes. *Carl, regarde un peu ça !* Il se ferma un œil. Était-ce le droit ou le gauche ? Un bâtiment avec des colonnes en pierre et des lions. Le New York Stock Exchange. Partout autour de lui, des hommes marchaient d'un pas pressé. Il était comme invisible à leurs yeux ; et quand il s'arrêtait il pouvait les entendre souffler d'un air mécontent.

Il resta un long moment devant une grande porte dorée. Derrière il aperçut un immense hall de réception avec des stucs au plafond, des lustres gigantesques et d'énormes fauteuils. *Woolworth Building* était-il écrit en grosses lettres au-dessus de la grande porte. Un portier lui jeta des regards d'avertissement : encore un venu de ces bateaux, de cette pauvre Europe !

Son costume noir sentait la pomme de terre moisie. Dès qu'il s'arrêtait, il se retrouvait entouré de cette odeur qui était si forte qu'il prenait peur à chaque fois. Il avait la gorge sèche et une barre sur le front. Le soir, il découvrit une pension pour les nouveaux arrivants, un vrai trou à rat. Il ne voulait pas débarquer tout de suite chez les Engelking. Il souhaitait d'abord savoir ce que ça faisait que d'être tout seul dans cette ville.

La lumière brûlait en continu. Sous les cartons et les planches, il y avait directement le sol en béton. Les couvertures étaient pleines de trous. Il avait posé sa tête sur son sac de marin et recroquevillé ses jambes. S'il les avait allongées, elles auraient cogné contre le visage d'un autre homme. Son lit superposé sur le bateau lui apparaissait maintenant comme un vrai luxe. Mais il était trop épuisé, il allait simplement fermer les yeux et supporter cette nuit. Ensuite il chercherait un meilleur endroit pour se poser. Il s'endormit avec ces pensées. Il fut réveillé par la lumière qui passait par les soupiraux. Des hommes se levaient lentement, rangeaient leurs affaires et se dirigeaient vers les escaliers en traînant des pieds. Il y avait quelque chose de honteux dans leurs mouvements, comme s'ils voulaient vite oublier ce moment.

Il passa la journée à arpenter les rues, s'arrêtant parfois devant des affiches. Il imaginait Carl à ses côtés. Carl qui lui donnait son avis. *Waiter wanted.* Non, on va trouver mieux. Il vit des églises coincées entre de grands immeubles. Tout le contraire de Düsseldorf où les églises étaient bien séparées des autres bâtiments, parfois même en hauteur sur de petites collines d'où elles dominaient tout. Il avait l'impression que toutes les proportions étaient brouillées, sa petite taille lui paraissait moins dramatique ici où de toute façon tout était dépassé par ces gigantesques tours. Mais du même coup il avait du mal à apprécier les bonnes vitesses et les distances à respecter, il se retrouvait souvent entouré de soupirs d'exaspération et de *excuse me* qui signifiaient en fait le contraire. Dans une épicerie, la cliente devant lui fit un écart pour l'éviter, tandis que derrière lui une autre voix grincheuse s'élevait au moment où il reculait. Il faillit tomber sur quelqu'un dans les escaliers du métro. Souvent il butait contre des épaules ; des rebords de chapeau venaient heurter son visage ; il se faisait bousculer, mais les bougonnements semblaient toujours le désigner comme responsable. Il commença à faire comme s'il se regardait d'en haut, petit point sombre avançant dans les rues.

Il se rendit chez les Engelking quand il eut très envie d'un bain et sentit qu'il avait des poux. La famille vivait dans le Lower East Side. Il traversa d'abord la moitié de Chinatown, un quartier rempli d'idéogrammes, sauf pour *Chop Suey* que même les Américains devaient pouvoir identifier au premier coup d'œil.

Les Engelking habitaient dans une seule pièce crasseuse. Des vêtements étaient accrochés au mur sur de simples clous. Cinq enfants, tous secoués par des quintes de toux. L'entreprise qu'ils avaient créée était en fait posée sur la table : un tas de vieux parapluies qui attendaient d'être réparés.

Le pire, c'était le bruit qui montait le long des immeubles, les cris des vendeurs et des commerçants, les bruits des voitures et les hurlements qui sortaient des appartements, comme si on tabassait quelqu'un. Dehors il y avait des femmes en kimonos assises sur les trottoirs. Il en vit une remettre ses seins dans son décolleté. Ses jambes nues étaient marquées de traces bleues. La rue n'était que misère : des femmes en train de se crêper le chignon, des hommes claudiquant, des chiens copulant, des marchands ambulants tirant des charrettes. À un moment donné, un chat vint s'écraser à ses pieds en poussant un cri de douleur. Au même instant il entendit des enfants éclater de rire. Dans la rue des Engelking, on parlait toutes les langues possibles et imaginables, sauf l'anglais.

Il quitta les Engelking, après une nuit passée dans la famille et se rendit dans un Rooming Hostel pour les marins. Il était un peu soulagé. Il savait maintenant ce que c'était que d'être seul.

Il errait dans les rues, les mains enfoncées dans les poches de pantalon de son costume sans âge.

Il savait qu'il devait devenir quelqu'un, mais il avait encore le temps. Il pouvait partir de zéro, oui, il partait vraiment de zéro. Il déambulait dans les rues avec le sentiment d'être invulnérable. Invulnérable, comme s'il n'était pas encore né.

Il avait cessé de penser à Carl.

New York, janvier 1925

Au bout de quelques jours, il fit la rencontre d'Arthur. Ce dernier avait découvert Josef affalé sur une valise. Il l'inspecta des pieds à la tête : « Allemand ! Je vois ça aux cigarettes. »

Josef se redressa. « Des gens capables », dit-il en se lançant lui-même un compliment, car Arthur avait dans le regard quelque chose d'aimable qui inspirait confiance. Il portait une petite moustache à la Charlie Chaplin mais de couleur rousse. Il lui donna sa dernière Bremaria, en échange Arthur lui offrit une Chesterfield. « Ça fait quelques jours que je te vois arpenter Vandam Street. J'ai mon entreprise là-bas. Je pourrais aussi t'offrir un canapé. Tu t'appelles comment ? »

« Josef. »

« On va essayer avec Joe. » Josef s'intima l'ordre de faire confiance à Arthur. Il le suivit dans le métro. Sans jamais perdre de vue cette touffe de cheveux roux, il se laissa conduire dans le sous-sol de New York avec ses innombrables entrées et sorties et son bruit si difficile à définir. Quand ils remontèrent enfin à la surface, Arthur lui dit qu'ils étaient dans le Bronx.

L'immeuble était à côté d'une voie de métro aérien. Au cinquième étage, Arthur ouvrit une porte qu'il referma derrière eux. Il faisait sombre et ça sentait la laine mouillée. Josef ne voyait presque rien. « Tu peux avoir le canapé. La salle de bains est dans le couloir. C'est 2 dollars la semaine. Tu peux les gagner facilement en travaillant pour moi. À l'imprimerie. »

Tout vibrait dans cet immeuble quand une rame de métro passait. Il n'avait encore jamais entendu un tel bruit. Il était allongé sur le dos et le bruit faisait trembler tout son corps. Il sentait le contour de son corps, depuis la pointe des pieds jusqu'au sommet de la tête et il se rendait compte pour la première fois que ce corps lui appartenait vraiment, comme si la ville lui donnait pour la première fois des contours fermes, alors même qu'elle le secouait de partout.

13

New York, mars 1939

Max était très grand. Il entra dans l'appartement de Josef en se baissant un peu et en courbant les épaules, comme s'il devait s'excuser d'avoir autant grandi. Princess se mit à aboyer.

« Il mord ? »

« Elle ne mord pas. Normalement elle n'aboie pas non plus. »

Max jeta son chapeau mouillé et son manteau mouillé sur le canapé. Il pleuvait depuis des heures sur Harlem. Lumière grise devant la fenêtre. « Sale quartier. J'avais peur de me retrouver avec un couteau planté dans le dos. Avant de rentrer en Allemagne, j'habitais à Bushwick. C'était mieux. »

Josef se demandait ce qu'il devait répondre. « On trouve ici le meilleur jazz du monde », finit-il par dire pour se défendre.

« En Allemagne, tu finis au trou pour ça. »

« Ah bon ? »

« Les accros du swing finissent tous au trou. » Max sourit et il était difficile de savoir s'il trouvait ça bien ou se moquait de cette directive.

« Bon, on s'y met ? » demanda Josef.

« On se calme. Le rendez-vous n'est que dans une demi-heure. Tu peux faire un café ? »

On se calme. Il n'y a que les gens qui ont du mal à trouver leur calme qui disent ça.

Max utilisait un doigt pour faire du morse au lieu de mettre trois doigts autour du manipulateur et d'appuyer avec l'index. Il émettait sans rythme, sans musique. Il avait sous les yeux toute une suite de chiffres. Il était interdit aux radioamateurs de crypter leurs messages. Josef ne savait pas par où commencer pour signaler le problème à Max qui, la bouche crispée, envoyait Dieu sait quoi à travers l'espace.

« Tu vas recevoir un point d'interrogation. »

« Ah bon ? »

« Tu ne sépares pas assez les signes, on ne peut pas te comprendre. Ça fait combien de temps que tu fais du morse ? »

« Dans ma formation à Hambourg, ils m'ont forcé à utiliser ma main droite, alors que je suis gaucher. J'ai du mal avec la droite. »

« Il y avait un examen ? »

Maxi lui lança un regard moqueur et ne répondit pas. De nouveau le fameux point d'interrogation, tut tuut tuut tut.

« Il faut que tu détendes plus ton bras. Regarde, comme ça ! » Josef prit le manipulateur et lui montra comment faire.

New York, mars 1939

« Je ne peux pas apprendre aussi vite. »

« Alors prends le micro. »

« Ils veulent communiquer uniquement en morse. Tu peux t'en charger pour aujourd'hui ? »

« Il est interdit d'envoyer des messages chiffrés. Si quelqu'un reconnaît mon écriture, je vais avoir des problèmes. »

Max sortit deux billets de 10 dollars. Josef se gratta le cou puis il fit un signe d'acquiescement et prit l'argent. « Ça va pour aujourd'hui. Mais il faut que je réfléchisse si je continuerai à le faire. »

« Alors réfléchis bien. »

De nouveau ce rire moqueur. Josef hésita mais finalement il tira à lui la liste de chiffres et se mit à émettre. Dix minutes plus tard il reçut une confirmation. Max s'assit sur le canapé, s'alluma une cigarette de marque allemande, une Bremaria, et n'en offrit une à Josef que parce que ce dernier lui avait adressé un regard. Josef tira sur sa Bremaria et il ressentit aussitôt un goût qui le fit se retrouver à Düsseldorf, sur les prairies au bord du Rhin où passaient des bateaux, jeunesse d'autrefois sans avenir.

« Ils attendent le prochain message à 13 heures sur une autre fréquence », lui dit Max.

« Pourquoi tu envoies des messages codés ? »

« Tu veux que tout le monde sache qui sont nos clients et ce que nous leur livrons ? »

« Et pourquoi on ne fait pas tout en une seule fois ?

« Par mesure de sécurité. Comme ça, on ne peut pas nous repérer. »

Max remuait son café refroidi. Dans l'appartement d'à côté, Mrs Meeropol enguirlandait ses enfants.

« On envoie quoi ? »

« Des commandes, des réclamations, des coordonnées de clients, de nouvelles destinations. M. Ritter est entre-temps parti à Chicago. »

« Comment fonctionne le codage ? »

« Ça marche avec un livre. Plus tard j'amènerai quelqu'un qui est responsable de tout ça. » Max faisait bouger la pointe de son pied.

« La société a autant de choses à faire ? »

« Oui. »

Il y avait chez Max une tension qui semblait se transmettre à Josef. Celui-ci mit alors un disque d'Ella Fitzgerald, *Goodnight My Love*, et fuma pour contrer son impression que quelque chose n'allait pas.

À 13 heures, le signal était trop faible. Josef grimpa sur le toit et vérifia l'antenne. Effectivement, un des câbles qui la maintenaient avait glissé et Josef le refixa. Il regarda par-dessus les toits les cordes à linge qui oscillaient et les draps que l'on avait oublié de rentrer et qui se gonflaient dans le vent. Il pensa à Max. Les gens grands ont la vie plus facile, ils irradient déjà une forme d'autorité et de supériorité, simplement en raison de leur taille. Mais chez Max, quelque chose semblait avoir cloché, son dos légèrement voûté était comme l'indice qu'il aurait préféré être plus petit.

Quand il revint, des vrombissements et des crépitements s'échappaient de l'appartement, comme s'il y avait là un gros insecte qui tournoyait. Max était en train de tourner dans tous les sens la molette des fréquences.

« Éteins l'appareil ! » Max se retourna, le regarda avant d'éteindre l'appareil.

« C'est quoi ce truc que tu fais là ? »

« Ce sont des affaires. On te l'a déjà dit. »

Max lui adressa un regard froid.

Josef eut un instant d'hésitation.

« Parle-moi un peu de l'Allemagne. Tu as vécu quoi là-bas ? »

« Ce que j'ai vécu !? » Max émit toutes sortes de sons qui devaient donner une impression d'excitation et d'hystérie.

« Tu as dit que les accros au swing se faisaient arrêter. »

« Oui, toi, ils t'arrêteraient sûrement aussi. » Max éclata de rire, mais comme Josef ne bronchait pas, il regarda sa montre. « Presque 14 heures. Au boulot. Sinon je vais être obligé de te reprendre ton argent. »

Josef envoya tout en l'espace de dix minutes et reçut une confirmation de réception. Max s'installa de nouveau sur le canapé et gratta les oreilles de la chienne qui visiblement y prenait plaisir.

« Maintenant on déteste les Allemands ici », se plaignit Max.

« Il y a de bonnes raisons pour ça, non ? »

« Pendant deux ans j'ai été absent d'ici. Et maintenant on nous considère comme si on était les derniers des derniers. »

« Ah bon ? » Le regard de Josef se porta sur les mains de Max. Il avait des ongles très larges et une peau blanche un peu flasque.

« Le problème », poursuivit Max, « c'est que les Allemands ici font tout de travers. J'étais aussi au rassemblement du Madison Square Garden. Et je t'ai vu. »

« J'étais là pour nos clients. Pas à titre personnel. »

Max se frotta le menton. « Je vais te révéler quelque chose. Fritz Kuhn n'est pas autorisé par le parti. »

« Ça m'est bien égal. »

« Le parti a depuis des années pris ses distances par rapport à Kuhn. Plus de défilés, plus de grands rassemblements en Amérique, plus de croix gammées, plus de Kuhn. Mais Kuhn continue. Il pense vraiment que Hitler va un jour le nommer chef des nationaux-socialistes pour toute l'Amérique. »

« Et la photo qui montre Kuhn avec Hitler ? » demande Josef à contrecœur.

« La photo a été prise lors des Jeux olympiques de Berlin. À cette époque, Hitler se faisait photographier avec n'importe qui. »

Josef le regarda, songeur. Ils partageaient tous les deux la même détestation pour Kuhn, mais pour des raisons très différentes. Josef attendit que Max ait allumé sa cigarette et tiré sa première bouffée.

« Pourquoi tu es rentré en Allemagne, il y a deux ans ? »

« Ah, j'avais vu l'annonce. Le Reich payait la traversée à tous ceux qui voulaient rentrer. C'était tentant. »

New York, mars 1939

Josef aussi avait vu l'annonce. Tout le monde l'avait vue. Même Mrs Dollings. Il n'avait pas eu l'impression d'être pris très au sérieux quand il avait vu ce genre de publicité.

« Et pourquoi tu es revenu ? »

« Je te raconterai ça une autre fois. »

Le soir, Josef sortit Princess dans la 125e Rue. Il faisait nuit noire. La pluie avait cessé mais l'électricité avait été coupée. Une femme se tenait à un réverbère et crachait du sang.

Il passa devant les garages de réparation automobile, la déchetterie et la collecte pour le verre et le papier. De l'air froid remontait du fleuve. Un homme se tenait debout, immobile face au ciel sombre, et parlait tout seul. Il voyait de plus en plus souvent ce genre d'individus. Tous autant qu'ils étaient, ils semblaient correspondre au premier ou au dernier stade des orateurs publics, ceux qui avaient poussé un peu plus avant cette façon de parler tout seul, qui l'avaient amplifiée pour rassembler autour d'eux des gens à qui ils jetaient en pleine figure des mots comme « souveraineté mondiale » ou « injustice ».

Max lui avait dit qu'il avait été laveur de carreaux pendant la Grande Dépression. Il était arrivé dans les années 20, avec la dernière grande vague de migrants, et il n'avait trouvé que des boulots dérisoires. Livreur de boissons, liftier, plongeur dans les restaurants. Et même ces petits boulots, il avait fini par les perdre.

Laveur de carreaux était un job qu'on pouvait toujours trouver, les gens ne se battaient pas pour faire ce travail. On l'avait attaché à une corde et lâché par une fenêtre du vingtième étage, pendant que derrière les vitres les employés de bureau s'efforçaient de ne pas le regarder. Il avait l'impression de devoir lutter pour rester en vie, en même temps qu'il devait plonger sa raclette dans l'eau savonneuse et la passer sur les vitres. Pour 1 dollar par jour. C'étaient les fenêtres de Wall Street par lesquelles s'étaient jetés les agents boursiers. Lui au moins avait surmonté la crise sain et sauf. « Quand on n'a pas grand-chose, on n'a pas grand-chose à perdre non plus. »

Ce fut le seul moment en adéquation avec les épaules voûtées de Max, et Josef avait ressenti de la pitié. La pitié était un sentiment préférable au malaise que ne cessait de provoquer chez lui Max quand il parlait de l'Allemagne et lui lançait ce regard froid.

14

New York, mars 1939

Au rendez-vous suivant, Max amena quelqu'un, comme il l'avait annoncé. L'individu passa en coup de vent devant lui, les yeux baissés, murmurant juste un « Ludwig » avant de disparaître dans un coin.

Mal rasé, crâne chauve et brillant, costume fripé, la cinquantaine. Il semblait s'efforcer de faire comme s'il n'était pas là, ce qui attirait encore plus l'attention sur lui. Josef lui demanda s'il ne voulait pas s'asseoir avec eux, mais l'homme refusa. Josef lui apporta une chaise. L'homme s'assit, sortit un livre enveloppé dans du papier d'emballage et prit des notes tout en faisant défiler son index gauche sur les lignes. Était-ce le codeur ? Quand Josef s'approcha, l'autre ferma vite le livre et sourit. Regard vitreux d'un ivrogne.

« Où c'est que vous l'avez dégotté, celui-là ? » demanda Josef lorsque Max l'eut rejoint dans la cuisine.

« Ritter lui fait entièrement confiance. Mais tu n'as qu'à lui poser toi-même la question. »

Ludwig parlait très peu, et quand il parlait, c'était de façon si indistincte que Josef finissait par se lasser de lui demander de répéter. Après plusieurs tentatives, il crut comprendre que Ludwig avait travaillé dans la librairie Germania à Yorkville, qu'il vivait en Amérique depuis quelques années et qu'il était content d'avoir trouvé ce nouveau travail. Quant à savoir ce qu'il avait fait auparavant en Allemagne, Josef n'obtint pour toute réponse que « Un peu de ci, un peu de ça ». Renversé sur sa chaise, Ludwig fermait parfois les yeux. Mais impossible de savoir si c'était sous l'effet de la fatigue ou de la concentration. Et on pouvait tout aussi bien imaginer qu'il ne fermait pas entièrement les yeux mais observait la pièce à la dérobée.

Une fois de plus, Josef n'eut pas besoin de plus de dix minutes pour envoyer les séries de chiffres. Une fois de plus, il n'avait aucune idée de ce qu'il envoyait.

Pendant une pause, Josef mit un disque de Billie Holiday.

« Ah ! On a encore droit à de la musique de sauvage aujourd'hui ? » dit Max sur un ton moqueur en posant deux billets de 10 dollars sur la table. Josef empocha les billets sans rien dire. Le rendez-vous suivant était dans trente minutes. Max et Ludwig s'étaient confortablement installés sur le canapé, ils caressaient Princess et fumaient.

« Tu as quelque chose à manger? On paiera en plus. »

« On n'a qu'à sortir manger dehors. »

Ludwig et Max se regardèrent.

« Va plutôt nous chercher quelque chose. »

« Je ne suis pas votre chaperon. »

« On n'a pas le temps de descendre. Tiens, voilà 2 dollars. Va nous chercher quelque chose. S'il te plaît, mon cher Josef. »

Il marchait face au soleil et ne voyait que les contours des choses. Il y avait des étrangers dans son appartement et il n'aimait pas ça. Il fila chez Idries, acheta quatre parts de *bean pie* et deux bagels chez l'épicier.

Quand il revint, il jeta d'abord un regard soupçonneux dans la pièce. Rien ne semblait avoir été déplacé. Il posa les sacs sur la table. Max sortit une part de *bean pie*.

« C'est quoi ? »

« Un truc italien », dit Josef.

« Ils savent y faire ces Italiens », dit Max en mâchant. Josef réprima un sourire.

Ludwig prit un morceau de bagel. « Et ça aussi, c'est italien ? »

Josef fit oui de la tête.

« Un bagel, imbécile », dit Max. « Josef se fout de nous. »

Le soir, une fois seul, il pensa à Lauren. Dix jours avaient passé depuis leur première rencontre et il n'avait plus de nouvelles. Il ne savait pas très bien ce que Lauren cherchait, simplement des relations amicales dans la grande famille des radioamateurs ou un homme. Et il ne savait pas ce qu'il aurait préféré. À la différence de la plupart des femmes, elle ne semblait pas avoir de projet précis en tête et elle n'avait pas cherché à le sonder pour essayer de trouver les avantages et les inconvénients d'une relation avec lui. La plupart du temps, ce genre d'investigation se soldait par une attitude de défiance face à un homme qui n'était toujours pas marié.

Malgré tout il semblait avoir quelque chose qui plaisait aux femmes. Arthur appelait ça : la touche James Cagney, ce sourire un peu de travers qui descendait vers le bas, à gauche. Associé à sa petite taille, ce sourire était considéré comme un atout de charme auprès de certaines femmes.

La plupart du temps, il restait au bar, moitié debout, moitié assis. Libre de pouvoir partir à tout moment. Il y avait des femmes qui prétextaient vouloir simplement boire quelque chose mais qui ne dédaignaient pas se laisser aller à une conversation. Il leur commandait un verre, le tabouret de bar le faisait paraître aussi grand que les autres clients. Puis il leur débitait des compliments, comme on met des pièces dans un juke-box pour que la musique ne s'arrête pas.

Il n'avait fait aucun compliment à Lauren. Il n'aurait d'ailleurs pas su quoi lui dire. Elle n'était pas jolie. Et il lui était difficile de mettre des mots sur ce qui lui plaisait chez elle. C'était en rapport avec sa nature, ses qualités intérieures. Tu as un bon caractère. Tu es intelligente.

Mais impossible de dire ça à une femme.

New York, mars 1939

Il passa sur la fréquence où il avait parlé avec Lauren, de la même façon qu'il observait parfois des objets oubliés chez lui par des femmes : une paire de lunettes de soleil, un rouge à lèvres, un papier de bonbon. Il ne comptait pas vraiment la retrouver de cette façon. En plus il ne savait pas si ce serait une bonne idée vu sa drôle de situation professionnelle. Il lui avait donné sa carte de visite, mais elle ne l'avait pas appelé au téléphone. Peut-être était-elle occupée à trouver une chambre et un travail à New York. C'est alors que soudain il entendit sa voix.

« Dabbeljutu ! » lança-t-il.

Elle lui dit qu'elle était depuis deux jours chez ses parents pour leur faire part de sa décision de s'installer à New York. Ses parents ne voulaient rien entendre. Ils ne l'avaient pas enfermée, elle n'était pas aux arrêts, mais sa mère n'en finissait pas de crier et de pleurer ; elle était devenue carrément hystérique. Et si son père restait calme et raisonnable comme toujours, il se rangeait quand même du côté de sa mère. C'était vraiment terrible. Sa mère n'arrêtait pas de lui dire qu'elle était inconsciente, insouciante, ingrate, qu'elle avait tout ce qu'il fallait ici, qu'elle pouvait aller à l'université de Poughkeepsie si elle voulait absolument faire des études, et qu'elle n'avait pas besoin d'aller à New York, dans cette ville sans âme, pleine de bruits et de violences.

Elle ne pouvait que répondre à sa mère qu'elle ne savait pas encore ce qu'elle allait faire, mais qu'il y avait une chose qu'elle savait : elle voulait vivre à New York.

Elle allait prendre le bus dès le lendemain pour Manhattan. Elle avait obtenu un emploi d'infirmière de nuit au Manhattan General Hospital, même si ce n'était encore qu'à l'essai. Ce n'était pas un travail de tout repos, mais il lui fallait gagner de l'argent. Elle parlait comme si elle était seule, alors que le monde entier écoutait. C'était déroger aux règles des radioamateurs de dire des choses privées, bien sûr elle le savait et elle n'en finissait pas de bredouiller des excuses, des *apologies* qui ne faisaient que renforcer ses sanglots.

« On peut se voir ? »

Il eut un mouvement de frayeur en pensant aux deux hommes qui venaient maintenant régulièrement chez lui. Il n'avait pas envie de mentir à Lauren si elle lui posait des questions sur son travail et de lui dire que tout allait parfaitement bien.

« Je vais être en déplacement pour quelque temps », dit-il, « j'ai trouvé un nouveau travail ».

« Oh ! » l'entendit-il renifler. « Combien de temps ? »

« Deux mois », dit-il, la mort dans l'âme.

Pause. Crépitement. « Je t'appelle dans deux mois, Joe. » Il entendit des voix dans le fond. Quelqu'un frappa à la porte au moment où Lauren se déconnectait.

Il avait demandé une semaine de congé à Arthur. L'espoir de pouvoir démissionner pour échapper à cet imbroglio politique dans l'imprimerie n'avait pas fait long feu. Son nouveau job n'était pas vraiment une alternative et il aurait dû s'en douter. Il s'en voulait. Il avait voulu démontrer ses capacités de radioamateur et avait évacué tout le reste.

Il trouva Arthur dans le bureau embrumé par la fumée des cigarettes. Arthur était occupé par la lecture de brochures et de flyers. Il n'était que 9 heures du matin, les machines ne tournaient pas encore. Arthur triturait sa petite moustache à la Charlie Chaplin.

« Bien reposé ? »

« Je ne sais pas. J'ai deux types bizarres qui viennent chez moi et qui ont mis le grappin sur ma station radio pour le compte d'une entreprise textile à Hambourg et sur moi du même coup, vu qu'ils ne savent pas s'en servir. Ils ne savent même pas se faire à manger. Je reçois un paquet de fric pour ça. »

Arthur écrasa très lentement sa cigarette.

« Ce boulot, tu l'as eu par Schmuederrich ? »

Josef fit signe que oui.

« Tu sais que ça peut te conduire en prison ? »

Il vit par la vitre opaque du bureau que la lumière venait de s'allumer dans l'imprimerie. Quelque chose lui serrait la gorge. Il entendit Arthur dire : « Je ne prétends pas que mes activités avec les fanatiques de Hitler ne comportent pas de risques. Mais travailler pour les Allemands, c'est vraiment de l'inconscience pure. »

« Je ne travaille pas pour les Allemands », dit Josef d'une petite voix.

« Si, c'est ce que tu fais. »

Maintenant les choses étaient dites. Josef avait du mal à respirer, comme si l'air n'arrivait pas dans ses poumons. Arthur continua : « Ne va pas leur faire de scène. Au cas où ils se découvrent, fais comme si ça avait été clair depuis le début. Et si tu veux savoir, pour moi ça l'était aussi. Mais comment tu fais pour être aussi naïf ? »

« Je vais arrêter. »

« Bonne chance. Je connais Schmuederrich et ses types. Il ne porte pas cet uniforme par hasard. »

La panique ruisselait dans tout son corps, il sentait des picotements d'effroi jusqu'au bout de ses orteils. Comme si son corps savait déjà tout, connaissait l'ampleur de la situation. Il demanda une cigarette à Arthur et ils fumèrent en silence, les machines avaient commencé à tourner, des voix leur parvenaient.

« Désolé, mais je ne peux pas te rassurer. Tu t'es vraiment mis dans la merde », dit Arthur en sortant du bureau.

« Je crois que je vais devoir prolonger un peu mon congé à l'imprimerie », répondit Josef d'une voix sourde.

15

Neuss, juillet 1949

Il est allongé dans sa chambre, comme engoncé dans la vie de Carl, jusque dans ses sous-vêtements. Mais son corps ne semble pas vouloir abandonner l'heure américaine. Il sent le sommeil jusque dans ses bras et dans ses jambes. Il pourrait continuer à dormir. Les draps sont chauds et sentent bon, il n'a encore jamais dormi dans un aussi bon lit.

Depuis quand est-il là ? La chaleur semble tout dissoudre et égaliser comme sous la pression d'un doigt.

Il joue avec les pompons des voilages blancs et fait de petits nœuds ; quand il s'en aperçoit, il les défait (il pense à Edith). Chaque fois qu'il se lève, les lames du parquet craquent. Il reste donc allongé. Il aimerait bien que la famille l'oublie. Qu'ils continuent tous leur vie et qu'il puisse continuer la sienne. Mais quelle vie ?

Il est dans le pays où il est né, mais ce pays est détruit. La rue est jonchée de décombres avec des enfants qui jouent au milieu. Il pourrait intégrer l'entreprise de Carl, mais c'est bien la dernière chose dont il a envie.

Il imite la voix de Carl : J'écoutais Radio Londres. Dis-moi maintenant, tu pouvais savoir en Amérique ce qui se passait ici ? Non ? Pourquoi non ? Si quand même ?

Il pense à la voix d'Edith, pleine de curiosité : C'est comment de marcher à travers New York ? Je veux dire, ça fait comment avec tous ces immeubles immenses ? Ça ne fait pas un peu peur ?

Il émane d'Edith quelque chose de délicat et de fort à la fois. Comme si elle refermait le robinet que Carl est toujours en train d'ouvrir en grand, comme si elle était simplement là, une personne qui bouge, se baisse, se redresse, apporte quelque chose, emporte quelque chose, pose des questions et hoche la tête avec un air de bravade à peine perceptible.

Ils parlent de tout, mais à petite dose. « Dehors il fait chaud comme dans un four », a dit Edith hier.

« Moi, je respire toujours par la bouche, comme les chiens », a-t-il répondu.

Elle a souri. Puis elle a demandé : « Il fait aussi parfois très chaud à New York ? »

« Oui. On va alors dans les grands magasins. Ils sont climatisés. »

« Climatisés ? »

« De l'air froid qui vient d'un système de ventilation. »

« Ça doit coûter une fortune. »

« Chez nous en Amérique, le client est roi. » Il a dit « chez nous ».

« Une poule est morte cette nuit. Tu sais préparer les poules, Josef ? »

« Malheureusement, on ne m'a pas appris ça en Amérique. »

« Je la porterai chez le voisin. »

« Carl ne sait pas faire ? » Ils s'étaient regardés. Il avait ri le premier. Puis elle s'était retournée, un peu honteuse d'avoir ri aussi. Elle avait renoué la ceinture de son tablier avant de se pencher vers le four.

Il enfonce sa joue dans l'oreiller. Il s'observe en train de pleurer et se défie de lui-même. Il se dit qu'il voudrait rentrer chez lui. Je voudrais rentrer chez moi. Il se défie aussi de ces mots. Il n'a pas de chez-lui.

Maintenant il entend d'autres voix. Ça vient de la cuisine. Carl est en train de crier sur son fils. Ça dure, puis un silence, puis un autre bruit. Il connaît ce bruit. Quand il se lève pour aller voir, le fils est déjà sorti. Carl se tourne vers lui, un peu surpris.

Les lames de parquet craquent au moindre pas.

« Qu'est-ce qu'il a encore fait ? »

« Il a volé un timbre. »

« Mais non, c'était moi. J'ai écrit une lettre. »

« Pourquoi tu ne m'as pas demandé ? »

Josef ne sait que répondre et se contente d'un petit rire gêné.

« Et tu as écrit à qui ? »

« Une connaissance de New York. Il habite maintenant à Pulheim. »

« Lui aussi a été expulsé ? »

« Un an avant moi », dit Josef en s'efforçant de rester calme. Le ton de son frère l'agace.

« Vous vous connaissez d'où ? »

« Par le Bund germano-américain. Une organisation politique et patriotique engagée dans la lutte contre le communisme. »

« Ça sonne bien », dit Carl.

Oui, ça, sonne bien. Il a quand même omis quelques détails.

Carl s'approche d'un pas et dit : « Les communistes occupent maintenant la moitié de l'Allemagne. Je ne sais pas où tout ça va nous mener. »

« On peut se poser la question. »

« Tu as déjà dû t'occuper d'enfants ? »

« Aucune de mes amies n'avait d'enfants. »

« De tes amies. »

« De mes amies. »

« Comment il s'appelle ce type à qui tu as écrit ? »

« Hans Dörsam. »

Le soir, les hirondelles filent dans le ciel. On peut les observer depuis le banc du jardin. Il sort une cigarette (encore des américaines) et il a soudain l'impression qu'il serait capable d'accueillir toutes les nouvelles du monde, même les mauvaises, ces nouvelles qui vous atteignent comme un coup de pistolet dans le dos. Il est exactement dans l'état d'esprit qu'il apprécie pleinement : ouvert, débordant de vie et de sensibilité. Il sait maintenant qu'il va repartir.

Quand il arrive au filtre, il l'écrase, ramasse le mégot et le met dans son paquet de cigarettes. Il ne faut pas que Carl s'énerve. Au moment de se lever, il aperçoit du coin de l'œil le garçon qui semble être là depuis un bon moment, dans l'entrée, en train de l'observer. Comme un espion. Il ne peut s'empêcher de rire. On l'observe donc partout, où qu'il soit dans le monde.

« Approche un peu », lui lance Josef. Le garçon s'approche et s'arrête devant lui.

« Viens t'asseoir. »

Le garçon ne bouge pas.

« Tu en veux une ? » Il lui tend son paquet de cigarettes. Le garçon secoue la tête.

« Tu ne fumes pas ? »

« J'ai treize ans. »

Josef remet son paquet dans la poche de son pantalon.

« C'est moi qui ai pris le timbre. Ton père est au courant. Je lui ai dit. Je suis désolé. »

Il s'attend à une parole de gratitude, mais le garçon hausse simplement les épaules. Peut-être qu'il a mal compris.

« Bientôt tu seras grand et tu sauras te défendre. Tu es déjà presque aussi grand que ton père. »

Le garçon ne dit rien.

« Encore six mois et tu pourras te défendre. »

Silence. Qu'est-ce qu'il fait de travers ?

« J'aimerais bien t'offrir quelque chose mais je n'ai pas d'argent. Mes poches sont vides. J'ai la sensation d'être un enfant supplémentaire dans la famille. »

« Je peux y aller ? » demande le garçon.

Le lendemain, il voit qu'Edith est en train de scier, de visser, de poncer, de peindre en bas dans l'entrepôt. Elle monte un placard. Edith sait faire ce genre de chose. Carl est parti à Coblence pour ses affaires. Les enfants sont en classe verte avec leur maître, à la chasse aux doryphores. Un silence apaisant règne dans la maison. Il aimerait bien s'occuper du repas.

Il reste un moment devant la porte à aller et venir en la regardant et en essayant de deviner, à ses mouvements, quelle est son humeur. En réalité, elle est toujours d'humeur égale. Elle travaille. Hier soir, elle s'est laissée tomber dans le fauteuil en poussant un soupir. Elle a regardé le petit verre de liqueur de betterave rouge que lui a tendu Carl, puis elle l'a vidé d'un trait, sans laisser transparaître quoi que ce soit.

Il la comprend. Très bien même.

Il a échappé à tout ça.

Il pourrait expliquer à Edith quelle est sa situation ici et comment s'en sortir. Il s'imagine avec elle dans son appartement de Harlem en train d'écouter du jazz.

Non, elle ne doit pas forcément partir avec lui, ce beau-frère un peu déjanté. Ce ne doit pas forcément être lui son libérateur. D'un autre côté, les hommes sont rares en Allemagne en ce moment.

Neuss, juillet 1949

« Josef, qu'est-ce que tu fais là à tournicoter ? »

« Je pourrais préparer le repas. »

Cela lui arrache un sourire. Elle se lève lentement, ferme le pot de peinture et s'essuie les mains à son tablier. « Je sais faire à manger. Crois-moi ! » dit-il. Maintenant elle rit franchement, comme s'il venait de faire une bonne blague. « Bon, d'accord. Mais je t'accompagne et je te montre. »

Sous son regard attentif, il ouvre tous les placards. Il a l'impression de découvrir la lingerie d'une femme. Il voit des bocaux de haricots, de semoule, de farine, quelques pommes de terre et une bouteille d'huile de tournesol. Ce n'est pas Byzance, mais dans le jardin il a vu des tomates et du persil.

« Je vais concocter un repas italien ! »

« Tu as besoin de quoi ? »

« Des tomates. »

Elle l'accompagne dans le jardin et il lui faut à chaque fois demander sa permission avant d'avoir le droit de cueillir une tomate. Ils font ensuite un détour par le poulailler où il peut prendre deux œufs. Presque trop pour ce qu'il veut faire : des gnocchi. Elle répète le mot après lui sur un ton interrogateur. « Des pâtes italiennes à partir de pommes de terre », explique-t-il.

Pendant qu'il coupe les oignons, Edith recolle une tasse cassée.

« Vous faisiez quoi là-bas toute la journée ? » demande-t-elle en continuant à coller les morceaux. Jusqu'à présent, personne ne voulait avoir de détails sur son séjour à Ellis Island. Il prend une grosse pomme de terre et raconte.

« Notre vie sur l'île, elle était simple. On se levait à 6 heures au début. Jusqu'à ce qu'ils se rendent compte que c'était stupide. Pourquoi nous faire lever si tôt alors qu'on n'avait rien à faire ? Ils nous ont ensuite laissés dormir jusqu'à 8 h 30. On pouvait prendre le petit déjeuner toute la matinée. Mais il fallait payer. »

Il jette un regard à Edith qui est en train d'observer la tasse qu'elle vient de recoller.

« Vous étiez combien ? »

« Quelques centaines. Quatre ou cinq cents. Des Allemands pour la plupart. Puis sont arrivés des Italiens et des Japonais. »

« Et aucun d'eux n'avait rien fait de mal ? »

Il met de l'eau à bouillir et y plonge les pommes de terre. Raconter simplement ne suffit pas.

« À partir de décembre 1941, il suffisait d'être allemand. Parfois arrivaient des couples avec des enfants. Ils se disaient que ça n'allait pas durer, que c'était provisoire, mais on les gardait prisonniers pendant des années. »

Il ne parle pas des autres. Il ne dit pas non plus que, le 20 avril, on avait distribué des gâteaux pour tout le monde et que Dörsam avait écrit sur chaque gâteau, avec du chocolat : *Heil Adolf.*

« Mais pourquoi ? »

« Certains étaient internés là pour pouvoir être ensuite échangés contre des prisonniers américains. »

Elle secoue la tête, comme si elle ne voulait pas comprendre.

« Mais si Edith. Beaucoup de familles ont été détruites de cette façon. »

« C'est terrible », dit-elle.

Il fait oui de la tête et attend une autre question, mais Edith ne dit plus rien. Les pommes de terre dansottent dans l'eau bouillante. Il coupe les tomates en petits morceaux. « Cela dit, on était bien traités. » Edith va chercher son nécessaire à couture puis inspecte du bout des doigts une chaussette pour voir où il y a des trous. Il lui parle de la bibliothèque où l'on pouvait tout demander, même des journaux, des jeux d'échecs, des jeux de cartes, sans parler du terrain de football dans la cour. Il lui parle aussi de la double rangée de barbelés. Depuis sa fenêtre, il pouvait voir ces barbelés et au loin Manhattan. Il s'était souvent demandé s'il y arriverait. Il n'y avait qu'un kilomètre à la nage jusqu'au New Jersey. Pas facile mais faisable. En été, il allait toujours se baigner dans la mer. Coney Island était sa plage préférée, mais on pouvait aussi se baigner dans la Harlem River, dans le quartier où il habitait. Il lui en avait déjà parlé. Cet endroit avec ses clubs de jazz et beaucoup de Noirs.

« La prison, ce n'était donc pas comme ici », dit-elle.

« On était bien traités, c'est vrai. Mais c'est plutôt bien, non ? » Il cherche son regard. « Tu ne trouves pas, Edith ? »

« Si, bien sûr », dit-elle d'un ton froid. Sa réserve a quelque chose de blessant. Est-ce qu'elle sous-entend qu'il aurait dû être puni selon les méthodes des Allemands ? Son regard est sans expression. D'une main elle démêle dans sa corbeille à ouvrage une pelote de laine qui s'est prise avec une autre.

Il y a cette phrase qu'il ne pourra jamais oublier : *You should be sent to your german camps.*

Chaque fois qu'il pensait à cette phrase, il repensait à ce qu'il avait vu durant cette fameuse après-midi. Le FBI était venu les chercher par petits groupes et les avait conduits hors de l'île dans un bureau du FBI où on leur avait montré un film. Il avait senti son visage se pétrifier et il avait dû fermer les yeux. Quand il les rouvrit, des hommes sortaient d'un bâtiment, un mouchoir plaqué sur le nez et la bouche, le regard étourdi. Des murmures remplissaient la salle. Quelqu'un avait lancé un « *Heil* Hitler ». Des rires avaient fusé. Les soldats américains chargés de les surveiller n'avaient pas bronché. Dörsam était resté de glace. Plus tard, sur le ferry qui les ramenait sur l'île, dans la rougeur du couchant, Dörsam avait dit : « Et les tapis de bombes sur nos villes ? Les montagnes de cadavres dans nos rues ? Bien sûr, ça, ils ne nous le montrent pas ! »

Il avait encore la capacité de s'indigner.

Derrière lui, quelqu'un avait dit : « Un camp, ça peut être aussi comme ça ! » Il s'était retourné et avait fait un signe de tête au GI, pour lui dire qu'il comprenait. Mais le regard du soldat était resté froid : « *You should be sent to your german camps.* »

Il avait de nouveau tourné le dos au GI, les articulations de ses mains étaient devenues toutes blanches.

Neuss, juillet 1949

Il jette un regard nerveux autour de lui dans la cuisine ; tout en mettant la table, il essaie d'oublier cette phrase, puis il sert Edith : gnocchi et sauce tomate. « *Buon appetito*, chère belle-sœur. »

« Ça a l'air bon », dit-elle en goûtant prudemment.

« Comment tu trouves ça ? »

« Ça se laisse manger. »

« Ça se laisse manger ? »

Elle sourit. « Carl n'aimerait pas. »

Je veux bien le croire, se dit-il.

« Carl est toujours en train de punir Paul, ou je me trompe ? »

Pourquoi ne dit-elle rien ? Edith s'entend mieux avec Paul. Elle pose parfois sa main sur son épaule. Et il arrête avec ses tics nerveux.

Il ne lâche pas le morceau : « Je n'aimerais pas être le fils de Carl. Ça ne m'étonnerait pas qu'il lui vienne à l'idée de me punir aussi. »

« C'est quelqu'un de bien, tu sais. Et n'oublie pas que tu n'étais pas là. Ça a été une époque très dure en Allemagne. »

« Ce que je veux dire, Edith, c'est que tu mérites mieux que ça. Carl te rend malheureuse. »

Edith laisse retomber ses couverts.

« Tu mérites mieux », s'entend-il dire doucement. « Edith ! Ne supporte pas toujours tout. Essaie de profiter un peu de la vie. »

« Qu'est-ce qui te prend, Josef ? »

Elle n'a pas l'habitude de crier, à la différence de Carl. Elle se lève d'un bond. Il se lève aussi, saisit sa main. Il a déjà perdu, il le sait. Alors au moins prendre sa main. À sa grande surprise, elle ne se défend pas. Ils restent ainsi debout l'un en face de l'autre, sans dire un mot. Comme si elle allait quand même comprendre tout d'un coup. Comprendre tout. Ou est-ce la peur qui la fige ? Ne pas l'embrasser, se dit-il. Si tu l'embrasses maintenant, non seulement tu fous sa vie en l'air, mais la tienne aussi. Et pour ce qui est de foutre les choses en l'air, tu en connais un rayon.

Il lâche sa main.

« Excuse-moi, Edith. Je ne devrais pas me mêler de ce qui ne me regarde pas. Je te prie de m'excuser. »

Le reste du repas se passe en silence et quand il lui propose de l'aider à faire la vaisselle, elle refuse et lui dit qu'il peut sortir, comme s'il était un enfant à qui on dit : « Allez, va jouer dehors. »

16

New York, avril 1939

Il faisait attention de ne rien laisser paraître. Il avait enlevé un branchement à l'émetteur et il ne marchait plus. Il bricolait sous leurs yeux à l'arrière de l'appareil et il se rendit compte qu'ils n'y connaissaient absolument rien. Max était désemparé et ne cessait de demander : « Tu y arrives ? » Finalement, après avoir laissé passer deux rendez-vous, Josef prit un fer à souder et rétablit le contact. Tout était de nouveau en ordre.

Après le départ de Max et de Ludwig, Josef se sentit comme une éponge qu'on a bien pressée et essorée mais qui ne reprend plus sa forme initiale, même quand on la lâche.

Ils avaient vraiment besoin de lui. C'est ce qu'il voulait savoir.

Quand ils revinrent chez lui, il leur proposa à boire en leur disant que c'était son anniversaire et qu'il voulait fêter ça. Max prit de la bière et Ludwig du whisky. Il veilla à ne jamais laisser leurs verres vides. Ludwig tenait bien l'alcool et il devait souvent le resservir. Max de son côté devenait de plus en plus amorphe et il finit même par chantonner quand Josef mit un disque de Billie Holiday.

« Ce n'est pas une fabrique de textile, pas vrai ? »

« Et ça serait quoi à ton avis ? »

« C'est pour les Allemands. Pour l'Allemagne. »

Max et Ludwig se regardèrent et se mirent à rire comme devant un enfant qui vient de dire quelque chose de drôle.

« On ne te la fait pas, à toi », dit Max.

« Et c'est quoi ce qu'on envoie ? »

« Des données sur l'industrie et sur l'armée. Aucune crainte. Tout ça est en grande partie légal, des choses qu'on trouve partout dans les revues spécialisées et auxquelles tout le monde peut avoir accès. »

Max avait les mains enfoncées dans ses poches, on voyait qu'il avait les poings serrés. Son pied oscillait nerveusement et ce n'était pas pour accompagner le rythme de la musique.

Ludwig était affalé dans son fauteuil.

« Ça mène tout droit en prison. »

« Il faut bien savoir ce que vaut l'Amérique d'un point de vue militaire, si on ne veut pas avoir le dessous. Tous les pays agissent de la sorte. Où est le problème ? »

Il ne fallait pas qu'il croie ce que les Américains disaient à propos des Allemands. Que l'Allemagne préparait la guerre. C'était de la pure propagande.

Simplement, le monde ne supportait pas que l'Allemagne soit redevenue une nation forte.

« Il arrive qu'on vole aussi », dit Ludwig.

« Grâce aux gens qui travaillent dans l'industrie, on a maintenant le viseur Norden. C'est quand même bien, Josef, non ? Le viseur Norden permet de lâcher une bombe avec précision à plus de six mille mètres d'altitude ! Ça permet d'éviter d'autres Guernica. »

Il les observait tous les deux. Il se sentait las.

Quand ils se dirigèrent vers la porte, avec leur manteau et leur chapeau, Ludwig se retourna vers lui. Il était totalement ivre. « Désolé, Josef. Tu es un bon gars. »

Il ouvrit Thoreau et tomba sur des phrases qui l'agacèrent et qui lui semblaient soudain hautes comme des gratte-ciels : *Disobedience is the true foundation of liberty. The obedient must be slaves.*

Ne sachant plus quoi faire, il alla voir Schmuederrich. Il ne fit aucun cas du « Stop ! » de la secrétaire, avec une assurance qu'il n'avait que lorsqu'il était en colère.

Schmuederrich se leva de derrière son bureau.

« Je t'attendais. Max m'a donné un coup de fil tout à l'heure. »

« Vous auriez au moins pu me demander. »

« Sois heureux d'avoir de l'argent. Nous pourrions aussi t'offrir un autographe de Hitler. Ce n'est pas des blagues. Il y a ici quelques vrais patriotes qui ne souhaitent que ça. »

Josef ne répondit pas à son sourire.

« Quoi ? » demanda Schmuederrich. « Tu veux quoi encore ? »

« Je veux arrêter. Je ne travaille pas pour l'Allemagne. »

Schmuederrich se lança alors dans un déluge verbal qui se mêla à une soudaine rumeur dans les oreilles de Josef, comme s'il avait de la ouate sur les tympans. Plus tard, dans la 86e Rue, lui revinrent des bribes de phrases, des mots : Ressaisis-toi ! Pauvre crétin ! Espèce de clown ! Demi-portion ! Sinon je t'envoie quelques-uns de mes gars qui te feront savoir qui décide ici.

Le lendemain, lorsque Max et Ludwig sonnèrent à la porte comme convenu, il n'ouvrit pas. Ils frappèrent : « C'est nous, Josef. Ouvre ! » Il les entendit échanger quelques paroles. Princess aboyait.

Le soir, il sortit de son immeuble, l'humeur conquérante. Il pensait à la phrase de Thoreau.

Ensuite : le souffle humide et haletant de Princess au-dessus de lui, ses coups de langue, et au bord de son champ de vision des visages se découpant contre le ciel. Deux hommes l'aidèrent à se relever et l'accompagnèrent jusque chez lui.

« Merci », bredouilla-t-il au moment où il fermait la porte. Mais l'un des deux hommes força l'entrée et pénétra avec lui dans la pièce. Il eut un sifflement admiratif de connaisseur en voyant la station radio. L'autre suivit, sauta directement sur la table basse et inspecta le plafonnier, tandis que le premier vérifiait les prises. Ils vidèrent les tiroirs, regardèrent sous le tapis puis l'un des deux dit : « Maintenant tu arrêtes de jouer au con ! » De toute évidence, c'était un Allemand. Princess se mit à gémir et quand ils furent partis, elle sauta sur le fauteuil où Ludwig avait l'habitude de s'affaler pour coder les messages – et cuver.

Il dormit longtemps. Il rêva que des araignées couraient sur ses mains, et il se réveilla au moment où il secouait ses mains pour les chasser.

Il se souleva lentement du lit, son corps était lourd comme du plomb. Il donna à manger à Princess et passa une chemise mouillée sur son menton pour le rafraîchir. Il se fit du café et sortit le lait du frigo. À la façon dont le lait bougeait dans la bouteille en carton, il se dit qu'il était caillé et il jeta tout dans l'évier, dispersant les petits grumeaux blancs avec de l'eau chaude.

Son menton était légèrement enflé. Il passa ses doigts dessus : il ne semblait pas cassé. Il savait à quoi ressemblait un os cassé. Il le savait grâce à son père qui avait l'habitude de lui donner des raclées. Sa mère disait ensuite d'un ton joyeux : « Ça suffira pour la semaine. »

Depuis, plus jamais personne ne l'avait battu. Pendant vingt-cinq ans. Un quart de siècle. Dans la rue, quand il voyait une bagarre qui commençait, il changeait aussitôt de trottoir. Et dans les bars, si quelqu'un voulait s'en prendre à lui, il s'excusait et partait.

Il poussa la commode devant la porte d'entrée. Mais plus personne ne vint durant les jours qui suivirent.

Avaient-ils renoncé ? Peut-être s'étaient-ils rendu compte qu'il n'était finalement pas la bonne personne ? D'un autre côté, s'ils n'avaient plus besoin de lui, n'était-il pas alors vraiment en danger ?

Il ne voulait pas sortir. Il appela l'épicerie du quartier et le commis lui apporta du pain, de la bière et des sandwiches. Il s'enroula dans une couverture qu'il serra bien fort et il sentit monter dans l'obscurité de son appartement une douleur ancienne, beaucoup plus lointaine que celle d'alors. Dehors, le métro roulait bruyamment. Des voix dans la rue. Il se laissa aller, il avait l'impression de tomber. Quand il ferma les yeux, quelque chose le tira hors de ce monde.

Quand ils se pointèrent, la semaine suivante, Josef fut presque soulagé, mais il se montra glacial. « Vous voilà de retour, bande de connards. »

Max arpenta la pièce en jouant les importants. Il inspecta aussi les lampes et les prises et dit à Josef de mettre Duke Ellington plus fort. Si jamais on voulait les espionner, la musique brouillerait leurs conversations. C'était la seule raison qui lui faisait supporter cette musique de sauvages.

Josef avait toujours quelque chose à la bouche : une cigarette, un cure-dents, un chewing-gum, des boulettes de viande achetées en bas. Il ne voulait pas parler. Assis dans le fauteuil, Ludwig prenait régulièrement une gorgée de whisky dans sa flasque. Il griffonnait des chiffres dans un cahier tout en tenant le livre ouvert sur ses genoux.

Josef passa à la cuisine, mit de l'eau à bouillir et pela une orange. L'acidité lui piquait les doigts, car il lui arrivait de se ronger les ongles. Quand il voulut ouvrir le robinet et faire couler de l'eau sur ses mains, Max se planta devant lui. « Ils sont allés pêcher Ludwig dans une prison à Berlin. C'est un voleur et un escroc. Il m'a déjà volé. »

« De mieux en mieux », dit Josef qui, les mains encore mouillées, ouvrit l'un des placards pour y prendre une tasse. « Pourquoi l'Amérique laisserait entrer un criminel sur son territoire ? »

« Ils l'ont fait passer pour un réfugié. Ils aiment bien prendre des gens comme lui. On peut les envoyer au casse-pipe, personne n'ira les plaindre, tu comprends ? Ils lui ont donné un peu d'instruction, on lui a appris à coder et à soutirer des informations. Sauf que malheureusement il a sombré dans l'alcool. »

« Pas très rassurant. »

« Au fait, Duquesne ne voulait pas qu'on te prenne. »

Il dressa l'oreille : « Qui ? »

« Fritz Joubert Duquesne. Le type élégant à l'Old Heidelberg. Tu n'as aucune formation d'agent et tu ne t'es pas porté volontaire. Mais on n'a pas assez de radio ici. C'est pour ça qu'on a pris le risque avec toi. »

« Le risque ? »

« Si des fois tu perdais les pédales et allais tout moucharder au FBI. »

Josef ne dit rien.

« Duquesne est un vieux routier de l'espionnage », dit Max en s'asseyant à la table de la cuisine et en poussant un soupir. « Il travaillait déjà pour les Allemands durant la Première Guerre. Il n'est pas né de la dernière pluie. »

« Un chef du tonnerre, on dirait. »

« Il a maintenant plus de soixante ans, il a levé le pied, mais il a besoin d'argent. Il a une amante jeune et exigeante, et ils habitent à Central Park. »

« Oui, je l'ai vue à l'Old Heidelberg. »

« Non, celle que tu as vue, c'est Lily. Elle est aussi avec nous. Elle est arrivée d'Allemagne il n'y a pas très longtemps. C'est une juive originaire de Vienne. »

« Je ne comprends pas. »

« Nous non plus, à vrai dire. »

Max sortit une boîte d'allumettes et une loupe. Il dit presque à mi-voix : « Réservoirs d'avion vulcanisés et auto-obturants. »

Josef hésita. « On envoie ça maintenant ? »

« *Fresh off the docks !* » Il adressa un sourire confiant à Josef. « En tout cas, tu auras bientôt assez d'argent pour emménager dans un quartier mieux fréquenté. »

« Pas envie. »

« Tu n'as pas envie de construire quelque chose ? Tu veux être personne ? »

« Exactement, je veux être personne », répondit Josef.

17

New York, avril 1939

Il reconnaissait les chômeurs au fait qu'ils faisaient tout très lentement, comme pour rallonger leurs rares activités de la journée.

Assis dans un café, non loin de l'imprimerie, il regardait sa montre ; il avait rendez-vous avec Arthur. Il prit lentement le petit pot à lait, en versa dans son café, mit du sucre en poudre, remua longuement puis observa jusqu'à ce que la surface soit parfaitement immobile dans sa tasse.

Comme lui aussi faisait tout très lentement, les gens pouvaient penser qu'il n'avait pas de travail.

Mais depuis qu'il avait pris un congé à l'imprimerie, il était libre la plus grande partie de la journée, surtout l'après-midi, vu qu'en Allemagne c'était la nuit à ce moment-là. Il buvait son café noir italien, bien serré, avec cette sensation d'avoir perdu la notion du temps. Peut-être que c'était ce que ressentaient les gens quand ils prenaient des vacances. Il n'en avait aucune idée. Il n'avait jamais pris de vacances.

Il avait tellement de temps qu'il faisait des choses dont il savait qu'elles lui vaudraient l'approbation de Lauren. Il alla au Musée historique. Il y apprit beaucoup sur Harlem. Sur les colons hollandais au siècle dernier. Et sur une carte de Manhattan, il vit que l'île était déjà entièrement couverte d'habitations au XIXe siècle. Mais les églises restaient encore les bâtiments les plus hauts, à la différence d'aujourd'hui.

Il était aussi allé chez Macy's, au rayon hommes, et s'était fait faire un costume sur mesure. Il y resta plus d'une heure, et fut traité et conseillé comme un prince. Il choisit tout ce qu'il y avait de plus cher pour les détails et les finitions. Son costume ne devait le céder en rien à celui de M. Ritter. Il serait prêt dans huit jours.

Josef feuilleta le *New York Times* à la recherche d'informations sur l'Allemagne.

Arthur arriva et s'installa en face de lui.

« Hitler se fait faire maintenant sa propre bière en Bavière, avec simplement 1 % d'alcool », lui dit Josef en désignant le journal. « Et Berlin flirte avec Moscou. »

« Pour des raisons purement économiques. Les bolcheviques sont toujours l'ennemi, ne te fais pas de souci. Mes affaires ne risquent rien ! »

« C'est bien pour toi », lui dit Josef.

« Et toi, tu en es où avec ton travail ? »

« Je crains que tu aies raison. Ils ne lâchent pas les gens comme ça. Sans compter qu'ils n'ont aucune connaissance technique. »

Arthur secoua lentement la tête. « Qui sait ? Ils ont peut-être leurs raisons. »

« Tu veux dire quoi ? »

« Je ne sais pas. Mais je vois quand quelque chose n'est pas net. Tu crois vraiment qu'ils n'ont personne de plus doué ? »

Josef ne dit rien. Il observa les visages autour de lui. Personne ne les regardait.

« De quoi s'agit-il en ce moment ? »

« L'opération *Sonnenstaub*. Je n'en sais pas plus. »

« L'opération *Sonnenstaub* ? »

« J'ai entendu ça une fois à travers le casque de Max. La plupart du temps, ils ne font que confirmer la réception. Mais un jour, ils ont envoyé en morse depuis Hambourg : « Plus de *Sonnenstaub*. »

« Ça veut sans doute dire : Faites un peu plus d'efforts. »

Ils restaient en général trois ou quatre heures. Ils enfumaient son appartement pendant qu'Ella Fitzgerald chantait. Le printemps arriva. Les frondaisons devant sa fenêtre resplendissaient et jouaient les divas.

Il ne savait pas à quoi il devait faire attention. Il remarqua simplement que Max aimait se pousser du col. Des choses importantes se passent en coulisse, glissait-il, mais je n'ai pas le droit de t'en parler. Cette façon de se faire valoir semblait déplacée aux yeux de Josef. Parfois il regardait avec commisération les mains de Max, ces gros doigts aux ongles carrés et cette peau claire. Puis il eut l'impression de comprendre quelque chose à son sujet ; il le vit accroché au vingtième étage d'un immeuble en train de laver des vitres.

« Comment tu as fait pour être embarqué dans cette histoire ? »

« Embarqué !? C'est un honneur d'avoir le droit de servir sa patrie ! »

Et Max se mit à raconter son histoire. Profitant de l'offre du Reich de rapatrier les émigrants allemands, il était rentré en Allemagne en 1937. Une fois à quai, des individus l'avaient pris à part et lui avaient fait une proposition : se faire former en Allemagne et repartir aux États-Unis comme agent de renseignement. Il avait tout de suite été enthousiasmé par cette offre, car il aimait bien la vie en Amérique, mais il n'avait jamais pu y gagner beaucoup d'argent.

Il justifia sa nouvelle arrivée au États-Unis, deux ans plus tard, en disant aux autorités américaines qu'il était déçu par la nouvelle Allemagne, ce qu'on aimait bien entendre ici. Il avait été formé dans une propriété du Brandebourg. De l'extérieur, on ne remarquait rien. Tout était tenu secret. Il avait même aperçu une fois le chef de l'Abwehr, le service de renseignements, l'amiral Canaris, qui était venu de Berlin accompagné du général Lahousen, responsable des opérations de sabotage. Et il entendit Max lui dire, au milieu d'une phrase : « Du reste, Canaris est aussi petit que toi, Josef. »

New York, avril 1939

À une autre occasion, Max souligna que tout était beaucoup plus gigantesque en Allemagne et que le Bund germano-américain n'était qu'une pâle copie de ce qui se passait de l'autre côté de l'Atlantique. Il se moqua du camp Siegfried à Long Island, où de jeunes recrues germano-américaines tentaient de copier la Jeunesse hitlérienne et la Ligue des jeunes filles allemandes, et où les adolescentes étaient engrossées à la chaîne. Il se moquait souvent aussi de Schmuederrich qui collectionnait les aventures amoureuses, alors que c'était un gros sac, marié de plus à une certaine Else, américaine de naissance. Mais visiblement il y avait des femmes qui avaient pitié de ce gros mollasson et qui n'osaient pas l'envoyer sur les roses. De toute façon, c'était toujours bon pour l'espionnage ; Schmuederrich avait déjà rapporté pas mal de renseignements importants glanés dans les bars des hôtels internationaux.

Josef se demanda s'il avait lui aussi été séduit par Schmuederrich. Pas de façon amoureuse bien sûr, mais par son indulgence. Il repensa aux rencontres au Rotesandbar, les vapeurs d'alcool, cette façon familière de parler qui éveillait la confiance. Il émanait du corps de Schmuederrich quelque chose d'intime et d'envahissant qu'instinctivement on cherchait à éviter, comme une odeur d'appartement qui passait dans la cage d'escalier et qu'il fallait bien affronter.

Quand il était de nouveau seul, il remontait la fenêtre et appuyait son front contre le cadre en bois. Max avait fait des allusions incroyables, par exemple que Josef ne devait pas s'étonner s'il remarquait qu'il était suivi. C'était pour son bien, une sorte de protection, pour vérifier que personne ne le filait.

Désormais, dans la rue, il cherchait à repérer les passants. Il faisait attention aux hommes, mais il finit par se dire qu'il pouvait aussi bien être suivi par des femmes. D'un autre côté, les femmes blanches ne venaient pas à Harlem. Il se concentra donc sur les hommes blancs, regardant s'ils s'arrêtaient, levaient les yeux vers lui, attendaient quelque part, à pied ou en voiture. Il vérifiait s'il avait déjà vu certains individus, s'il reconnaissait certains visages. S'ils voulaient effectivement le filer, il leur fallait faire le guet dehors, il n'y avait pas d'autre solution. Mais jamais il ne remarquait quoi que ce soit.

Il attendait, il fumait. Puis il sortait Princess dans le terrain vague près du fleuve. Parfois il se cachait derrière la pile d'un pont, mais il ne percevait aucun pas qui aurait indiqué qu'on le suivait. Il inspectait les rives à la recherche d'éventuelles présences. Il faisait des crochets, changeait d'itinéraire, empruntait le pont qui le menait directement dans le Bronx, longeait les maisons en grès rouge. Une fois, lorsqu'un jeune couple sortait d'un immeuble, il profita de la porte ouverte pour se glisser à l'intérieur. La radio diffusait de la musique derrière toutes les portes des appartements, mais son cœur battait plus fort encore. Il monta sur la terrasse et observa d'en haut cette maison inconnue comme un animal mort gisant à ses pieds.

Il devait agir. Il manifestait sa résistance par des petits riens, mais c'était comme une mouche qui vient se cogner contre une vitre. Il se sentait épuisé après ces sorties dont le seul but était de semer les gens censés le filer. Il ne fallait pas qu'ils notent ses habitudes, il ne fallait pas qu'ils apprennent quoi que ce soit sur lui, qu'ils croient le comprendre. Pour la première fois, il se sentit avare de sa vie, personne ne devait s'arroger le droit d'apprendre des choses sur lui. Jusqu'à présent, il avait vécu de façon invisible et cela devait rester ainsi.

Un jour, il pleuvait, une camionnette arriva. Un homme descendit et aida le conducteur à se garer. La pluie lui coulait dans le cou malgré sa casquette, mais l'homme semblait ne pas y prêter attention.

C'était Ludwig. Et l'homme qui conduisait, c'était Max.

Max avait repris son ancien boulot de livreur de boissons. Une fois dans l'appartement de Josef, il expliqua que c'était une couverture. À partir de ce jour, une camionnette de livraison de boissons rafraîchissantes était régulièrement garée devant chez lui.

Max allait jusqu'à Red Hook avec sa camionnette et faisait la causette avec les dockers. Qui irait suspecter un livreur de limonade et de Coca, cigarette au bec ? Parfois il leur faisait une fleur et ils n'en devenaient que plus loquaces.

« Tu pourrais facilement arrondir tes fins de mois », lui disait Max. « Tu fais un peu penser à Heinz Rühmann, un type sympathique qui ne se fait pas remarquer, le genre passe-partout. »

« Heinz Rühmann ? »

« Un acteur. Il doit avoir à peu près ton âge. Petit comme toi. Vous avez une certaine ressemblance. »

Avec qui n'avait-il pas une certaine ressemblance ?

Mais Josef avait d'autres idées en tête. Il ne voulait plus être de la partie, il se demandait comment décrocher et surtout comment se débarrasser de Max et de Ludwig. Il regrettait sa vie paisible où il ne se faisait remarquer par personne. Ne pas se faire remarquer et pouvoir en même temps accueillir dans son appartement, comme il en avait envie, des voix venues des horizons les plus lointains.

Il avait l'impression que la guerre avait éclaté à côté de son canapé où il avait l'habitude de rêvasser en caressant la tête de Princess.

Il fallait envoyer les messages en quelques minutes seulement, car au-delà d'un quart d'heure on pouvait se faire repérer. Mais même comme ça, ce n'était pas sans danger. Josef y pensait souvent, il parlait alors tout seul à voix haute et la chienne dressait les oreilles.

Quand il sortait Princess, il ne regardait plus le fleuve ni le ciel mais sondait au fond de lui sa peur. Cette peur qui étreignait sa gorge, déversait de la glace liquide sur son cœur ou le lançait dans l'estomac. Il s'apercevait certains jours que la peur dirigeait toutes ses pensées.

New York, avril 1939

C'est alors qu'il eut une idée. S'il avait un émetteur-récepteur qui tenait dans une valise, ils pourraient se déplacer, ils seraient beaucoup plus difficiles à repérer et surtout il n'aurait plus ces deux individus dans son appartement. La camionnette était idéale pour ça.

Il pensait à différents endroits : Brighton Beach, au début de la promenade, la rue permettait d'émettre, aucun obstacle. Coney Island, trop de monde. Le parking chez les Nationalistes dans le Bronx. Red Hook à Brooklyn. Ces pensées l'apaisaient et effaçaient momentanément sa peur.

Haute trahison. Chaise électrique. Dans un article de journal il avait lu qu'elle pouvait faire éclater les yeux. On mettait des couches aux condamnés qui se vidaient quand les mille volts traversaient leur corps.

18

New York, mai 1939

C'était la première fois qu'il faisait plus chaud dehors que dedans. Lorsqu'il ouvrit la porte, il eut l'impression d'avoir l'été devant lui et l'hiver dans son dos. Il prit le métro vers le centre-ville, descendit une station avant, emprunta la 91e en direction de l'East River puis descendit le long du Rhinelander Reef pour rejoindre le Carl Schurz Park où il avait rendez-vous avec Lauren.

Elle l'avait appelé : « D'après mes calculs, tu devrais être rentré à New York et comme par hasard, c'est effectivement le cas puisque tu décroches et que je te parle. »

Rire plein d'assurance.

Il rit aussi mais en mode mineur. Il n'était jamais parti. Pendant deux mois il avait vécu pétrifié et il s'était peu à peu habitué à cet état.

Le Carl Schurz Park s'étendait de la 86e Rue jusqu'à la promenade au bord de l'eau en passant par une colline. La soirée était claire, une brise chaude et salée soufflait depuis l'East River et faisait voler les vêtements des gens qui promenaient leur chien, des marins et des couples d'amoureux.

Yorkville, c'était l'idée de Lauren. Peut-être pour bien montrer que les origines allemandes de Josef ne la dérangeaient pas. Pour ne pas faire d'histoire, il avait tout de suite accepté et dit sur un ton appuyé, comme s'il était ivre : « *Yes, my dear. Yes. Yorkville. If you wish to see some Krauts, yes.* »

Max l'avait mis en garde. Les GI avaient commencé à s'intéresser de près au quartier de Yorkville. Ce n'était pas sans rapport avec un film qui passait alors au Strand Theatre à Broadway : *Confessions of a Nazi Spy*. Josef avait lu une critique sur le film. Le vent avait tourné. Jusque-là, Hollywood avait ménagé l'Allemagne, qui représentait un marché important. On effaçait même les noms juifs dans les génériques. Mais depuis que la situation s'était envenimée et qu'il y avait de la guerre dans l'air, Hollywood prenait parti pour la première fois et choisissait la confrontation. Le film s'appuyait d'ailleurs sur un fait réel : un réseau d'espionnage allemand avait été démantelé à New York, l'année précédente.

On aurait vraiment dit qu'il vivait dans un autre monde.

Il avait mis un point d'exclamation à côté des horaires et arraché la page pour la garder.

Il portait son nouveau costume et il ressentait une assurance qui semblait passer directement de la belle étoffe à sa peau. Sur un banc était assise une jeune femme qui poussait un landau d'avant en arrière d'une main, tout en fumant une cigarette de l'autre. Il attendait, respirant profondément. Des bateaux passaient, provoquant de longs sillages clairs comme des traînes de mariées. Chaque fois qu'il voyait des bateaux, il pensait à l'Europe, à une maison, un chez-soi qui n'existait plus sauf dans ses rêves.

« Hello Dabbeljufour, je t'ai repéré ! »

Il se retourna. Lauren se dirigeait vers lui, rayonnante. Elle portait une robe foncée avec des pois blancs et des escarpins tressés. Sa chevelure blonde ruisselait sous un petit chapeau posé en oblique sur sa tête. En lui serrant la main, il sentit qu'elle venait juste d'enduire ses doigts de crème. De son petit sac à main dépassait un guide touristique sur New York. Il le tapota du doigt et demanda sur un ton faussement docte : « Qui était Carl Schurz ? »

Elle rit. « Un révolutionnaire allemand. Il est arrivé à New York au milieu du siècle dernier, il a fait campagne pour Lincoln et est devenu le premier ministre de l'Intérieur de nationalité allemande. Et sa femme a créé le premier *kindergarten* d'Amérique. »

« Excellent, *Miss* Dabbeljutu. » Ils se dirigèrent vers la sortie du parc et prirent la 86e en direction de Park Avenue. Il avait du mal à suivre tout ce qu'elle disait, tellement elle parlait vite de son travail harassant, le plus dur qui puisse exister à New York. Mais en même temps il y avait quelque chose de primesautier dans sa voix, comme si elle ne prenait pas ça au sérieux. Ils passèrent devant le Rathskeller, le Café Hindenburg et le Schwarzer Adler. Il aurait bien aimé la trouver jolie, mais elle ne l'était toujours pas, elle avait un visage qui manquait d'harmonie avec un court menton bref et des yeux gris légèrement proéminents. Mais il aimait beaucoup sa voix. Il sentit qu'il adoptait son sourire de canaille dont les femmes disaient qu'il le rendait sexy. Il se rendit alors compte qu'il voulait lui plaire.

Elle lui demanda comment s'était passé son voyage. Où était-il allé ? Il fit quelques gestes de la main, secoua légèrement la tête et finit par dire : « Je te raconterai plus tard. »

« Mais tout va bien ? » dit-elle. Cette façon directe de poser une question le perturba. Son regard devint fixe, sa gorge se serra. Puis il prit une grande respiration et se dit qu'elle ne savait pas ce qu'elle demandait. Elle était jeune. Elle faisait des essais, des expériences, comme avec son travail exténuant, comme dans cette ville. Elle le mettait aussi à l'essai.

Ils passèrent devant le Berlin Bar et l'Old Heidelberg. Les effets de la protestation des antifascistes étaient manifestes, on ne voyait plus guère de fanions avec la croix gammée dans les vitrines.

Lauren lui dit qu'elle avait fait une demande de bourse pour une place à l'université et qu'on la lui avait refusée. Il lui demanda ce qu'elle voulait étudier. « L'histoire et la littérature américaines. »

« Pourquoi ça ? » demanda-t-il en jetant un coup d'œil dans une entrée de maison d'où s'échappait une odeur de rôti.

« Tu sais que je veux devenir journaliste. »

« Journaliste ! » s'exclama-t-il.

Elle lui énuméra les noms de femmes journalistes célèbres : Frances Sweeney, Nellie Bly, Dorothy Day, Dorothy Thompson. Des noms qu'il n'avait encore jamais entendus. Elle s'en rendit compte. « Dorothy Thompson a interviewé Hitler en Allemagne, il y a déjà pas mal d'années. Et maintenant elle fait une collecte avec des œuvres de bienfaisance à New York pour aider les réfugiés. Elle est fantastique. » Il fit un signe de tête et chercha une réponse, mais sa gorge était sèche.

« Aujourd'hui, il ne va pas pleuvoir », finit-il par dire et il vit qu'elle le regardait d'un air étonné.

Ils passèrent devant le cinéma de Yorkville. Lauren s'efforça de lire les titres en allemand, mais elle mettait la mauvaise accentuation. Il la corrigea en lisant à haute voix : *Fünf Millionen suchen einen Erben*. Il y avait aussi *Olympia, Fest der Völker* de Leni Riefenstahl.

Il regarda la photo de plus près. C'était lui Heinz Rühmann, le type moyen avec qui, paraît-il, il avait une ressemblance.

Ils longèrent une palissade derrière laquelle on était en train de démolir un bâtiment pour en construire un plus haut. Plus loin il y avait une librairie qui se targuait de vendre les livres censurés en Allemagne. À l'angle de Park Avenue, il s'arrêta devant le très chic Amalfi et lui tint la porte. « Ici ? » demanda-t-elle, étonnée. Il fit un signe de tête, impassible. À l'intérieur, odeur de homard, de cocktails et de parfum. L'air se déposait sur son visage comme un spray. Boiseries blanches, lustres et argenterie. Il vit dans un mélange d'effroi et de triomphe satisfait qu'il n'y avait là que la classe supérieure aisée.

Un maître d'hôtel ganté de blanc vint à leur rencontre : « Bonsoir, à quel nom s'il vous plaît ? »

« À quel nom ? » répéta Josef pour gagner du temps, comme il le faisait autrefois quand il ne comprenait pas.

« Vous n'avez pas réservé ? »

« Réservé ? »

« Il vous faut une réservation. »

« Mais il y a des tables libres ! »

« Elles sont réservées. » Il sentit la pression de la main de Lauren sur son bras.

« Il y a d'autres restaurants dans le quartier, Joe, on va trouver », dit-elle, une fois dehors. Et déjà son regard s'attardait sur les cartes et les panneaux écrits à la craie : *Schnitzel, Kalbsbraten, Klösse* et *Rotkohl*. « De toute façon, je préfère manger allemand », dit-elle lorsqu'un serveur apparut devant un restaurant en culotte de cuir.

Il refusa et Lauren sombra dans un silence fait de déception et d'incompréhension. Mais il ne pouvait pas lui dire pourquoi il ne voulait pas aller là, ni à l'Old Heidelberg, ni au Berlin Bar non plus. Chaque fois, il faisait signe que non en prétextant que la qualité ne lui convenait pas. Finalement il entraîna Lauren dans une pâtisserie où il acheta un cornet de petits choux à la crème.

« C'est censé être mon repas du soir ? »

Il rit. La pâte dorée faisait des miettes sur sa robe. À ce moment, le soleil se mit à inonder la rue d'une lumière incandescente. Le visage de Lauren se détendit et il éprouva la même chose quand il sentit le goût de la crème dans sa bouche.

« C'est une soirée qui ne m'a pas coûté cher », dit-il en riant. À ce moment Lauren le prit par le bras et il sentit qu'elle cherchait à l'éloigner.

« Qu'est-ce qui se passe, Lauren ? »

« Ne fais pas attention, je t'en prie. » Mais déjà il avait entendu. *« Kraut! »* La voix venait de derrière eux. « Hé, toi, nazi ! Arrête ! »

Il se retourna. Par chance Schmuederrich n'était pas en uniforme militaire aujourd'hui. « Je le connais. Il se permet parfois ce genre de blague. » Schmuederrich les rattrapa et se planta devant eux, massif, bouche entrouverte.

« Je ne trouve pas ça drôle du tout », dit Lauren.

« Merci de m'en faire part, *Miss*, je m'en souviendrai. »

Il lui tendit la main et la garda beaucoup trop longtemps dans la sienne au goût de Josef. « Ton idée n'est pas mauvaise », dit-il en allemand à Josef.

New York, mai 1939

« On attend encore le feu vert. Ensuite tu pourras te lancer. »

Schmuederrich parlait de l'émetteur portable. Josef avait fini par en parler à Max, mais il le regrettait. Voilà maintenant qu'il leur donnait de bonnes idées !

« Je n'aime pas ce type », dit Lauren, une fois Schmuederrich disparu dans la foule. Il acquiesça, heureux de voir aussi que le charme particulier de Schmuederrich ne fonctionnait pas sur des femmes comme Lauren.

Il n'avait encore jamais emmené une femme à Harlem. La plupart préféraient le quartier de Times Square ou les shows de Broadway. Les shows de Harlem ne les intéressaient pas. Il ne récoltait que des sourires contrits quand il leur disait que les riches Blancs de Park Avenue qui roulaient en grosses limousines fréquentaient depuis des années le Cotton Club, un club où les Noirs ne travaillaient qu'en tant que serveurs ou artistes, mais où ils n'avaient pas le droit d'entrer comme clients. Encore moins de chance avec le Harlem populaire où il habitait ; l'été, les trottoirs étaient encombrés par des tables où l'on jouait aux échecs. Peut-être les femmes avec qui il sortait redoutaient-elles d'avoir quelque chose d'exotique là-bas, si elles restaient insensibles à ce charme. Alors autant aller à Times Square. Coney Island. Broadway.

Les rues étaient embouteillées. Prendre un taxi ne les avancerait pas beaucoup. Ils décidèrent de prendre le métro. Une fois dedans, il la regarda sans détour, comme si elle lui appartenait. Pendant six stations, elle était sa chose qui tanguait et vibrait au gré des voies. Elle lui souriait et il nota de nouveau la différence d'âge. Impossible de découvrir ce que signifiait ce sourire. Était-il coquin ou simplement amical ?

Une fois remontée dans la 116e Rue, au cœur de Harlem, elle s'exclama un peu trop fort : « Oh, comme c'est beau ici ! » Des gens se retournèrent en souriant. La rue était bordée de chaque côté de belles maisons en pierre rouge. Il sentit à nouveau qu'il se détendait, comme chaque fois qu'il revenait de Manhattan à Harlem.

« Les Hollandais habitaient ici autrefois. Puis on a construit le métro et il leur a été plus facile d'aller dans le centre-ville. Une fois là-bas, ils n'ont plus voulu en repartir. Mais leurs maisons sont restées. » Il avait appris tout ça dans le musée.

Elle l'observait avec attention. Il poursuivit : « Est-ce que tu savais que les loyers sont plus élevés pour les Noirs que pour les quelques Blancs qui habitent ici ? Ils ne peuvent pas louer ailleurs. Alors les propriétaires en profitent. »

Harlem dans la dernière lueur du jour. Un voile descendait sur le quartier, estompant peu à peu les couleurs. Il voyait maintenant tout avec les yeux de Lauren, comme dédoublé, mais c'était du meilleur effet : l'Abyssinian Baptist Church et le cinéma Alhambra se paraient de la bienveillance du regard de Lauren. Un néon de couleur rouge, *Paradise in*

Harlem, annonçait que la troupe était exclusivement composée de Noirs. Ils passèrent devant différents magasins, une boutique où l'on déposait ses fourrures en gardiennage, un magasin de photos, des cafétérias, des coiffeurs, des kiosques à journaux, des vendeurs ambulants : *bacon, egg, hot dogs*. Des vitrines montrant des costumes avec épaulettes, des cravates tricotées. Les prix étaient souvent écrits plus gros que les articles proposés. Il y avait de plus en plus de monde sur les trottoirs, beaucoup plus qu'ailleurs. On entendait des bruits de machines à coudre par les fenêtres ouvertes. Des vêtements bariolés étaient accrochés à des cordes à linge. Ils marchaient côte à côte, comme si leur but était clairement défini. Bientôt ils seraient chez lui.

« On pourrait aller au Savoy Ballroom ? Je ne sais pas très bien danser, mais les meilleurs orchestres jouent là-bas. Duke Ellington, Louis Armstrong, Chick Webb ! »

« Tu ne préfères pas qu'on aille chez toi ? J'aimerais bien voir ta station radio », dit Lauren.

Il fit mentalement le tour de son appartement. Mais tout avait été rangé. Max lui avait demandé de le faire après chaque visite. Il avait jeté les flyers provocants. Il cachait toujours le tableau avec les numéros d'appel et les fréquences derrière ses appareils. Il prit une profonde respiration et acquiesça.

19

New York, mai 1939

Elle ne semblait pas gênée le moins du monde. Il se demanda si ça le dérangeait finalement, s'il n'aurait pas préféré un peu d'excitation féminine. Ou la station radio était-elle le seul et unique objet de sa visite ? La rue où il habitait était sans grâce, simple alignement de grands immeubles ennuyeux en pierre rouge avec ici un magasin de pneus, là un garage. Mais Lauren continuait à tout regarder avec une attention vigilante. Il pensa à l'endroit où elle habitait : un hôtel avec beaucoup de chambres. Quarante chambres. Cinq suites et deux cottages dans le jardin. Elle le lui avait dit tout à l'heure. Il voyait Lauren aller et venir, parler en riant avec les familles, les couples, les jeunes mariés. Dans les chambres, elle découvrait les pyjamas encore chauds de la nuit, les brosses à dents aux poils recourbés, les traces d'une vie amoureuse étrangère, elle disait bonjour et merci et prononçait des paroles aimables. Après tout, elle était la fille des propriétaires. Était-ce la raison qui expliquait pourquoi elle était si à l'aise en pénétrant avec un inconnu dans cette allée d'immeuble ? Pour sa part, il jeta vite un coup d'œil alentour pour voir si quelqu'un n'était pas à sa fenêtre en train de savourer le spectacle.

Arrivé tout en haut, il lui demanda d'attendre un instant. Le visage de Lauren disparut au moment où la minuterie s'éteignait, mais il eut le temps de voir qu'elle lui faisait un signe affirmatif de la tête. Depuis que les deux agents allemands venaient chez lui, son appartement était toujours impeccable. Il rangeait tout, vidait les cendriers, lavait les tasses et les verres. Seul son lit n'était pas fait et l'on voyait encore la marque de son corps sur le drap. Il ferma la porte de sa chambre. Il y avait peu de chance que Lauren entre dans cette pièce aujourd'hui.

« C'est bon. Tu peux venir. »

Elle tenait ses bras croisés devant elle, mains sur les épaules, pendant qu'elle inspectait son appartement. Princess vint flairer ses jambes.

« C'est incroyable la façon dont tu vis. Je n'ai encore jamais vu ça. »

Une jeune fille. Non, une femme. Une jeune femme qui, après avoir quitté ses chaussures, était exactement aussi grande que lui.

Elle regardait autour d'elle, manifestement décidée à voir si elle ne trouverait pas dans cet appartement un indice qui lui en dirait un peu plus sur sa personnalité. « Tu vis de façon très simple », finit-elle par dire. « Tu n'as même pas de tableaux aux murs. Pourquoi tu n'as pas de livres ? »

Il tira de sous une pile de brochures sur les radio-amateurs un livre de Thoreau et entendit un long soupir. Il n'osa pas demander ce qu'il signifiait – de l'approbation ?

« Ma mère ne jure que par lui. »

« Je l'ai beaucoup apprécié autrefois », dit-il pour tempérer le fait qu'il n'avait que Thoreau ici.

« Gandhi tire toutes ses idées de Thoreau », dit Lauren, songeuse, avant de secouer la tête. « Ça peut peut-être fonctionner en Inde. »

« Gandhi n'est pas en prison ? »

« Pas en ce moment. Mais il a de nouveau fait une grève de la faim. Et ça a marché. Ils font ensuite tout ce qu'il veut. »

« Tu n'as pas l'air de l'apprécier beaucoup. »

« Il a recommandé aux juifs en Allemagne de faire de la résistance passive. Certaines personnes prennent leurs idées sur la réalité pour plus réelles que la réalité elle-même. »

Il lui montra un autre livre, *Der Radio-Amateur* d'Eugen Nesper. « Il a paru il y a quinze ans à Berlin. C'était le tout début de la radio sans fil. Un vrai miracle à l'époque ! »

Elle feuilleta le livre en souriant. À un moment donné elle s'arrêta en voyant un dessin représentant une cabane dans les montagnes. Un homme se tenait debout devant, un casque sur les oreilles et on voyait un câble aller du casque jusqu'à l'intérieur de la cabane.

« Tu peux me traduire ce qui est marqué dessous ? » demanda Lauren en lui montrant la légende.

« *Les bras écartés, le regard dirigé vers les étoiles, loin de tous les centres de culture de l'humanité, il accueille les nouvelles du monde comme si c'était une musique venue de l'éther.* »

« C'est moi dans les Catskill Mountains. Loin de toute culture. Et là, c'est écrit quoi ? »

Il était sûr qu'elle avait là-bas plus de culture que la plupart des habitants de New York qui ne regardaient ni à droite ni à gauche tant ils étaient occupés à se battre pour gagner leur vie. À cet instant, Josef aperçut un exemplaire de *Social Justice*, et du bout du pied il poussa la brochure sous le canapé tout en continuant à traduire pour Lauren.

« *Les journaux imprimés sont désormais les meilleurs canaux d'information pour diffuser les nouvelles partout dans le monde. Mais l'inconvénient du journal, c'est l'impossibilité de diffuser les informations en direct quasi* in statui nascendi *; il y a toujours un décalage entre l'événement et son compte rendu. De ce point de vue, le journal n'est jamais parfaitement en phase avec l'actualité.* »

« Les journaux vont disparaître un jour parce que la radio est plus rapide. »

« Sauf si tu deviens journaliste. Dans ce cas, les journaux ont encore de beaux jours devant eux. »

Elle lui lança un regard moqueur. « Ta tentative pour te faire pardonner est un peu trop cousue de fil blanc. » Il sentit qu'il rougissait. Elle dit sur un ton conciliant : « Et là, ça dit quoi ? »

« *Les missions de la radio.* »

« Ah bon ! Et en quoi consistent les missions de la radio, M. Klein ? »

« *Diffusion d'informations économiques, retransmission de sermons et de prières, retransmission d'opéras (sans toussotement ni éternuements), météorologie, avis de tempêtes, retransmission de musique dans les usines, les mines, les hôpitaux, retransmission de discours politiques, promotion de la réconciliation des peuples.* »

« De la musique sans être obligé d'entendre tous ces gens qui toussent et qui éternuent, en 1924, c'était sans doute encore une chose inouïe. »

Elle sourit et cette fois il décida de sourire aussi.

« Je peux me permettre ? » Sans attendre sa réponse, elle alluma l'appareil et se mit à tourner le sélecteur. Sa peau était fissurée sous les ongles. Comme sa mère qui avait travaillé pendant des années dans la cuisine d'un restaurant. Chaque soir, elle prenait une brosse pour essayer d'enlever ce qui était resté sous ses ongles. Il se demanda si Lauren se brossait aussi les mains comme ça à l'hôpital.

« S'il y a la guerre, nous n'aurons plus le droit d'émettre au-delà des frontières », dit-elle.

« Il n'y aura pas de guerre. » La phrase lui avait échappé. « Ce n'est que de la propagande antiallemande. » Max ne cessait de répéter ça. Josef le contredisait et voilà que maintenant il lui emboîtait le pas.

New York, mai 1939

Lauren inclina un peu la tête comme pour mieux observer l'idiot qu'elle avait en face d'elle.

« Et le réarmement ? »

Il eut un instant d'hésitation.

« Je ne peux pas juger. Ça fait des années que je n'ai plus été là-bas. »

« Et ça change quoi ? »

« Rien », dit-il à contrecœur. « Whisky ? Scotch ? »

« De l'eau. »

Il alla chercher du whisky, un Old Musket de dix ans d'âge acheté chez Macy's en promotion pour 2,49 dollars. Il but tout en revenant vers elle et sentit aussitôt une lourdeur l'envahir jusqu'au bout des doigts. Il regretta de s'être servi, alors que cette jeune femme, sa Dabbeljutu, buvait son eau du bout des lèvres, plongée qu'elle était dans tout cet appareillage, presque absente, casque sur la tête, prise dans une sorte de transe qu'il connaissait bien. Chez lui aussi, les simples miaulements et sifflements déclenchaient déjà un véritable état d'euphorie.

« Les Alpes en France », lui annonça-t-elle. « L'homme parle d'un chien perdu à Grenoble. Gris et blanc. » Elle jouait la joyeuse découvreuse s'amusant avec le sélecteur. Tout sauf le jeu d'un homme et une femme seuls dans un appartement, un soir de mai.

« Tu as quel âge, Dabbeljutu ? »

Elle ôta le casque et se tourna vers lui.

« Vingt-quatre. Pourquoi ? »

« Je ne suis pas trop vieux pour toi ? »

« Trop vieux pour quoi ? »

Il se tut, gêné. Elle avait un regard amusé. « Tu ne serais pas un petit peu direct, Joe Klein ? Ou bien on est comme ça à ton âge ? »

« Évidemment. À mon âge, on ne veut pas perdre de temps. On en a moins. »

Elle se retourna de nouveau vers l'appareil en riant, mais elle avait rougi.

« Je vais nous faire des spaghetti », dit-il et il disparut dans la cuisine. Là il chercha, entre quelques vieux oignons, des choses qui pourraient faire l'affaire. Il avait encore une aubergine et des tomates. Il allait pouvoir concocter un plat.

Elle se tenait dans l'encadrement de la porte avec, dans sa main levée, la page du *New York Times* qu'il avait déchirée. « Tu m'emmènes ? »

Il s'arrêta net et de la sauce tomba de la cuillère sur sa chaussure.

« Tu as souligné le film », dit-elle.

Il se taisait toujours.

« Désolé, Joe, la feuille était posée comme ça sur la table basse. »

« Je préférerais aller au *Paradise in Harlem* », dit-il sur le ton de la plaisanterie. « Ou bien aller voir », il lui prit la feuille des mains et lut : « *Only Angels have Wings* avec Cary Grant. »

« Pourquoi ? »

Il avança encore d'un pas. Il était maintenant tout près. Il pouvait sentir le souffle de Lauren sur son visage. « Parce que ! » dit-il. « C'est plus difficile avec un film sur les nazis. » « Quoi ? » demanda-t-elle presque à mi-voix. Il était maintenant si près qu'elle ne pouvait pas ne pas savoir. Et elle ne s'esquiva pas.

Il sentait encore ses lèvres sur les siennes, alors qu'il était retourné à ses préparatifs culinaires. Il se félicitait pour son offensive avisée. Il voulait de toute façon embrasser Lauren lors de cette deuxième rencontre et c'était arrivé au bon moment. Lauren avait ri doucement, un rire qui témoignait de l'approbation et qui était en même temps légèrement enjoué. Il n'était pas le premier à l'embrasser, là aussi les choses étaient claires, elle ne s'était absolument pas montrée empruntée.

Il égoutta les nouilles, versa la sauce et lui mit une assiette dans les mains.

« Si ce n'est pas la séance de 8 heures du dimanche matin, on peut y aller. »

« Celle de 8 heures du soir ? »

« Je m'occupe des billets. »

Après le repas, elle vint s'asseoir à côté de lui sur le canapé et caressa Princess assise devant eux. Sa main descendait lentement sur son dos. Il décida de ne plus faire de tentatives d'approche pour aujourd'hui. Il devait d'abord passer l'épreuve du cinéma. Pendant que Lauren évoquait son travail à l'hôpital, il se rendit compte à quel point il l'appréciait. Elle parlait d'une collègue toujours dans la lune. Il se perdait dans sa voix. Puis il se rendit compte que Lauren était passée à un autre sujet. Elle parlait d'hommes blessés par des coups de couteau dans le ventre et qu'on amenait la nuit, de femmes qui criaient à en perdre la voix et qu'elle devait calmer, d'enfants avec un os de poulet coincé dans la gorge, d'ivrognes qui avaient foncé dans un arbre au volant de leur voiture, de personnes qui s'étaient fait tabasser. Il lui fallait s'occuper des blessés en attendant que le médecin puisse de nouveau intervenir. Lauren s'alluma une cigarette et dit : « Le Bund germano-américain a récemment encore tabassé deux hommes, deux contestataires. »

« C'est terrible. »

« Ce fou en Allemagne, c'est un danger pour le monde entier. Il faut maintenant prendre position. Ces deux hommes l'ont fait. Ils avaient raison. »

Il hocha la tête, pensif. Il savait qu'elle avait raison.

« Tu as entendu parler de ces attaques dans le quartier de Washington Heights ? Les blessés arrivent chez nous aux urgences. Un commerçant a reconnu l'un de ses poursuivants, un type originaire de Berlin. »

Elle le regardait, provocante, d'un air de dire : Maintenant, c'est à toi de faire un choix.

« Qu'est-ce que j'ai à voir avec tout ça ? »

Lauren hésita un instant puis dit : « Tu as des amis à Yorkville ou je me trompe ? »

« Des amis, c'est beaucoup dire. Et à Yorkville il y a un peu de tout : des clubs de gymnastique, des cercles de lecture, des chorales, des clubs de cuisine et évidemment la petite Allemagne hitlérienne. »

Il se leva et alla à la cuisine. Il entendait encore ce qu'il venait de dire. Il se versa un autre whisky, revint dans le salon au moment où elle commençait une phrase. Elle parlait d'Isadore Greenbaum. Il revit tout en un instant, le pantalon de costume arraché, les jambes poilues et deux jours plus tard l'article dans le *New York Times* avec ce titre : « Un héros ».

Il bredouilla qu'il était d'accord et sentit une chaleur brûler sa nuque, comme s'il rougissait de honte. Ça descendait le long de son dos. Il était là-bas. Il était présent. Il avait vu Greenbaum de ses propres yeux. Et il avait été loin de vouloir se lever et protester.

Sans réfléchir, il éloigna la lumière du lampadaire. Se méprenant sur son geste, Lauren se rapprocha un peu de lui. La lampe éclairait maintenant les cartes QSL accrochées au mur, X1AY, un homme en sombrero quelque part au Mexique. Josef plissa les yeux, sa langue bougea un peu dans sa bouche, Avenida Ixtaccihuatl 27.

« Il est tard », dit Lauren à mi-voix.

« Tu as raison. Je te raccompagne jusqu'au métro. »

Le vent balayait une pluie fine à travers les rues. C'était peut-être la raison qui poussait Lauren à marcher d'un bon pas. Arrivée à la station de Lexington, elle lui dit qu'elle pouvait continuer toute seule, qu'il n'y avait plus de danger.

« Mais toutes ces bagarres et ces attaques partout dans New York ? »

Elle lui lança un regard étonné, cherchant dans ses yeux ce qu'il voulait dire par là.

« Excuse-moi, Lauren, c'était une blague idiote. »

Soudain il ne savait plus si le rendez-vous de dimanche prochain tenait toujours.

Mais il irait.

20

Neuss, juillet 1949

Dörsam décroche : « Meerbusch. » Mais Josef a tout de suite reconnu la voix. À son tour, il dit son nom : « Josef Klein », suivi d'un « Joe ». « Celui de l'Old Heidelberg, à l'époque. » Il veut enchaîner en évoquant Ellis Island, mais Dörsam l'interrompt. « Je sais qui vous êtes. »

Josef sent son cœur battre la chamade. Il essaie de déceler un peu de bienveillance dans la voix de Dörsam. Mais celui-ci demande simplement de façon abrupte : « Comment vous avez eu mon numéro ? »

« Par Schmuederrich. »

« Ah, lui ! »

« Est-ce qu'on peut se voir ? »

Silence. Dörsam semble réfléchir.

« Demain, 11 heures à Cologne. C'est possible pour vous ? »

« Bien sûr », dit Josef.

« Église Saint-Kunibert, juste derrière la gare. Tenez-vous à l'entrée et attendez. »

Neuss, juillet 1949

Josef entend le bruit du combiné qu'on raccroche.

Le soir, il observe Carl. Et quand ce dernier se renverse avec délice sur son fauteuil en ouvrant grand son journal, il lui annonce qu'il aimerait aller à Cologne le lendemain. Il se sent comme un gamin qui demande une permission. Il n'a pas préparé d'explication. Il n'a pas envie de mentir. Et quand Carl lui demande : « Ah bon ? Et tu veux faire quoi là-bas ? », il dit, ce qui n'est pas totalement faux, qu'il a envie de sortir un peu de Neuss. « Faire peut-être quelques photos avec ton Linhof. »

« Pas de problème. Tu as de l'argent, je crois ? »

Oui, il a de l'argent. Carl lui a donné 10 marks. « Pour te dépanner. »

Le lendemain il part de bon matin sous un glorieux ciel bleu sillonné par les hirondelles. Ce ciel efface toutes les autres impressions que l'on pourrait avoir de la ville. L'appareil est lourd et pèse sur son épaule. Mais en même temps, ce poids le rassure. Comme s'il allait vraiment faire une banale excursion.

À la gare, il achète un billet et une heure plus tard il monte dans le train. Le trajet ne dure qu'une heure et lorsqu'il aperçoit la cathédrale se dresser devant lui, majestueuse et sombre, meurtrie mais bien reconnaissable, il ne peut s'empêcher de verser des larmes.

Le train s'arrête sous un gigantesque hall. Il y est déjà venu, il y a quarante ans, avec son père, sa mère et Carl. Excursion du dimanche. Il se souvient que Carl avait un costume beaucoup trop grand pour lui. Il revoit l'allure timide et malheureuse de sa mère sur la promenade le long du Rhin au milieu de tous ces gens bien plus aisés qu'eux. Son père ne gagnait pas beaucoup d'argent. Il peignait des enseignes et espérait pouvoir devenir électricien. L'État avait promis une aide et une promotion à tous ceux qui en feraient la demande durant les premiers jours de la guerre.

Le hall d'arrivée a aussi survécu à la guerre. Un bâtiment surchargé et austère. Dehors, Josef découvre un grand espace vide où l'on a construit à la hâte quelques maisons à un seul étage avec les murs des fondations restées intactes. Partout des remblais de ruines où pousse déjà de la mauvaise herbe. Il a encore largement le temps et se dirige vers le centre-ville. Certaines maisons s'appuient les unes contre les autres comme des ivrognes en mal d'équilibre. Sur une palissade, il voit marqué : *Weg mit der Nazipest.* Plus loin sur un mur est écrit en gros : *HITLER KAPOUT.*

Il s'achète un café à un kiosque. Un unijambiste qui semble être avec un joueur d'orgue de Barbarie aveugle tient son chapeau en l'air.

Sur Ellis Island il avait toujours évité de se retrouver seul avec Dörsam. Il ne voulait pas être trop vu souvent avec lui. Dörsam n'était pas une personne fréquentable aux yeux des Américains. Devra-t-il lui adresser la parole en l'appelant « monsieur Meerbusch » ? Il ne doit pas commettre d'impair.

À 10 h 30, il reprend la direction de la gare par la Domstrasse et la Machabäerstrasse, oblique dans la Kunibertsklostergasse qui n'est faite que de fenêtres sans rideaux et d'escaliers. Il n'attend pas très longtemps. Dörsam aussi est en avance. « *Heil* Hitler ! Venez avec moi ! » Josef cale son allure sur celle de Dörsam qui marche d'un bon pas, sans se montrer pourtant trop pressé. Il a déjà l'impression d'être une mouche importune dont Dörsam essaye de se débarrasser.

« Les choses ne vont pas rester ainsi. Ce n'est pas le point final. »

Josef acquiesce poliment d'un mouvement de tête.

Dörsam continue à parler : « Les Allemands aspirent à revenir à ce qui existait quelques années auparavant. Vous pouvez me croire, ils ne veulent pas de la démocratie et encore moins des forces d'occupation. En Amérique du Sud, ils sont en train de préparer quelque chose, un grand bouleversement. » Puis il regarde d'un air effrayé Josef qui continue à opiner poliment du chef et dit : « Je vous ai confondu. Vous n'êtes pas Josef Wolpensinger, maintenant je me rappelle. Vous êtes le radioamateur. Je n'ai pas une très bonne mémoire des noms et je ne suis pas physionomiste non plus. Vous lui ressemblez. »

Josef se demande si Dörsam a l'impression de lui en avoir trop dit et en même temps si Dörsam a bien toute sa tête. Renverser Adenauer ! Bon courage.

« Je ressemble à beaucoup de gens », dit Josef, une fois qu'ils ont atteint le Rhin. L'eau d'un gris argenté est frisée par le vent. Il ne reconnaît plus l'endroit, mais il sait que c'est ici qu'il était avec ses parents et Carl, dans une vie antérieure.

« Mais maintenant je me souviens de vous. Oui, maintenant, je me souviens ! »

Josef marche à cinquante centimètres derrière Dörsam. Il a beau se donner du mal, il ne peut le rattraper. S'il essaie, Dörsam accélère. Dörsam avance le buste penché en avant, comme s'il avait mal au ventre.

« Vous n'avez pas fait beaucoup de choses pour nous, si je ne me trompe ? »

Josef hésite. Qu'il n'ait pas fait grand-chose est à porter à son crédit depuis un bon bout de temps déjà. Mais il en avait quand même trop fait. Ce qui, d'un autre côté, n'était pas assez.

« Vous êtes celui qui a construit la radio. Vous n'avez cessé de le répéter au tribunal. »

« On m'a dit que si j'étais refoulé, je pourrais compter sur de l'aide. » Il traîne derrière Dörsam dans le costume trop large de Carl.

« Ça vaut pour les gros poissons. Vous êtes un petit. »

Josef ne dit rien. Il aimerait bien s'allumer une cigarette, sa dernière américaine, mais le vent est trop fort sur les berges du Rhin, ce serait du gaspillage. Dörsam s'arrête et regarde un pont. « Il est neuf. Tous les ponts ont été détruits par les Américains. »

Josef sait que c'est faux. Carl lui a dit que c'étaient les SS qui avaient fait sauter les ponts pour ralentir l'avancée des Américains. Mais il serait malvenu de corriger Dörsam, dont il attend quelque chose.

Neuss, juillet 1949

« Schmuederrich est à Buenos Aires. C'était bien un ami ? »

Josef fait oui de la tête. Schmuederrich, oui, bien sûr, un ami.

« Donc vous voulez aller en Amérique du Sud et c'est pour ça que vous me contactez ? »

« Je n'ai aucun avenir ici. Je pourrais peut-être me rendre utile à Buenos Aires. »

« Qu'est-ce que vous avez fait pour nous ? »

Josef hésite une fois de plus. Puis il tente le tout pour le tout.

« J'ai beaucoup fait pour vous. L'opération *Sonnenstaub*. »

Le visage de Dörsam s'éclaire. « L'opération *Sonnenstaub* ! »

« Je n'ai pas de papiers », enchaîne rapidement Josef.

« Revenez à Cologne dans un mois. Vous avez de l'argent ? »

« Non. »

« Mauvaise nouvelle. » Dörsam continue à marcher, impassible.

« Ça veut dire quoi : mauvaise nouvelle ? »

« Vous pouvez quand même bien obtenir un petit boulot ? Ou vendre l'appareil photo qui est dans cette sacoche ? C'est quoi ? »

« Un Linhof. »

« Vendez-le. »

« Impossible, il appartient à mon frère. Il me faudrait combien d'argent ? »

« Tout dépend. Si vous n'êtes pas regardant sur le confort, pas beaucoup. Peut-être 500 dollars. Vous traverserez d'abord la frontière à travers champs près d'Aix-la-Chapelle. Vous irez ensuite à Eupen en auto-stop et de là vous prendrez le tram pour Herbesthal. À Herbesthal, il y a un train pour Bruxelles où vous prendrez un autre train pour Paris. Pour la Belgique, vous avez en fait besoin d'un visa. Vous direz que vous venez d'Angleterre et que vous ne saviez pas, ça permet de passer. À Paris vous prendrez le train pour Le Havre. Il faut compter une journée. Au Havre, vous prendrez un bateau pour Dakar avec une escale à Casablanca. Vous pourrez vous souvenir de tout ? »

« Je ne sais pas. »

Dörsam attend qu'il ait tout noté sur son billet de train.

« Vous pouvez demander un visa pour l'Argentine à Bonn. » Dörsam regarde sa montre. « Un peu tard pour aujourd'hui. »

Eupen, Herbesthal, Bruxelles, Paris, Le Havre, Casablanca, Dakar, il a tout noté.

« Le billet pour le bateau ? »

« Au Havre. L'argent, vous en aurez besoin pour les pots-de-vin. Mais ce n'est pas une affaire. Toute l'Europe est sens dessus dessous, mettez ce chaos à profit. Vous pouvez peut-être aussi vous faire embaucher comme matelot et on vous fera traverser gratuitement. Une fois à Buenos Aires, contactez Schmuederrich. Café ABC. Je télégraphierai. Vous pourrez vous rendre utile là-bas. Je vous rejoindrai quand j'en aurai fini ici. »

Il remarque que Dörsam jette des regards inquiets autour de lui, signal que l'entrevue est terminée. Josef prend alors son courage à deux mains et demande :

« Que devient M. Ritter ? »

« M. Ritter ? Il fait de l'import-export à Hambourg. Pourquoi cette question ? »

« Et le général Lahousen ? »

« Pourquoi vous me parlez de lui, ce traître ? »

« Ça m'intéresse de savoir ce que les gens sont devenus. Juste comme ça. »

« Les Américains lui ont accordé une retraite bien juteuse, une fois qu'il a eu tout déballé et envoyé tout le monde à la mort. Il vit quelque part dans le Tyrol. À Innsbruck, je crois. »

Quelques minutes plus tard, Josef se retrouve seul. Dörsam a pris le chemin qui monte à la cathédrale. Josef en aurait bien fait autant, mais il se ravise et continue le long du Rhin.

L'eau a des éclats bleus. Il n'y a aucun nuage dans le ciel, seule la fumée noire d'un vapeur flotte au-dessus de la surface. Pendant qu'il regarde le bateau à roues à aubes peiner pour remonter le courant, il essaie en vain de retrouver le sentiment de paix qui l'emplissait à chaque fois qu'il était au bord de la Harlem River. La discussion tourne encore dans sa tête et le préoccupe. Une fois à Buenos Aires, pourra-t-il se tenir à l'écart des Allemands ? Peut-être pourrait-il continuer son voyage. Passer la frontière du Mexique. Car après tout, l'Amérique, c'est son pays.

De retour à Neuss, il remarque qu'Edith évite ses regards. Hier déjà. Jusque-là, il ne s'est pas trop posé de questions. Mais il a maintenant l'impression qu'elle fait comme si elle était plus affairée que d'habitude, avec une sorte de fureur dans tout ce qu'elle entreprend. Tous les travaux domestiques qu'il aimait bien la voir accomplir, qui avaient quelque chose d'apaisant, voilà qu'elle les exécute de façon plus brutale, plus bruyamment. Comme si elle voulait le chasser.

Lorsque Carl passe dans le salon où il a joué aux échecs tout à l'heure contre lui-même (« Pour pouvoir te battre bientôt, mon cher »), il s'approche d'Edith qui est en train de faire la vaisselle. Elle lève les yeux vers lui. « Je t'en prie », dit-il. « Au moins, quand Carl est là. Qu'est-ce qu'il va imaginer que je t'ai fait ! »

Son regard est offensé. Il se dit que c'est peut-être la raison de sa colère. Qu'il n'y a pas eu grand-chose et qu'il y en aura encore moins.

« Tu vas partir », dit-elle, et il sent que ce n'est pas une injonction mais un grief. Il y a de l'amertume dans sa voix. Tu t'en vas. Nous restons. Je reste. Tout restera comme avant.

21

New York, mai 1939

Il connaissait les composants, il avait tout noté. Il voulait commencer par la bobine, sur laquelle il enroulerait du fil électrique, et le condensateur. L'audion, l'antenne et l'amplificateur seraient la prochaine étape. Il ne voulait acheter chaque fois que ce qui tenait dans sa sacoche en cuir, quitte à faire plusieurs trajets, mais il garderait ainsi une vue d'ensemble. Il ne fallait pas que l'appareil soit trop encombrant ni trop lourd. Il lui fallait aussi une réserve de câbles, d'interrupteurs, de pinces et un nouveau fer à souder. Tout acheter au détail, du sur-mesure, du travail de dentelle en quelque sorte, pour que personne ne sache d'où ça venait. Et il fallait que tout tienne dans deux valises maximum.

Il laissa Princess à la maison ; elle se mit à couiner, comme toujours lorsqu'il fermait la porte sans l'emmener avec lui. Dans sa boîte, il trouva une lettre envoyée par poste aérienne. Elle venait de Carl. Il l'ouvrit et commença à la lire sur le trottoir :

Cher Josef... il passa directement au dernier feuillet où Carl mettait toujours ce qu'il y avait de plus important à ses yeux :

> *Notre fille a maintenant bientôt un an. Notre fils a trois ans. Tous les deux sont une grande source de joie. Tu ne veux pas aussi te marier et avoir des enfants ? C'est tout de même le plus grand bonheur qui existe au monde.*
> *Où en es-tu dans ton travail ? Ça va mieux avec ton chef ? Les conflits se sont apaisés ? N'oublie pas qu'il vaut toujours mieux bien s'entendre avec ses supérieurs. J'espère que tu ne m'en voudras pas de ce conseil.*
> *Au reste, mon entreprise a été catégorisée « utile à l'effort de guerre ». Tu n'as donc pas à te faire de souci pour nous, si la guerre arrive. En plus j'ai été déclaré inapte – un seul œil, ce n'est pas assez pour être envoyé au front. Comment on dit déjà ? De la chance dans le malheur.*
> *Affectueusement*
> *Ton frère Carl, Edith et les enfants.*

Au kiosque il acheta le *New York Times*. Une fois dans le métro il passa en revue sa liste. Des souvenirs remontaient, les moments où il avait travaillé avec Arthur sur sa première radio. Cette concentration partagée. Ils s'échangeaient des fils, des câbles. Il entendait la voix d'Arthur : « Il faut que tu fasses de petites pattes avec le fil. Regarde ! Comme ça. »

Peut-être qu'Arthur lui donnerait encore un coup de main, s'il n'y arrivait pas seul.

Il avait 170 dollars sur lui. Il serra sa sacoche pendant que le métro filait en grondant en direction du centre-ville. Tu prends ce qu'il y a de mieux, lui avait dit Max. On a le feu vert de Hambourg !

Sa proposition avait donc été prise au sérieux, mais il n'en retirait aucun sentiment de triomphe. Au contraire, il se sentait oppressé.

Delany Street. Foley Square. Fulton Street. Il ouvrit le journal et y trouva le fameux nom en page 3. Il s'était fait construire un aérodrome personnel, à une heure de Berchtesgaden. Un prêtre avait été condamné à seize mois de prison pour avoir prononcé des paroles offensantes envers sa personne.

Trinity Church. Il avait raté sa station. Il était maintenant dans le quartier syrien, avec partout des inscriptions en arabe. Depuis Liberty Street jusqu'à Battery Park, dans cette partie de New York à l'ouest de Broadway, tout était tenu par des Arabes. Partout des tables avec des hommes qui jouaient aux échecs en fumant des narguilés et des charrettes à bras chargées de fruits exotiques. Ça sentait le café et la cardamone. *Little Syria. Son of the Sheikh, Syrian cooking.* Il emmènerait Lauren ici, si elle s'intéressait encore à lui. « Pourquoi elle s'intéresserait à toi ? Tu as quoi à lui offrir, espèce de bon à rien ? » lui avait dit Arthur sans se gêner. « Oui, c'est sûrement le FBI qui l'a envoyée », avait-il répondu.

Il entra dans une église syrienne. Peut-être simplement à cause de son nom : St. Joseph's Maronite Church. Il fut accueilli par un immense silence, comme s'il avait plongé la tête sous l'eau. Il dit une prière. Pour Carl, pour qu'il ne soit effectivement pas envoyé au front.

Il déplia la lettre et apprit que Carl avait acheté une maison. Sans profiter de régime préférentiel.

Ce genre de pratique est devenue une mauvaise habitude, mais c'est pourtant une pratique tout à fait normale. Edith trouve que la maison n'est pas jolie, elle est vétuste et a quelques défauts, mais on ne peut pas tout avoir – une bonne conscience et le luxe. Du moins par les temps qui courent !

Il y avait une photo dans la lettre. Toute la famille posait dans le parc municipal. C'était une photo assez ancienne où Carl, un pied en avant et dans une attitude fière, présentait toute sa famille. Gros manteaux d'hiver, cols en fourrure et neige à l'arrière-plan.

Il fit un signe de croix et sortit. Le parfum frais et fruité des narguilés envahissait la rue. Il traversa Liberty Street et atteignit Cortlandt Street qu'on appelait le Radio Row. Tout un bric-à-brac destiné à la radio brillait dans la chaleur qui montait. Une rue entière de magasins proposant des pièces détachées pour la radio. Cette technique se développait à une vitesse phénoménale et les boutiques devaient rapidement faire de la place pour exposer régulièrement le nouveau matériel qui arrivait. Sur les trottoirs s'entassaient des boîtiers en acier et en aluminium, des haut-parleurs et des tubes radio. Une foule d'acheteurs déambulait en inspectant la marchandise, certains se regroupaient et parlaient en experts. Ça sentait le caoutchouc brûlé, l'huile de graissage et le métal. De la musique s'échappait des boutiques, jazz et classique confondus, donnant un rythme particulier à ces pièces de métal scintillantes. Il voyait de vieux Radiola et de vieux Stromberg Treasure Chest, des boîtiers joliment travaillés qui coûtaient autrefois 300 dollars, maintenant bradés, mais sans garantie qu'ils fonctionnent encore.

Il caressa la surface en bois d'un Philco Midget, un vieux modèle de 1931 en forme de cathédrale. « Vous avez une auto ? » Il tressaillit. « On installe la radio dans les voitures, il suffit de prendre rendez-vous. » L'homme en bleu de travail lui tendit une carte de visite. En bordure du trottoir étaient alignées des voitures, portières grandes ouvertes. Des curieux s'étaient arrêtés pour regarder.

Dans les vitrines étaient accrochés des coquillages des mers du Sud et des poissons séchés, souvenirs rapportés par des marins qui venaient acheter ici leur radio. East Radio Store. Superior Equipment and Repair. Il se décida pour Ammon's Radio Store.

Il entra et présenta sa liste. Le vendeur la considéra longuement. « Un quartz avec une portée de plus de trois mille miles ! Vous voulez construire quel genre d'appareil ? »

« Ce n'est pas pour moi, c'est pour un ami. » À chaque fois qu'il était nerveux, il reprenait son accent allemand.

« Vous faites aussi de la radio ? »

« Oui, je suis radioamateur. »

Le papier était posé sur le comptoir. Il aurait bien aimé le reprendre et quitter le magasin.

« Il faut que la portée du quartz dépasse les trois mille miles ? »

« Ce n'est pas interdit. »

« Pas encore. » Le vendeur le toisait sans se cacher. « Pour l'instant, je n'ai pas ce genre de quartz en magasin. »

« Ce n'est pas grave. Je vais aller voir ailleurs. » Et il reprit le papier.

« Attendez. Je peux vous fournir quand même les autres pièces. »

Le vendeur longea les étagères, piquant ici ou là du câble, des pinces, des composants en caoutchouc. Josef avait espéré pouvoir gagner du temps et réfléchir. Mais le vendeur l'entraîna dans sa conversation : il voulait de la gomme-laque ? sans doute pour isoler ? il était préférable de prendre de la paraffine ou du vernis isolant.

« D'accord. »

« Vous avez du papier d'aluminium chez vous ? »

« Non. »

« Vous en aurez besoin. Il faut en recouvrir le fond de la caisse, mais ne pas oublier de ménager des trous pour les raccordements. »

Josef hocha la tête d'un air distrait.

Il était toujours seul avec le vendeur. Devait-il partir tout simplement ? Cette façon qu'avait cet homme de le regarder chaque fois qu'il posait quelque chose sur le comptoir en disant bien fort de quoi il s'agissait lui était insupportable.

Puis le vendeur prit un bloc de facture tout gondolé par l'humidité et commença à noter chaque pièce.

« Vous êtes allemand ? »

« Je vis ici depuis quinze ans. » Josef prit la pince comme pour vérifier s'il allait l'acheter ou non.

« Mais vous êtes originaire d'Allemagne ? »

« Ça s'entend, non ? »

Le vendeur hocha la tête. Ce qui l'énerva.

« En tout, ça fait 150 dollars. J'ai aussi besoin de votre nom et de votre adresse. »

Josef hésita.

« Le mieux, c'est que vous me montriez votre passeport. Comme ça, vous n'aurez pas à m'épeler un nom allemand. »

« Il n'est pas compliqué : Joe Klein. »

Le vendeur leva les yeux.

« Effectivement. C'est simple. Vous habitez où, Joe ? »

Quelque chose n'allait pas. Mais par défi, il lui donna son adresse.

« Je pourrais voir votre passeport ? »

« Non. »

« Dans ce cas, je ne peux pas vous donner la marchandise. »

« L'adresse est bonne, le nom est bon aussi », souffla Josef, incapable de maîtriser sa voix.

« Je ne peux pas vous donner la marchandise, désolé. »

Il plongea la main dans la poche de sa veste, sortit son passeport et le claqua sur le comptoir. Le vendeur y jeta un rapide coup d'œil.

« Merci bien. Où était le problème ? »

« Il n'y a pas de problème. C'était ça le problème. »

« Parfois je ne vous comprends pas, vous autres Allemands. »

« Je ne suis pas allemand. Je suis naturalisé. »

« Vous restez toujours un Allemand. »

Il n'attendit pas que le marchand lui emballe la marchandise et fourra tout dans sa sacoche. La pince en cuivre lui échappa des mains, il la ramassa prestement et sortit.

22

New York, juin 1939

Il était inquiet de ne pas voir Lauren dans le foyer. L'heure tournait , il acheta deux billets, attendit cinq minutes puis avança dans la file. *Si Hitler arrive à la Maison-Blanche, tous ceux qui auront vu ce film seront arrêtés*, était-il écrit au dos des billets. Très drôle. Pourtant on entendait parfois quelqu'un rire aux éclats.

Le cinéma était surveillé, deux policiers se tenaient en faction à l'entrée. Au moment où il allait passer, il entendit Lauren crier son nom. Elle avait les mains chargées de pop-corn et de Coca-Cola. « Pour voir les nazis ! »

Ils prirent place dans l'avant-dernière rangée, tout au fond étaient assis les pervers, même s'il ne fallait rien attendre de très émoustillant de ce film. Il se laissa choir dans le fauteuil moelleux qui l'accueillit dans ses bras confortables. Ils ne parlaient pas. D'abord la publicité. La musique de la Warner Bros. Pictures commença en fanfare, bientôt suivie d'un air lugubre joué au violon et le titre du long-métrage apparut sur l'écran : *Confessions Of a Nazi Spy.*

Une silhouette noire commença à parler d'un cas d'espionnage à New York, disant que les aveux des agents secrets étaient « *stranger than fiction* ».

Une salle de réunion à New York, des croix gammées sur les murs et une bannière où était écrit en allemand : *Nur einer schafft's : Der Führer. Halte ihm die Treue!*

Des Allemands au garde-à-vous qui avaient du mal à prononcer correctement l'anglais, mais qui étaient d'autant plus à l'aise quand il s'agissait de lever le bras. *Tumorro se Wörld is auers, Heil Hitler!* Ils donnaient tous l'impression d'être des nigauds et le public riait aux éclats. Pourquoi, grand Dieu, était-il allé avec Lauren voir un film pareil ?

Dans de petits avions, les nazis jetaient des flyers sur New York : *Votre président est un communiste!* et *L'Allemagne veut la paix!*

Dans l'arrière-salle d'un restaurant de Yorkville – n'était-ce pas l'Old Heidelberg ? – un homme aux abois qui voulait arrêter de travailler pour les services secrets allemands se faisait cuisiner par des brutes de la Gestapo. « Vous savez ce que c'est, la Gestapo ? Pour cette fois, on passe l'éponge ! »

C'était ridicule, mais pas au point de le dérider. Lauren se pencha vers lui : « Il devrait aller voir le FBI. »

« Ils l'arrêteraient illico. »

« Pas s'il fait des dépositions contre les autres. »

New York, juin 1939

Comment pouvait-elle le savoir ?

Ze dschörmen destini of Amerika, dit un des personnages. Les gloussements des spectateurs lui tapaient de plus en plus sur le système, cette façon de manifester qu'on était du bon côté et que c'était bien. Même Lauren riait doucement et quand il jeta un regard vers elle, elle lui dit : « C'est simplement drôle. Toi, tu ne parles pas comme ça. On n'entend presque pas que tu es… » Elle ne finit pas sa phrase. Ce n'est que lorsque Hitler apparut que les ricanements cessèrent. Ce n'était pas un acteur. C'était lui. Un Hitler qui tempêtait au Reichstag, un Hitler rempli de fierté passant en revue son armée. Le soudain silence dans la salle était plus angoissant que tout ce qui avait précédé et qui était simplement ridicule.

Lauren se pencha de nouveau vers lui et murmura : « Aucun acteur n'était prêt à jouer Hitler. Ils avaient tous trop peur. Il y a même eu des menaces de mort contre le metteur en scène. C'est pour ça qu'ils ont pris des images originales. »

« Je sais. »

Sa voix avait quelque chose de glacial. Lauren gardait les mains sagement croisées sur ses genoux. Un émigrant allemand, un certain Kurt Schneider, essayait de faire fabriquer de faux passeports pour les services secrets. Mais il s'y prenait si maladroitement qu'il ne tarda pas à avoir le FBI à ses trousses. Pendant que Kurt Schneider filait dans les rues de la ville et se jetait sans le savoir dans la gueule du loup, Josef but une gorgée de Coca-Cola et regarda

Lauren. Son visage éclairé par la lumière argentée de l'écran semblait indiquer qu'elle s'efforçait de trouver de précieuses indications dans le film.

Il pensa à son comportement idiot dans le magasin de pièces détachées, quelques jours plus tôt. Mais personne ne lui avait jamais expliqué quoi que ce soit. Personne ne l'avait formé. On le laissait faire.

À l'écran, l'Allemagne était en train de préparer l'avènement du Grand Reich. Avec de la cire à bougie. Avec de l'encre sympathique. Avec des messages cachés dans des parapluies. Durant la dernière semaine, ils n'avaient envoyé que vingt suites de chiffres à Hambourg. Max se plaignait du manque d'informations qui leur parvenaient. Les cuisiniers sur les bateaux, les femmes de chambre, les employés d'usine ne livraient rien. Josef avait demandé à Max s'il n'y avait que des gens comme ça qui travaillaient pour les services secrets allemands. Il n'avait pas obtenu de réponse.

Kurt Schneider était arrêté. Il fut facile de le faire passer aux aveux, tant il était fier d'avoir pu être pendant quelque temps un agent au service des nazis. Lauren lui murmura : « Difficile de croire qu'ils n'engagent que des benêts comme lui. »

« Pourtant, c'est ce qu'ils font », dit-il à voix basse.

Lauren lui lança un regard interrogateur. Il sentit une terrible envie de tout lui dire, mais il tint sa langue.

« Ce film est si contradictoire, Joe. Les Allemands sont présentés comme des crétins, et en même temps on devrait croire qu'ils vont bientôt mettre New York à feu et à sang. »

« Mais comment tu peux savoir qu'ils ne sont pas justement sur le point de le faire ? »

Lauren le regarda attentivement, puis lui dit : « Tu as raison. On ne peut pas savoir. »

Plus tard, dans le foyer, il ne dit plus un mot et laissa parler Lauren. Il sentait qu'après toute cette parodie d'accent allemand, il aurait du mal à contrôler le sien. Il regarda l'affiche publicitaire du film : *Ton voisin allemand – qui lui donne des instructions ? À qui fait-il des rapports ?*

Il entendit Lauren qui disait que le film avait obtenu un prix et avait même battu *Wizard of Oz* dans une compétition. « Bien sûr, c'est un film de propagande. Mais il montre quand même bien à quel point il est facile d'appâter des émigrants mal dans leur peau. Tu ne trouves pas ? »

Josef la prit par le bras et l'entraîna dehors.

La nuit était tombée. L'air de Broadway sentait la poussière et les vapeurs d'essence. Il aimait cette odeur. Ils avançaient au milieu de la foule. Partout des réclames lumineuses : Schaefer Beer, Pepsi-Cola… Lettres rouges et or sur fond de ciel nocturne.

Ils marchaient en silence l'un à côté de l'autre, étrangement perdus et étrangement unis. Il prit sa main, en caressa le dos avec son pouce et cela lui rappela une autre femme. Il ne savait plus laquelle.

« N'attends pas trop de moi », dit-elle doucement.

« Qu'est-ce que tu veux dire par là ? » demanda-t-il en lâchant sa main. Comme elle se taisait, il dit : « C'est stupide. » Puis il ajouta au bout d'un moment : « Il est tard. J'arrête un taxi et je te raccompagne jusque chez toi. »

« Non, ce n'est pas nécessaire. »

« Si, Lauren. »

Il savait qu'il devait la raccompagner chez elle et il se sentit soudain comme Dieu sachant tout. Il héla un taxi, alors qu'il ne savait même pas où elle habitait. Elle le regarda d'un air interrogateur, presque de refus. Encore une fois il passa outre. Il lui tint la porte, mais elle monta de l'autre côté.

« Lauren, je te raccompagne chez toi. J'ai besoin de ton adresse. »

Elle se pencha vers le chauffeur et lui dit la rue et le numéro. C'était une adresse à Brooklyn, une course assez longue.

Ils quittèrent Frankfort Street et passèrent le pont de Brooklyn. Lauren regardait par la fenêtre, le visage détourné. Elle se fiait à son instinct. Josef lui cachait quelque chose. Quelque chose de capital.

Il s'était mis à pleuvoir, un passant tenait son journal sur sa tête comme un chapeau.

Elle prit soudain sa respiration et chercha son regard. « C'est quand même incroyable la façon dont se comportent les Allemands ici. »

Il était du même avis, mais il se contenta de dire : « Ils n'ont pas revu leur pays depuis parfois des années. Peut-être qu'ils ont le mal du pays. »

« De l'Allemagne. »

« Oui, le souvenir qu'ils en ont. »

« Mais ils soutiennent l'Allemagne actuelle. »

« Peut-être qu'ils confondent mal du pays et patriotisme. »

« Mais le patriotisme, ce n'est pas mieux, Joe ! » dit-elle sur un ton exaspéré.

Il ne moufta pas. Le chauffeur jetait des regards dans son rétroviseur.

« Tu crois que le patriotisme, c'est anodin ? » enchaîna-t-elle. Il sentit la moutarde lui monter au nez, mais il fit un effort pour garder son calme.

« Je ne sais pas, Lauren. Moi, par exemple, j'aime l'Amérique. C'est quoi le problème ? »

« Joe, au nom du patriotisme, on voit partout émerger des régimes autoritaires comme en Allemagne. »

« Et le communisme, il n'est pas autoritaire ? »

Elle poussa un soupir, mais comme elle ne disait rien, il continua : « Le danger est tout aussi réel, Lauren. Il y a une vraie menace communiste. Tu ne peux pas le nier ! Le juif Trotski est installé au Mexique et prépare une attaque contre l'Amérique. C'est juste un exemple parmi d'autres. »

« Il est en exil là-bas, Joe. Et le fait qu'il soit juif lui a causé de gros problèmes en Russie. » Elle martelait chaque mot comme s'il était dur d'oreille. Puis elle se tourna vers la fenêtre, donnant l'impression qu'elle n'avait plus envie de poursuivre cette conversation. Son profil était bien découpé. Il voyait son petit menton pointu, c'était quelque chose qui le touchait, et même s'il était en colère contre Lauren, il avait très envie de la prendre dans ses bras et de la serrer contre lui. C'était quoi, cette conversation ! Ils passèrent devant un grand cimetière, il n'avait aucune idée de l'endroit où ils se trouvaient. Il ne connaissait Brooklyn que comme point de passage vers Coney Island. Une fois, ils avaient livré des brochures à un mouvement de femmes engagées, à Bushwick ; elles s'appelaient les Women Against Communism.

Le taxi s'arrêta. Au bout d'une rue adjacente, il put voir les lumières d'un cargo. Ils se trouvaient donc dans une rue parallèle aux quais.

Lauren descendit. Debout sous la pluie, elle frappa à sa vitre. Il la baissa. « Je crois que tu as compris Thoreau complètement de travers. L'individualisme de Thoreau n'est pas une invitation à arranger le monde selon son bon vouloir. »

Il la vit se diriger vers une maison à un étage avec un petit jardin devant. Quand il vit la lumière s'allumer dans l'allée de l'immeuble, il dit au chauffeur de taxi de le conduire à la prochaine station de métro.

« Il vaut mieux ne pas parler politique avec les femmes », dit le chauffeur au moment où Josef payait. Il releva son col et s'engouffra dans la bouche de métro. La pluie lui frappait le visage comme des claques.

23

Neuss, juillet 1949

Il est facile de dévisser la platine porte-objectif. La vis vient sans problème et l'écrou lui tombe dans la main. L'objectif aussi est facile à démonter. Il passe son doigt sur le verre. De la bonne qualité Zeiss. Le soufflet sur lequel était fixé l'objectif est assez long. Il le bouge dans tous les sens et le tire complètement. Il ne semble pas y avoir de butée. Avant de démonter le boîtier, il s'attaque au flash. Les vis tombent les unes après les autres. Aucune difficulté.

Ça fait longtemps qu'il ne s'est pas confronté à la technique. Sur Ellis Island il n'y avait aucun appareil, aucun outil et aucun travail à faire. Rien que des livres, des échiquiers, des ballons (surtout pour les plus jeunes), des journaux. Il attendait tous les jours le journal qui arrivait systématiquement avec une semaine de retard. Parfois il manquait des pages. Ça le rendait méfiant et à partir de l'annonce des titres et des rubriques, il cherchait à reconstituer ce qu'on voulait leur cacher.

La première fois, ça lui était arrivé à la prison de Sandstone. Il avait été stupéfait de voir que des choses manquaient. Il avait ensuite pris ça comme des indices – qu'il était peut-être le seul à déceler.

Le premier article qui l'avait marqué datait de l'été 42. Il était en prison depuis six mois. Huit Allemands avaient débarqué sur la plage d'Amagansett. Un sous-marin les avait laissés non loin de la côte de Long Island et au petit matin, ils avaient rejoint la plage à la rame dans des embarcations gonflables. Ils venaient juste d'enfouir les caisses étanches contenant les explosifs quand ils avaient été surpris par un garde. Ils lui avaient offert de l'argent en échange de son silence puis avaient disparu. Mais le garde avait averti la police. Le sable encore mouillé indiquait clairement où se trouvaient les caisses, d'autant plus qu'il y avait partout des mégots de cigarettes de marque allemande. Il n'était donc pas difficile de savoir à qui l'on avait affaire : des espions allemands. En plus, dans le train qui les emmenait à New York, ils avaient oublié différents documents importants. Quelle bande d'amateurs, se dit Josef. L'Allemagne n'embauche donc que des charlots pour ses missions à l'étranger !

Leur objectif : faire sauter des usines – des usines d'aluminium entre autres –, des ponts, des voies ferrées et plonger l'Amérique dans le chaos. Nom de code : opération *Pastorius.*

La chambre n'est pas si facile à démonter. Josef bataille pendant un moment. La vis n'est pas parfaitement en face. Finalement il y arrive et découvre de la poussière dans le soufflet. Il souffle pour l'enlever. Les photos prises par Carl dans le parc municipal étaient légèrement surexposées. Il y a peut-être des trous dans le soufflet ou de légères déchirures, mais il ne découvre rien. Peut-être sont-elles simplement trop petites.

Il entend la voix de Carl dans la cuisine. Il vient sans doute de rentrer et déjà il enguirlande son fils. Ce sont d'ailleurs plus des glapissements que des invectives, comme les bonnes femmes du Lower East Side. On dirait que la voix de Carl devient autonome et s'empare de tout son corps, si bien qu'on ne peut qu'éprouver de la pitié.

Au début il voulait aller voir son frère pour lui dire de se calmer. Mais maintenant il n'a qu'une envie : lui mettre son poing dans la figure.

Mais Carl a au moins une histoire qui va droit. La sienne en revanche est pleine de détours et de crochets.

Quand il était en prison, il pensait parfois à Gandhi. Chez Gandhi, même quand il était en prison, les choses avançaient vers un but. Chez lui, les choses semblaient faire marche arrière. Sa vie devenait de plus en plus petite, de plus en plus rétrécie.

Il a maintenant nettoyé le soufflet et huilé un peu le rail. Il continue à démonter, vis après vis. Les pièces viennent les unes après les autres.

En règle générale, il disparaît avant que Carl arrive en début d'après-midi, épuisé par ses tournées. Il va se promener seul en ville au milieu des maisons effondrées, des toits défoncés et des murs calcinés. Sur le chemin du retour, il cherche toujours quelques sujets de conversation anodins qui permettraient de s'entretenir sans faire d'esclandre, du genre : « Tu as vu, Maikelowski vend aussi de la bière maintenant ? »

Mais aujourd'hui il n'est pas sorti. Démonter le Linhof est un tel plaisir qu'il n'a pas envie d'arrêter. Il y a maintenant sur la table tout un tas de petites pièces en métal. Il regarde la poignée munie d'un déclencheur. Il y a quelques griffures dans le plastique. Carl a fait beaucoup de photos avec le retardateur, à commencer par son voyage de noces, mais il n'a guère photographié le monde autour de lui, aucun bâtiment, rarement d'autres personnes, uniquement lui, lui tout seul, puis avec Edith et ensuite avec les enfants.

Depuis l'épisode des gnocchi, Edith a arrêté de faire sa chambre. Il ne faut pas que Carl s'en rende compte. Josef fait donc son lit tous les matins, et chaque fois qu'il s'empare d'un objet il fait attention à bien le remettre à sa place. Quand Carl et les enfants sont dans la pièce, Edith se montre aimable avec lui, mais dès qu'ils sont seuls, elle est d'une froideur glaciale.

Il contemple le support du chariot et la came de commande. Superbe travail de précision ! Avec un tournevis il démonte le support du trépied fixé sur le boîtier. Les vis viennent les unes après les autres. Il entend Carl marcher dans la chambre. Il l'entend parler avec Edith, mais ne saisit pas ce qu'ils disent.

Quelques semaines après le premier article sur l'opération *Pastorius*, il avait lu que l'un des agents envoyés sur la plage d'Amagansett avait pris une cuite dans un bar en Bretagne, d'où le sous-marin devait partir le lendemain matin, et qu'il avait tout dévoilé. Beaucoup plus tard, il avait lu aussi que l'un des agents, dès son arrivée à New York, était allé tout dire au FBI. Schmuederrich était derrière lui quand il avait lu l'article. Il était sur la galerie qui donnait sur la statue de la Liberté.

« Tu lis quoi ? »

« Le journal. »

Schmuederrich était descendu et lui avait pris le journal des mains. « Ah, ce Lahousen. Un traître de première ! Un vrai salaud ! Il n'a pensé qu'à sauver son cul ! Après la guerre, tout le monde peut prétendre n'importe quoi ! »

Ellis Island. Fenêtres embuées et opaques. Mais ici, le Troisième Reich ne s'était pas encore effondré.

Quand le temps devenait difficile à supporter, il essayait de se dire qu'il était un moine qui pouvait porter son attention même sur les choses les plus insignifiantes, car tout était l'œuvre de Dieu : les carreaux blancs et octogonaux sur le sol, le pot d'eau sur la table, les deux colonnes dans la grande salle, les carreaux craquelés sur les murs avec quelques éclats, le *Heil Hitler* que l'on entendait dans les couloirs.

Rester à l'écart jusqu'à ce que tout soit passé. Cela pouvait venir d'un jour à l'autre.

Ils lançaient : « À bientôt à Buenos Aires », quand ils partaient.

Et voilà que pour lui aussi, Buenos Aires semble être la seule issue.

« Mais qu'est-ce que tu fais ? Tu es fou ? »

« Je le remonte tout de suite après, Carl. Je voulais juste voir comment il fonctionnait. »

« Et au trot ! Nom de Dieu, tu sais combien ça coûte un appareil comme ça ? » Il le sait. Il commence à remonter les pièces une par une, même s'il aurait bien envie de continuer à explorer l'intérieur de l'appareil. Mais Carl est debout derrière lui et attend. Silence pesant. Puis il finit par dire : « Je vois que tu dois te concentrer, je te laisse. »

Josef remonte l'appareil, pièce après pièce, vis après vis. Au bout d'une heure, le Linhof est de nouveau entier, comme avant. Sauf qu'il y a une vis en trop.

La faire disparaître ? Non. Il décide de jouer franc jeu et de le dire à Carl. Contre toute attente, celui-ci se met à rire : « C'est sûrement la vis qui te manque dans la tête ! »

Un mois plus tard, les agents allemands comparaissent devant un tribunal militaire et sont condamnés à la chaise électrique. La sentence est exécutée le jour même, sauf pour deux d'entre eux qui ont averti le FBI et trahi leurs collègues. Ils sont condamnés à la prison. Mais ça aussi, Josef ne l'a appris que bien des années plus tard. À l'époque il fallait faire comme si Hoover, le chef du FBI, avait tout découvert tout seul avec son équipe, sans l'aide d'agents passés à l'ennemi. Ultime nouvelle sur cette affaire, qui l'avait mis mal à l'aise : trois marins américains et un marin anglais avaient proposé de fusiller les agents condamnés à mort pour éviter à l'État américain la dépense d'électricité entraînée par des exécutions sur la chaise électrique. Le gouvernement américain avait refusé.

24

New York, juillet 1939

Il était sur Foley Square et la foule montait vers lui comme une marée tandis que les bâtiments immobiles semblaient faire un pacte avec lui. Le large bâtiment du palais de justice avec ses colonnes et ses grands escaliers se dressait devant lui, temple majestueux. C'est là que le FBI avait ses bureaux. Il essaya de donner l'impression d'être un touriste, déplia un plan de la ville, regarda autour de lui, le replia.

Sa vie aussi pouvait être repliée comme un morceau de papier que quelqu'un souhaiterait mettre dans sa poche, officier ou agent quelconque. Il avait décidé d'y aller, mais d'abord seulement pour voir, sans obligation ni contrainte. Il se sentait donc très calme, respirait librement, il sentait le soleil sur son nez. Il commencerait par reprendre son travail à l'imprimerie chez Arthur, la semaine prochaine, il pourrait à nouveau imprimer *America for the Americans*. Il avait quand même besoin d'un job reconnu par le fisc, et être radioamateur pour les services secrets allemands ne rentrait pas dans le cadre.

Il regarda l'entrée du bâtiment. Il s'imaginait gravir les marches, être repéré par un huissier : « Comment puis-je vous aider ? », « Je voudrais faire une déclaration au FBI ». Il n'avait pas envie de penser plus loin et fit demi-tour. Non, se dit-il. Pas aujourd'hui.

Il se dirigea vers le centre-ville dans la lumière vibrante qui éclairait des chapeaux d'été extravagants au milieu des parfums et des odeurs de crème solaire. Il traversa le pont de Brooklyn qui tremblait beaucoup, tandis que dessous un brick fendait les flots qui badinaient sur son étrave. Arthur avait une fois évoqué des bureaux clandestins, au-dessus de Red Hook, il avait cité des noms, mais Josef ne s'en souvenait plus. Ces officines pouvaient procurer de nouveaux papiers. Un nouveau nom et tout ce qui allait avec. Il quitta le pont et emprunta Old Fulton Street, bordée de maisons en pierre rouge toutes identiques.

Il passa dans la rue en bordure des quais et regarda les gratte-ciels de Manhattan qui se dressaient dans le ciel bleu. Une fois arrivé dans Atlantic Avenue, il se rendit compte qu'il avait faim. Il acheta à un kiosque des pommes de terre sautées avec du hareng, but un Coca et ensuite un café. Le soir était déjà tombé, mais il faisait encore clair. Tout en continuant à marcher, il repensa à l'adresse que lui avait indiquée Arthur et passa plusieurs carrefours : Pacific Street, Baltic Street, Degraw Street. Dans un parc il s'assit sur un banc et ne tarda pas à s'endormir, allongé sur le dos. Quand il ouvrit les yeux, il aperçut juste au-dessus de lui un policier qui l'avait déjà tiré par la manche dans son rêve. Il sortit du parc, il faisait maintenant presque sombre.

Il arriva à Red Hook, un quartier portuaire fait de maisons basses en briques rouges qui lui rappelaient Düsseldorf. Juste derrière se trouvaient les quais et les entrepôts qui donnaient directement sur l'eau. D'énormes grues aux formes courbes ressemblaient à des insectes à l'agonie. Odeur de gas-oil enveloppant une activité humaine où l'on sentait la présence physique des corps. On entassait des caisses en bois, on lançait des ordres brefs. Du sirop de fruits rouges collait à ses chaussures. Des dockers se tenaient sous l'avant-toit d'une rampe de chargement. L'un d'eux intercala une cigarette entre les lèvres, puis une fraise. Il fixa Josef qui se prit les pieds dans des barres de fer.

Il arriva dans une taverne remplie de marins et s'accorda un verre, puis un deuxième. Partout autour de lui des visages rougeauds de matelots et de poivrots qui bavassaient à n'en plus finir. Il savait qu'il y avait des contacts possibles dans ces endroits. Il voulait simplement voir ce qu'il en était, comme s'il s'agissait d'une vie qui de toute façon n'était pas faite pour lui et qu'il laisserait là en sortant. À son troisième verre il était fermement convaincu qu'il voulait commencer une nouvelle vie. Le barman s'était accroché avec deux marins. Une main sur la hanche, l'autre sur le robinet à bière, il affirmait que l'Amérique ne prendrait pas part à un prochain conflit, en aucun cas.

L'Europe n'avait qu'à régler ses affaires toute seule. Les marins avaient une opinion opposée. Dehors, des hommes étaient en train de s'invectiver. Une colonne de fourmis avançait sur le comptoir. Il paya.

Une lumière jaune envahissait maintenant les rues et une odeur de remugle remontait de la mer. Il trébucha une nouvelle fois sur des barres de fer et réalisa qu'il était ivre. Cette constatation le remplit de pitié envers lui-même et il repensa pour la première fois depuis des jours à Lauren, avec une tendresse geignarde. Depuis leur sortie au cinéma il n'avait plus eu de nouvelles et il n'avait pas osé appeler chez elle. Il avait essayé de se convaincre au début que ça lui était bien égal qu'elle disparaisse de sa vie. Mais en même temps il attendait un coup de fil. Au cas où elle lui aurait écrit – il l'imaginait en train d'écrire, l'air grave, pour s'excuser de son agressivité mais en même temps pour contester poliment son sens politique –, il vérifiait plusieurs fois par jour la boîte aux lettres, glissant sa main à l'intérieur pour voir si une enveloppe n'était pas restée coincée. Ce geste était devenu une habitude, une douleur familière dans laquelle il se glissait, même s'il retirait sa main sans rien avoir trouvé, si ce n'est parfois quelques factures. Ses déambulations en direction des bureaux du FBI étaient aussi un moyen de se rapprocher de Lauren. Il faisait des choses qu'elle aurait cautionnées, si elle avait su qui il était vraiment. Mais au lieu de se rendre aux autorités, il préparait sa fuite.

New York, juillet 1939

En remontant Columbia Street il vit des bureaux aux fenêtres sales et une plaque où était marqué : *Jablinski, avocat.* Il était sûr que c'était le nom que lui avait dit Arthur. Il pénétra dans une arrière-cour sombre et s'engagea dans un escalier métallique en colimaçon éclairé par une simple ampoule. Derrière les portes, on pouvait entendre des enfants qui toussaient et des gens qui marchaient. Ça sentait le pudding brûlé. Brusquement la porte tout en haut s'ouvrit, comme s'il était arrivé à destination. Un homme replet, bretelles baissées, lui demanda ce qu'il désirait. Derrière lui, on voyait des rangées de dossiers. Comme dans un rêve où l'on rêve que l'on rêve, il fut soudain incapable de prononcer un mot, comme s'il ne pouvait sortir de l'état cotonneux où il se trouvait.

« Vous ne savez pas parler ? »

« On m'a envoyé ici », dit-il très lentement, « mais c'est peut-être une erreur ».

« Il faudrait d'abord me dire ce que vous voulez ! »

« J'ai entendu dire que vous aidez les gens. »

« Je suis avocat. C'est mon métier. »

« Vous les aidez aussi à se procurer des papiers ? »

« Dégagez ! » Et l'homme claqua la porte.

« Dites-moi où aller pour ça ! » Mais déjà sa voix était étouffée par de la musique venant d'une radio dont on avait soudain monté le son.

Il se sentait maintenant totalement dégrisé et il fut saisi d'une terrible inquiétude. Quand, au bout de quelques centaines de mètres, il aperçut la lueur verte et vacillante d'un bar, il entra, s'installa au comptoir au milieu des quelques autres consommateurs et commanda un Old Musket. Éclat ambré et apaisant dans son verre. Il fallait tout effacer, toute cette journée et aussi, si possible, l'avenir. Mais l'alcool faisait peu d'effet et ne diluait en rien l'acuité des choses. Le barman lisait le journal. Il en céda une partie à Josef qui la lui avait demandée. Il lut les petites annonces, comme il le faisait souvent ces derniers temps, à la recherche de chambres meublées à l'écart de la ville, là où personne ne voulait aller habiter. *Asbury, light, sunny, well heated room, 5 weekly, gentlemen 0244*. Il lui suffisait d'appeler, d'aller voir et de montrer qu'il pouvait payer. Mais comment vivre dans des trous pareils ? Garder les vaches comme il l'avait fait quand il était gamin ?

C'est à ce moment qu'il aperçut un homme qui était peut-être déjà là quand il était arrivé, mais qui avait gardé son chapeau baissé sur le front. Josef le reconnut malgré tout. C'était Duquesne. Aucun doute là-dessus. Il avait le visage de ceux qui ont déjà tout vu et tout vécu : les guerres, les prisons, les présidents, les steppes africaines, mais aussi ce qui en impose et qui inspire la dignité. Josef essaya de capter son regard, mais l'homme parut se détourner légèrement. Lentement, prudemment, Josef leva son verre et but.

Puis il quitta son tabouret et prit la direction des toilettes avant de se raviser au dernier moment.

« Monsieur Duquesne ? » dit-il en passant derrière l'homme. « Je suis Josef Klein. Joe. Nous nous sommes rencontrés il y a quelques mois à l'Old Heidelberg. »

New York, juillet 1939

« Vous devez faire erreur », dit l'homme sans même se retourner. Mais Josef avait bien reconnu son accent si particulier. Quand il revint des toilettes, l'homme était sorti et se trouvait déjà de l'autre côté de la rue. Josef posa un billet de 1 dollar sur le comptoir, prit son chapeau et suivit l'homme à une distance d'environ trente mètres. La rue était déserte, la filature ne faisait aucun doute. Josef se demanda s'il ne devait pas simplement accélérer le pas pour le rattraper. Mais quelque chose le retenait. Il observait avec intérêt les différentes allures de Duquesne. Parfois il ralentissait, s'arrêtait même pour regarder la vitre d'une auto garée là, avant de soudain repartir. Parfois la rue était si sombre qu'elle avalait littéralement la silhouette de l'homme qui ne réapparaissait qu'à la lumière du lampadaire suivant. Et soudain plus personne. Sous le porche où il avait perdu la trace de Duquesne s'entassaient des corps endormis sous des couvertures d'où dépassaient parfois des pieds nus. Il était 1 heure du matin. Trop tard pour prendre le métro. Il pouvait aller jusqu'à Manhattan à pied et prendre là-bas un taxi.

« Il y a quelque chose que vous vouliez me dire ? » Duquesne avait soudain surgi de l'ombre.

« Monsieur Duquesne ? »

« Ne m'appelez pas par mon nom ! »

Il se sentait bête et désemparé. Il pouvait voir le blanc des yeux de Duquesne, comme si son regard comptait les secondes. Josef desserra son col de chemise.

« Non, je n'ai rien de spécial à vous dire. Je voudrais simplement savoir de quoi il retourne. C'est quoi tout ça ? On m'a embarqué dans une affaire qui pourrait avoir des conséquences catastrophiques. Je veux savoir si nous sommes en danger. Je suis, je veux… », il s'arrêta soudain de parler, car une secousse avait traversé le corps de Duquesne, comme s'il ne le comprenait pas, comme s'il n'était en tout cas pas décidé à jouer la figure paternelle, et il réalisa alors que les paroles qu'il venait de prononcer avaient quelque chose de geignard et de confus.

« Vous savez quel est le problème ? Le problème c'est vous ! Les gens comme vous ! Les gens comme vous, c'est notre perte à tous ! »

« Je ne comprends pas. »

Non, vous ne comprenez rien à rien ! »

Il vit Duquesne traverser la rue plongée dans l'obscurité, mais il avait cette fois une démarche plus nonchalante. Josef restait figé sur place. Il ne se mit en mouvement que lorsque l'autre eut complètement disparu. Au moment où il arrivait sur le pont de Brooklyn, la ville baignait dans une lumière orangée.

25

New York, juillet 1939

Rien. Aucun signe. Ils ne se montraient pas. Il les attendit tout le dimanche. En vain. On ne pouvait pas dire que Max et Ludwig lui manquaient, mais ne pas venir sans avertir, voilà qui l'inquiétait. Leur était-il arrivé quelque chose ?

Le lendemain matin, son drap était froissé et défait. Il fit tout ce qu'il avait à faire dans un mélange d'angoisse et de précaution : donner à manger à Princess, préparer le café, comme s'il pouvait ainsi se défendre de son agitation de la nuit.

Peu avant 8 heures, il quitta son appartement avec la chienne. Le soleil de juillet commençait à inonder joyeusement Harlem, les enfants qui partaient pour l'école essayaient de toucher la tête de Princess qui se prit d'abord au jeu avant d'être agacée par tout ce remue-ménage. Josef la siffla pour la délivrer de cette cohue. Une fois arrivé sur le terrain vague, il lui lança une petite balle. Elle fonçait la rattraper, la poussait joyeusement avec son museau tout en remuant la queue. Il continua ainsi jusqu'à la rive.

Puis elle s'approcha du bord de l'eau, se tourna vers lui, comme pour lui demander la permission. Il lui lança un bout de bois et elle pataugea gaiement dans l'eau, avant de se mettre à nager. Depuis la rive il ne voyait qu'une tête de chien qui avançait au ras d'une eau d'un vert pâle.

Il se déshabilla et, en caleçon, partit la rejoindre. Le plus difficile fut de sentir sous ses pieds la vase qui remontait entre ses orteils. Il plongea et l'eau étreignit tout son corps. Il fit quelques brasses ; il voyait la surface étincelante au-dessus de lui et un gris sinistre en dessous. Quand il remonta à la surface, il était loin de la berge. Des canards au plumage lisse barbotaient autour de lui. On aurait dit de petits bateaux.

Princess aboyait. Il sentait qu'elle avait peur. Il nagea vers elle et ils remontèrent tous les deux sur la rive. Il n'avait pas de serviette pour se sécher et il prit sa chemise. Puis il enfila sa veste de costume à même la peau et la ferma. Les gens pouvaient penser de lui ce qu'ils voulaient.

Une fois de retour dans son appartement, il mit la radio qui diffusait *Oh, Baby* de Glenn Miller et s'alluma une Bremaria Brinkmann que Max avait oubliée. Il aimait sentir l'odeur d'eau salée sur son corps, mélange d'algue et d'huile, de vase et de terre.

New York, juillet 1939

Il avait gardé ses chaussures qui laissaient de petits morceaux de boue sur le parquet. Le travail à l'imprimerie ne commençait qu'à midi. Il avait largement le temps. Il ouvrit le *New York Times* et chercha son nom. Il lut que *Les Maîtres Chanteurs* étaient son opéra favori et qu'il attendait de la communauté juive internationale qu'elle prenne financièrement en charge le départ d'Allemagne de tous ses ressortissants. Dans un autre article, Cuba et la Floride avaient refoulé un navire avec plus de neuf cents refugiés à son bord et les avaient renvoyés en Allemagne. Il posa le journal, le regard dans le vide.

À la radio passait maintenant l'émission : *Emily Post, les règles de l'étiquette en Amérique.* Un homme doit ôter son chapeau quand une femme entre dans un ascenseur, car cet endroit est considéré comme une pièce. En revanche dans un couloir, qui peut être assimilé à une rue, il a le droit de le garder sur la tête. Il chercha une station qui diffusait de la musique.

Il entendit la sonnette. Il se dépêcha de mettre un T-shirt et ouvrit la porte.

Quelqu'un montait les escaliers, plus lentement que d'habitude. C'était Schmuederrich. Arrivé sur le palier, hors d'haleine, il passa devant Josef et entra directement dans la pièce avant de regarder autour de lui. La sueur perlait sur son front.

« Tu es tout seul ? Je pensais que ta petite amie serait là. Vous êtes bien toujours ensemble, non ? Tu me fais un café ? »

Le corps de Schmuederrich semblait occuper tout l'espace. Josef ne voyait rien d'autre que ce cou large et ces poils noirs qui frisottaient dans l'échancrure de la chemise. Il passa à la cuisine, fit bouillir de l'eau, tout en essayant de comprendre la situation. « Du lait ? », demanda-t-il. « Et du sucre ! » lui renvoya Schmuederrich. De retour dans le salon, Josef lui mit directement la tasse dans les mains pour éviter que Schmuederrich ne prenne ses aises.

« Qu'est-ce qui t'amène, Hans ? »

« Tu savais que l'Allemagne, jusqu'à récemment, était le seul pays à ne pas avoir de services secrets dignes de ce nom ? »

« Non, je ne savais pas. »

« Tous les pays y ont installé confortablement leurs espions. Jusqu'à présent le FBI avait plus ou moins les mains liées, car il se préoccupait plutôt des affaires intérieures, ce qui ne le rendait pas particulièrement sympathique. Mais Hoover et ses hommes ont enfin fait un gros coup, l'an dernier. Il y a un film là-dessus qui passe en ce moment au cinéma. Tout le monde peut le voir. Il faut que les choses changent et qu'on fasse plus d'effort. Le FBI a maintenant les pleins pouvoirs. Ça devient serré. Les Japonais sont de bons espions. Meilleurs que nous. »

Schmuederrich ponctua ce qu'il venait de dire d'un mouvement de tête. Josef chercha à garder un visage impassible. Schmuederrich posa sa tasse sur la table où était installée la station radio.

« Arrête de suivre nos hommes à nous, Josef. »

« Je n'ai suivi personne. »

« Et ne t'avise plus de vouloir encore aller voir le FBI. » Cette fois il ne répondit pas. Il sentit brusquement un poids sur la poitrine qui lui écrasait la gorge.

« Tu fais quoi là, petit ? » Schmuederrich respira une fois profondément. « La vie est pourtant belle. Regarde, il fait beau. Splendide même. Tu as une chouette petite amie. Mais on ne peut pas se permettre des erreurs. Les amateurs sont dangereux à la longue. »

Josef regarda vers la porte, les morceaux de boue étaient maintenant complètement écrasés. Il se demanda s'il pourrait passer devant Schmuederrich et filer. Princess était juste à côté en train de remuer nerveusement la queue.

« Tu es hors jeu. Où est l'appareil que tu nous as construit ? »

Il avait bien entendu ? Ou était-ce seulement une ruse ? Allait-il se faire tabasser dans la seconde qui allait suivre ?

« Montre ! »

Josef alla dans sa chambre et tira la caisse de sous le lit. Il se demanda une seconde s'il ne ferait pas mieux de fermer la porte de l'intérieur. Il ne faisait pas confiance à Schmuederrich.

« Où tu es ? Tu as besoin d'aide ? »

Aucune menace dans cette voix. Schmuederrich était passé dans le mode « camarade », comme s'ils étaient en train de tapisser une chambre ensemble.

Malgré tout, ses mains tremblaient quand il posa les différentes pièces sur la table. Princess était postée entre les deux, bougeant ses oreilles d'un côté et de l'autre.

« Vous avez quelqu'un qui peut terminer le travail ? »

« Ce n'est pas ton affaire. Et quand l'Allemagne aura la souveraineté sur le monde entier, ne va pas croire qu'il y aura un poste pour toi. »

« Non, bien sûr, Hans. »

Schmuederrich fourra tout dans une sacoche de toile fine. Ça faisait des bosses et des angles. Il se dirigea vers la porte comme un personnage de film de propagande.

« Au pied ! » dit Josef à Princess qui accompagnait poliment Schmuederrich jusqu'à la porte.

« Et pas un mot à qui que ce soit. »

« Bien sûr que non, Hans. »

« Et pas à ton amie non plus. Au fait, nous savons très bien où ton frère habite. »

« C'est une intimidation ? »

« Tu laisses traîner tes lettres partout », répondit Schmuederrich d'un ton irrité.

Après le départ de Schmuederrich, Josef prit une douche et partit pour l'imprimerie. En route, il se disait qu'il allait tout raconter à Arthur, soulagé que ce soit fini et furieux que Schmuederrich l'ait menacé.

Mais quand il arriva, il se contenta de faire un signe de tête à Arthur et se mit tout de suite au travail. Les machines ronronnaient, bruit familier et réconfortant, les gestes routiniers l'apaisaient, comme si le temps était revenu en arrière, comme s'il se réveillait d'un cauchemar. Ils étaient partis. Il allait écrire une carte à Lauren, lui demander pardon et lui envoyer des fleurs. Oui, lui envoyer des fleurs, c'était une bonne idée.

26

New York, juillet 1939

Lauren était en retard. « Je suis désolée. Le métro quand il pleut, c'est infernal ! » On avait l'impression qu'elle lui en voulait. Il l'aida à quitter son manteau alourdi par la pluie. « En fait, ce serait à lui de le faire », dit-elle en regardant le garçon qui, manifestement dépassé par les événements, courait à droite et à gauche, d'un client à l'autre.

« Je le fais volontiers », dit-il à mi-voix.

Il la conduisit à sa place près de la fenêtre. Il avait réservé spécialement cette table avec vue sur la rue, mais la vitre était tout embuée et l'on ne voyait que les lueurs estompées des phares des voitures et des enseignes lumineuses.

« Il fait chaud et c'est bruyant ici. »

« Je suis content que tu sois là, Lauren », dit-il, un peu raide.

Elle fit un signe de tête indulgent. Elle regarda les nouveaux clients qui arrivaient d'un air éploré : « Ça va devenir encore plus bruyant ! »

New York, juillet 1939

« Tu veux qu'on aille ailleurs, Lauren ? Tu m'avais dit que tu aimerais bien aller à l'Amalfi où on n'avait pas eu de place, la dernière fois. »

« C'est vrai. » Elle le regarda dans les yeux, la première fois depuis son arrivée.

Il lui avait écrit une carte. *Désolé pour la mésentente de la dernière fois. Laisse-moi me rattraper en t'invitant à dîner.* « Merci pour la carte », avait-elle dit au téléphone, mais rien sur le bouquet de fleurs. Manifestement, les mots ne suffisaient pas. En tout cas, pas ceux-là. Le regard de Lauren se porta sur un nouveau couple qui arrivait, comme s'ils avaient été des importuns ayant de mauvaises intentions à son égard.

« Il y a quelque chose qui te tracasse ? »

« Pourquoi ? »

Il n'insista pas et fit un signe au serveur.

Elle étudia la carte longuement, n'arrêtant pas de feuilleter en avant et en arrière. Quant à lui, il cherchait désespérément les pizzas mais ne trouvait que des mots italiens qu'il ne comprenait pas. Quand le serveur s'approcha à nouveau de leur table, Lauren leva enfin les yeux.

« On va commencer par des antipasti », annonça-t-elle. « Du salami de Gênes, des olives siciliennes, des aubergines confites et du calamar mariné au safran. »

« Un très bon choix. Et pour la suite ? »

« Le bouillon de poule avec un œuf, du fenouil et des cœurs d'artichaut. Et comme plat principal, de la lotte. »

« Un dessert ? »

« Nous verrons plus tard. » Le garçon s'inclina et disparut. Lauren avait quelque chose d'intimidant et Josef se racla la gorge avant de pouvoir se décider à parler.

« Les fleurs ne sont pas fanées ? Le livreur m'avait promis de les porter tout de suite. Il faisait très chaud. »

« J'ai enlevé les asters jaunes. La couleur jurait avec les roses rouges et les campanules. »

C'était précisément ce mélange de couleurs qui lui avait plu.

« Désolée, Joe. Je ne voulais pas te faire de peine. »

« Tu sais à quoi tu me fais penser ? »

« Non. »

« À un chat. Il arrive vers toi tout guilleret, et à un mètre de toi, il s'arrête brusquement et commence à faire sa toilette. »

« Ce n'est pas gentil. »

« Tu es nerveuse. Je te fais peur ? »

Elle secoua la tête et serra fortement sa serviette. Ils ne prononcèrent plus un mot jusqu'à ce que le vin et les hors-d'œuvre soient servis. Le serveur disposa les coupelles autour de l'assiette de Lauren, comme s'il s'agissait d'une divinité qu'il fallait à tout prix apaiser. Lauren piqua dans le salami. Il leva son verre. Elle prit le temps de s'essuyer la bouche avec sa serviette avant de lever le sien. « Et tu paies tout ça avec l'argent du Reich ? Je ne suis pas idiote, Joe. »

« Non, absolument pas. » Il vit la marque du rouge à lèvres sur sa serviette, l'empreinte des lèvres qui avaient prononcé ces mots.

New York, juillet 1939

« Joe ? »

Il leva les yeux. « Quoi ? »

« Je suis contente que tu ne le nies pas. »

« Depuis quand », il hésita. « Depuis quand tu penses ça de moi ? »

Le serveur arriva et débarrassa les hors-d'œuvre. Lauren s'alluma une cigarette. Quand ils furent de nouveau seuls, elle dit : « Depuis le cinéma. À ce moment, j'ai compris que tu t'y connaissais. » Elle fit une pause et observa son visage. Il eut du mal à soutenir son regard.

« Et quoi encore ? » demanda-t-il, en prenant à son tour une cigarette.

« Tu ne veux pas avoir tort, tu sais que tu es en tort et tu essaies de le cacher à toi-même. »

Il était étonné de voir tout ce qu'elle savait à son sujet. Il souffla exprès la fumée de sa cigarette par-dessus le bouillon de poule qu'on leur avait servi entre-temps. Il oscillait entre le besoin de se confier totalement à Lauren et l'envie plus forte encore de prendre la fuite.

« Fais-moi confiance, Joe, je t'en prie. Je crois que tu t'es laissé entraîner dans une affaire dont tu ne sais plus comment te dépêtrer. »

« Je les ai envoyés promener. »

Le visage de Lauren était maintenant devenu aimable, comme si tout se déroulait comme elle l'avait imaginé. « Bien. C'est un début. »

Puis elle écrasa sa cigarette et commença à manger sa soupe.

27

Neuss, août 1949

Un soir comme presque tous les autres : ils sont assis dans la cuisine. Carl fait des factures, Edith reprise des chaussettes, les enfants lisent. Josef a le journal ouvert devant lui. Parfois il lisse une page du plat de la main tout en parcourant les nouvelles. Il est possible de demander à être exempté de la taxe sur les spectacles pour les fêtes des associations. Du nouveau pour la création de jardins ouvriers à Rommerskirchen et Otzenrath.

Il cherche. Il cherche des informations qui pourraient le concerner. Il faut ouvrir l'œil. Il faut faire preuve de patience. Voilà tout ce qu'il peut faire.

La dernière information importante qu'il a lue remonte à quatre ans. En décembre 1945, le général Lahousen, en charge de la section sabotage des services secrets allemands, avait donné une interview à la presse internationale à Nuremberg.

Il lorgne vers Carl qui est si totalement concentré sur ses factures que parfois il sort le bout de sa langue entre ses lèvres sans même s'en rendre compte.

Neuss, août 1949

« Paul ? » Il se passe quelques secondes avant que le garçon lève les yeux de son livre. « Paul, quel est le plus haut bâtiment de New York ? »

« Je ne sais pas. »

« L'Empire State Building. »

« Il fait combien de haut ? »

« Quatre cent quarante-trois mètres si on compte l'antenne. »

« C'est haut. »

« Il y a beaucoup de suicides à New York ? » demande Täubchen.

« Pourquoi tu poses cette question ? » demande Edith, étonnée.

« Parce que les immeubles sont très hauts. Comme ça, c'est plus facile. »

« Mais ça fait ensuite du travail pour les gens en bas », dit Josef en faisant un clin d'œil. Täubchen rit. Carl lève un instant les yeux de ses factures et échange un regard avec Edith.

« Il est temps d'aller au lit, les enfants. » Elle se lève et va chercher quelque chose dans la corbeille à linge.

Se retrouver soudain seul avec Carl donne toujours à Josef l'impression d'être confronté à un décalage, comme si un paquet de riz tenu de travers se vidait peu à peu de tous ses grains. Sans que Carl ait eu à dire quelque chose, Josef sent que le rythme cardiaque de son frère s'est lui aussi modifié.

Carl ne dit plus les choses directement quand quelque chose le dérange. Il le fait savoir par des regards. Et Josef se demande alors chaque fois ce qu'il a bien pu faire de travers : marché pieds nus dans l'appartement ? S'être gratté l'oreille pendant le dîner ? Avoir trouvé une station de radio qui diffuse du jazz et avoir monté le son ? « C'est quoi, ça ? » « De la musique ! » Regard vide et déçu de Carl qui se sent manifestement incompris et se détourne.

Cela fait un moment que Carl a les yeux fixés sur ses papiers sans rien écrire.

« Les factures sont terminées ? » demande Josef, et Carl répond : « Maintenant tu me le dis. Sinon il faut que tu partes. »

« Dire quoi ? »

« Le délit que tu as commis. »

Josef regarde à gauche et à droite, comme s'il y avait des gens autour de lui. Et l'instant d'après, il a l'impression de se retrouver au moment où ils étaient venus dans son appartement. Ils l'avaient plaqué contre un mur et lui avaient passé les menottes. Elles étaient tellement serrées qu'il n'avait rien senti sur le moment, mais ensuite il avait eu mal pendant des jours, et des marques bleues sur les poignets.

Et soudain, tout est simple. Et il dit simplement ce qu'il a dit au tribunal : « J'ai construit une station radio portable. »

« Et qu'est-ce qui est interdit là-dedans ? »

« C'était pour les services secrets allemands. »

Ne dire que ce qui fait consensus, que le factuel. Et laisser de côté les actes précis et ce que l'on pourrait en penser.

« Et ça s'est fait comment ? »

« Un mensonge. Au début, il devait s'agir de contacts commerciaux. Et ensuite, impossible de faire machine arrière. »

« Comment ça ? »

« Ils ont fait pression sur moi. »

« Tu as donc collaboré parce que tu avais peur ? »

« Si tu veux, oui. »

Carl tient son verre de bière vide penché, comme s'il soupesait les choses.

« Moi aussi j'ai eu peur. Mais il y a des choses plus importantes que la peur. »

Josef approuve d'un signe de tête. Il peut s'accommoder de cette conclusion. Pourtant il n'a pas tout raconté. Il a encore quelque chose en réserve et il se sent bien.

« Mais pourquoi tu ne m'as pas dit ça dès le début ? » insiste Carl, car lui aussi sent bien qu'ils n'en ont pas terminé.

« La peur. »

Il a fumé toutes ses cigarettes et il aimerait bien en griller une maintenant. Elles coûtent cher.

« Encore la peur ? Mon cher, n'y va pas par quatre chemins. Qu'est-ce que tu risques ? »

Tout, pense Josef. Mais il se contente de dire : « Que tu me flanques à la porte. »

« Oublie ça ! Encore une fois, pourquoi tu ne m'as rien dit au début ? »

« Je ne sais pas. Gandhi a été assassiné l'an dernier. Il se produit toujours des choses terribles. »

« Tu te compares à Gandhi ? »

« Il a passé beaucoup de temps en prison, lui aussi. »

Il voit une veine se gonfler sur le front de Carl. « J'essaie d'avoir une conversation raisonnable d'homme à homme, entre frères. »

« Le vainqueur décide de ce qui est juste et faux. N'est-ce pas ? À quelques kilomètres de là, ce sont les Russes qui font la loi. »

« Celui qui a le pouvoir n'est pas automatiquement dans son droit, Josef. On l'a bien vu ces dernières années. »

Il sent une brûlure dans sa poitrine, ça le déchire de tous les côtés.

« Tu n'as même pas été au front, Carl. »

Ce dernier lui lance un regard incrédule.

« Tu as déjà essayé de dormir la nuit sous les bombes ? Dans des abris où on a de l'eau jusqu'au ventre et où on se passe les enfants à bout de bras ? »

Carl hurle.

Pourtant Josef n'a pas tout dit. Il faut faire vite maintenant, ne pas poser de question : « Ce n'est pas parce que tu écoutais Radio Londres que tu étais un résistant. » Carl lui crie : « Tu te permets quoi ? Tu cherches quoi à la fin ? Pourquoi tu dis des choses pareilles ? » Il entend les pas d'Edith qui se rapprochent avant de vite s'éloigner. Josef se lève. Carl en fait autant. Bruit de vaisselle. Il sent son cœur battre très fort et soudain une barrière se rompt. Il entend Carl lui dire : « Tu as toujours été un imbécile. » Son poing part tout seul. Comme autrefois quand Carl était un petit gamin facile à rosser. À cet âge, deux ans ça fait une grosse différence. Mais plus maintenant. Pourtant Carl ne réagit pas. Il ne crie plus non plus. Non, il passe juste sa main sur son œil et vérifie quelque chose. Josef sort et dévale les escaliers. Il a tellement honte qu'il a failli débarouler en bas, comme s'il s'enfonçait, s'abîmait dans la honte. Quand il arrive dans la rue plongée dans l'obscurité, il est tout étonné d'exister encore. Il sent que son visage est rouge et brûlant. Son cœur cogne jusque dans sa gorge. Ça lui fait mal. Quel idiot! Mais il n'ose pas revenir, pas tout de suite, et il descend la rue qui le prend dans sa nuit. L'Allemagne d'après-guerre fait des économies d'électricité. L'obscurité fait du bien.

Puis il se met à courir. Il halète, traverse le pont au-dessus du Rhin, puis se dirige vers les vieilles maisons de l'autre côté, près de Düsseldorf. Elles sont collées les unes contre les autres; il les connaît d'autrefois, elles ont survécu à la guerre et elles lui rappellent les maisons du Bronx qui lui rappelaient à l'époque les maisons de Düsseldorf. Il se dirige vers les champs où un air humide l'accueille. Il entre dans une grange et se laisse tomber dans la paille. Quand il se réveille le lendemain, il se lève d'un seul mouvement, secoue la poussière sur son costume et rentre.

Vers midi il arrive dans la Sternstrasse, transpirant, il a pris un coup de soleil. Il a faim et soif. Paul lui ouvre la porte, se retourne vers sa mère. Edith pose la corbeille à linge, lisse son corsage. « Assieds-toi, je vais te faire une omelette. »

Au fond du salon, il entend les pas bruyants de Carl qui se rapprochent. Son estomac se serre, sa gorge aussi. Mais déjà il entend la voix de Carl : « Je suis désolé, Josef. Viens. Faisons la paix. »

Il se retourne et tombe dans les bras de son frère.

28

New York, novembre 1939

Elle sortit du lit. Son kimono en nylon chargé d'électricité statique collait sur ses cuisses. Elle avait des jambes très blanches. Et ces jambes blanches lui plaisaient. Elle ouvrit la fenêtre et un air frais envahit la chambre, chargé d'une odeur de feuilles brûlées. À ce moment de l'année, on faisait des tas de feuilles au bord du chemin pour les brûler.

Il y avait du givre aux lucarnes du toit, de la brume montait de la mer. En Europe, c'était la guerre. L'Allemagne avait envahi la Pologne.

Lauren marchait sur la pointe des pieds.

« Pourquoi tu marches comme ça ? »

« Pour ne déranger personne. »

« Mais il n'y a personne ici. »

« Une habitude. »

La logeuse était à l'hôpital, elle s'était cassé une jambe, si bien que Josef pouvait rester dormir chez Lauren. Pour la première fois. Il sentait qu'il y avait là quelque chose d'un peu solennel.

Depuis le lit, on voyait le ciel sur lequel se découpaient les ramures en éventail des conifères dont l'allure fine avait quelque chose d'asiatique. Un quartier de maisons individuelles avec des jardinets. Très peu d'émigrants.

Lauren fit couler de l'eau dans le lavabo, prit du savon et lava ses sous-vêtements. « Rudimentaire ! » dit-elle en riant. Lauren savait des choses qui étonnaient Josef, par exemple qu'il fallait manger les œufs à la coque avec une cuillère en plastique, surtout pas avec une cuillère en métal, ni même en argent. Une fois, Lauren lui avait raconté que, quand elle était petite, elle s'était attaché des ailes en carton sur les épaules. Depuis cette image ne cessait de le hanter.

Une guêpe zigzaguait dans la pièce, épuisée par l'été. Il l'observa avec une patiente compassion.

« Reviens te coucher ! » dit-il.

Elle revint dans le lit et s'allongea sur le côté. Ils se regardaient. Elle avait une petite ride arrondie au-dessus de la narine gauche, parce qu'elle dormait sur le côté. La marque disparaissait au cours de la journée, vers midi.

« Tu n'as pas envie de retrouver ta vie confortable dans les Catskill Mountains ? »

« Raconte-moi encore comment c'était à l'époque », dit-elle en guise de réponse.

Elle semblait toujours émue quand il lui racontait qu'enfant, il avait gardé les vaches en échange d'un peu de lait et de beurre. C'était comme ça. Il avait ensuite quitté l'école à quatorze ans et travaillé toute la journée chez le paysan. Il se tourna dans le lit et lui massa les pieds. Lauren aimait bien ça, il le savait.

« Oui, je sais traire. Ça me donne du sex-appeal ? »

Elle rit. Il lui mordit le mollet. Il rampa sur elle et posa son pied sur son visage. Elle ne dit rien et attendit patiemment qu'il l'ôte. Elle était tolérante avec lui. Elle se mit même à glousser. Maintenant il pouvait sentir son nez avec son gros orteil.

« Et ton enfance à toi, Lauren ? »

Elle se dégagea et vint s'allonger à côté de lui.

« J'étais une enfant étrange. Mes parents me disaient ça : Tu es une enfant étrange. Mais ils le disaient sans aucune méchanceté, au contraire, ils étaient plutôt fiers. J'ai eu une phase où je ne pouvais plus raconter avec des mots. Je leur disais : c'est mieux si je vous fais un dessin, ce sera plus simple. Ils ne comprenaient pas. Pour eux, dessiner, c'était beaucoup plus difficile que parler. Mais pour moi, dessiner était plus précis, j'avais l'impression que les mots ne suffisaient pas. »

Il se mit à réfléchir. Ce qu'il trouvait plus étonnant encore que le besoin qu'avait eu Lauren de dessiner et même que ses difficultés à communiquer, c'était son envie de dire des choses à ses parents.

Les soirées étaient maintenant différentes. Quand la guerre avait commencé, les radioamateurs avaient eu ordre de fermer leur station. Il ne perdait rien au change : Lauren faisait désormais partie de sa vie. Comme une porte à tambour qui ouvre sur un espace nouveau et fait disparaître celui que l'on vient de quitter.

Elle lui conseillait des lectures.

Une étagère remplie de livres occupait tout un pan de mur de cette chambre mansardée. Il y avait un rayon de romans écrits par des émigrants et sur des émigrants. Il lut les titres : *Jews Without Money* ; *Call It Sleep* ; *Christ in Concrete.* Il se demandait si Lauren avait déjà possédé ces livres avant de le connaître ou si elle se les était procurés pour mieux le comprendre. Il n'osait pas lui poser la question.

Sur la table de nuit étaient posés au moins trois livres ouverts, couvertures vers le haut, comme des oiseaux tombés du ciel. Elle les lisait tous en même temps. Beaucoup de livres sur l'histoire de l'Amérique en ce moment. Elle préparait un nouvel examen pour tenter d'obtenir une bourse. Elle voulait aller étudier à Columbia, le semestre prochain d'été.

Le soir au lit, quand Lauren était fatiguée et réfléchissait, elle louchait légèrement.

Il se faisait parfois du souci pour elle. Elle était comme une lampe qui restait allumée jour et nuit. Il se demandait si elle allait supporter longtemps son travail au Manhattan General. Elle prétendait que tout allait bien, qu'elle comprenait maintenant mieux la vie depuis qu'elle percevait le monde depuis les rues sombres de New York et non plus depuis les hauteurs d'une station thermale.

D'un autre côté, elle avait toujours le filet de sécurité de sa famille. Elle pouvait rentrer chez elle à tout moment. C'était la grosse différence avec lui, qui ne pouvait compter que sur lui-même.

Elle allait régulièrement aux manifestations de bienfaisance organisées dans les grands hôtels comme le Waldorf Astoria ou le Plaza. Elle donnait son sang (« Tu ne veux pas donner le tien, Joe ? » « Non merci. » « Du sang allemand ! » « Très drôle ! »). Elle participait à toutes les manifestations contre l'Allemagne nazie. Il y avait deux camps : ceux qui étaient pour une intervention américaine et ceux qui voulaient que l'Amérique reste en dehors de ça.

Lauren était pour une intervention. Il lui répondait : « C'est justement à cause de ça que les Allemands sont considérés comme des pestiférés en Amérique. On veut mobiliser la population pour que les États-Unis envoient ensuite des soldats en Europe. »

« Tu ne comprends donc pas ce qui se passe en Europe ? L'Allemagne envahit d'autres pays, elle pille et assassine. »

Il hochait la tête. Bien sûr qu'il savait. Et cela l'oppressait. Mais ce qu'il disait pouvait quand même avoir aussi valeur de vérité. « Tous les Allemands ne sont pas ainsi. Et pourtant on voit partout ces affiches et ces panneaux en ville : "N'achetez pas allemand !" »

Elle devenait pensive : « Peut-être qu'il faut qu'il en soit ainsi, Joe. Peut-être qu'il est impossible que ça se passe autrement. »

La nuit, elle ronflait. Il ne savait pas s'il devait lui dire. Les hommes peuvent ronfler, pas les femmes.

Il sentait parfois une ombre au-dessus de son épaule droite. Quelqu'un qui se glissait derrière lui et s'en prenait à lui, lui enfonçait un sac sur la tête et le tabassait. Il le sentait dans toutes les fibres de son corps. Des coups de partout, dans le ventre, sur le visage, des coups de pied aussi. Allongé par terre, il n'arrivait plus à respirer, il avait le nez tuméfié, du sang dans la gorge, il n'en pouvait plus de douleur mais il était encore loin de s'évanouir pour échapper à tout ça. Toutes les images de violence qu'il avait vues revenaient, celles des films, dans les petites rues sombres. Et ces images l'assaillaient de toute part.

Lauren le secouait parfois doucement pendant son sommeil : « Tu as encore crié. »

Il n'avait plus reçu aucune nouvelle de Carl depuis que la guerre avait éclaté.

Il lui arrivait maintenant de rêver de son père. Son père qui part à la guerre, un jour il est là, mais différent de d'habitude : en uniforme, prêt à devenir un autre. Cœur qui se serre. Il est étrange de voir ce père qui essaie de dire au revoir mais qui ne sait pas comment faire. Ce sera juste une tape sur l'épaule.

New York, novembre 1939

Quelques jours plus tard, le père est mort. Tué en France. Déménagement dans un abri de fortune, en tirant une carriole, lui, sa mère et Carl.

Ce père qui les avait battus au moins une fois par semaine, lui et Carl. Il ne regrettait pas ce père, il était même content qu'il ne soit plus là. Mais Carl pleurait. Carl n'avait que neuf ans. Lui en avait onze, et il avait l'impression d'être devenu adulte du jour au lendemain. Depuis, les choses n'avaient guère changé.

Il lui arrivait de se lever et de prendre son sèche-cheveux. Elle le passait pendant plusieurs minutes sur ses jambes, son ventre et son visage. Ça faisait pas mal de bruit. Elle lui avait dit une fois que l'air chaud la détendait. Elle emportait même parfois son sèche-cheveux quand elle venait chez lui.

« Tu es une fille de riche, une enfant gâtée », lui avait-il lancé pendant que l'appareil vrombissait.

« Allons à Coney Island ! Il fait beau. »

Splendide ciel d'azur. Le soleil dardait ses rayons et faisait ressortir les couleurs cachées à l'intérieur de tout ce qui existait.

Ils prirent le métro jusqu'à Brighton Beach pour pouvoir se promener ensuite le long de la plage jusqu'à Coney Island. Sous un passage du métro aérien d'un vert cuivré étaient installées des boutiques qui vendaient des produits russes, du caviar, des confiseries et des fourrures. Lauren observait tout ça avec beaucoup d'intérêt.

« Ils ne se sont plus manifestés ? » demanda-t-elle, le regard posé sur un manteau de fourrure blanche. Mais c'était le visage de Josef qu'elle observait dans le reflet de la vitrine.

« Je te l'aurais dit, sinon. »

« Oui, tu me l'aurais dit. »

Il travaillait de nouveau à plein temps chez Arthur, mais le salaire avait baissé parce qu'il y avait moins de commandes. Arthur avait laissé tomber les partisans de Hitler. « Sinon, le FBI va m'obliger à mettre la clef sous la porte. » Mrs Dollings était très remontée contre Hitler, ce Prince de la paix, comme elle disait, et avait renoncé à assurer la présidence des Park Avenue Patrioten.

Le Bund germano-américain ne faisait plus parler de lui. Son chef, Fritz Kuhn, était derrière les barreaux pour fraude fiscale. Quand on l'avait arrêté, il était saoul comme un Polonais.

Il avait été convenu avec Lauren qu'il irait tout de suite voir le FBI dès que ses anciens amis se manifesteraient à nouveau. Elle était sûre qu'ils referaient surface. C'était la guerre et ils avaient besoin de lui.

Au fond d'une rue étroite, on apercevait une bande de sable jaune et le bleu sombre de l'Atlantique. La promenade était presque déserte, seuls quelques portiers marchaient là avec leur chien. Des mouettes planaient dans le ciel, ailes déployées et immobiles. Au loin, une immense construction tubulaire se dressait vers le ciel : le grand huit qui ondulait dans les airs comme un dragon et plus loin la grande roue qui se détachait sur un fond de ciel oscillant entre le bleu et le jaune. Tout était déjà arrêté en préparation de l'hiver. Il mit prudemment son bras autour des épaules de Lauren. Elle aurait pu s'en agacer et retirer son bras, mais elle n'en fit rien.

Il lui était arrivé de monter sur la grande roue avec ses petites amies. Elles voulaient se marier et avoir des enfants. Il ne disait jamais des choses du genre : « Je t'aime. » Il avait toujours eu peur que ce soit trop engageant. En général ces femmes disparaissaient sans tambour ni trompette, dans un silence en accord avec son manque d'engagement.

Lauren s'assit sur les marches de bois qui menaient à la plage. Il prit place à côté d'elle. Ils regardaient les vagues qui se superposaient comme des tapis d'eau. Ourlets d'écume blanche, qui avançaient et reculaient telle une armée en marche. Quand la rumeur des vagues sur la grève s'estompait, on entendait le grondement de la suivante qui déjà se préparait au loin. C'était chaque fois comme si un tapis de verre se déroulait et se retirait, laissant des éclats mouvants sur le sable lisse.

« Là-bas, il y a l'Europe », dit-elle.

« On ne peut pas la voir. »

« Mais elle est bien là. »

« Je t'aime, Lauren. » Elle lui donna un baiser, sans qu'il sache si ce genre de réponse voulait dire moi aussi.

29

Neuss – Buenos Aires, octobre 1949

Les phares d'une voiture arrivant dans l'autre sens oscillent comme une approbation amicale. La route est défoncée, du gravier vient frapper la carrosserie.

La chaussée est bordée de prairies et de bosquets. Au loin à l'horizon, une bande sombre apparaît. La route tourne, Carl roule et longe la forêt. Il cherche quelque chose des yeux.

« N'importe où », dit Josef.

Il descend, tape sur le capot : « Vas-y, Carl ! »

Des nuages passent dans le ciel nocturne, la lueur de la lune se reflète sur la carrosserie. Carl est debout à côté de lui. « Ça commence bien. Tiens, ton sac. »

Josef rit. Puis ils se serrent encore une fois dans les bras. Ils savent que c'est définitif. Ils l'ont déjà cru une fois, il y a vingt-cinq ans, mais cette fois c'est la bonne. Un petit commerçant de Rhénanie n'a aucune raison d'aller passer des vacances en Amérique du Sud.

Neuss – Buenos Aires, octobre 1949

« Écris-nous chaque fois que tu pourras pendant ton voyage. Promis ? »

« Promis ! »

Il se sent devenir sentimental. Il faut qu'il arrête, sinon il va encore recommencer à chialer. « Pars maintenant ! » dit Josef qui s'engage dans un champ moissonné où la terre noire et grasse laisse remonter une odeur désagréable. « Tout va bien se passer », lui lance Carl. « La mauvaise graine a de la ressource », lui répond Josef en fixant la forêt, des larmes dans les yeux. C'est complètement fou, se dit-il. Tu voulais quitter Neuss, te libérer de la petite prison domestique des Klein et maintenant tu pleures. *Parce que tu es libre.*

Il se retourne. Carl est toujours là. Il lève la main et lui fait un signe. Josef lève aussi la main et lui fait un signe en retour.

Puis il s'enfonce dans la forêt. Il est accueilli par le silence et le craquement des branches sous ses pas. La frontière interlope, celle des contrebandiers, passe par ici.

Épaule contre épaule, les deux frères se sont penchés sur la carte, comme ils l'avaient fait autrefois sur le plan de Manhattan. Aix-la-Chapelle, des routes nationales, la forêt barrée d'une ligne, ensuite la Belgique avec Eupen, la ville la plus proche de la frontière.

S'il continue tout droit, il sera en Belgique dans une demi-heure. Il n'a pas de visa pour la Belgique (« Aucune chance, ils vont tout de suite voir que ton passeport est faux », lui avait dit Dörsam), mais il en a un pour l'Argentine. (« Il faut tenter le coup. »)

Il est 20 heures. Une lumière ténue passe à travers les frondaisons. Il a du mal à distinguer les choses. Une forêt en automne. Ça sent la tourbe mais aussi la poudre, l'huile de graissage et le métal. Il trébuche sur des racines et des souches. Il est essoufflé mais ne s'accorde aucune pause. Il a peur de ce qu'il pourrait alors entendre, des bruits qui ne seraient plus simplement l'écho de ses pas et qui pourraient lui couper les jambes.

Il se sent soulagé quand la forêt cède la place à des champs. Il est maintenant en Belgique. Une pluie fine a commencé à tomber. Il remonte le col de son manteau et enfonce son chapeau sur son front. Au loin il voit briller les lumières d'une petite localité. Les gardes belges semblent l'avoir repéré depuis longtemps, ils s'avancent et lui barrent le chemin. « Papiers ? »

Il montre ses nouveaux papiers.

« Joe Klein, né à New York », lit le premier garde-frontière à son collègue.

« J'avais envie de visiter un peu Aix-la-Chapelle. » Il prend son plus fort accent américain.

« Alors vous n'êtes pas du tout dans la bonne direction. L'Allemagne, c'est dans la direction opposée », dit l'un des gardes en levant aimablement le bras pour lui montrer. Il attend. Josef attend aussi. Les deux fonctionnaires ont déjà dû voir sortir pas mal de drôles d'individus de cette forêt et cette nouvelle apparition n'est pas pour leur déplaire, au contraire.

« En fait, je veux aller à Bruxelles. »

« Pour la Belgique, vous avez besoin d'un visa. » Ils se regardent. Doit-il leur proposer quelque chose ?

« Montrez-moi un peu votre sac. Des cigarettes, des vêtements, vous semblez partir pour un moment ? »

« Vous fumez ? » Il leur tend un paquet de cigarettes américaines. Dörsam a pensé à tout.

« C'est gentil. »

Il ne sait pas bien s'ils se moquent de lui ou non. « J'ai encore 5 dollars qui me restent », dit Josef avec circonspection.

Le garde-frontière lui prend le billet et les cigarettes. « On va en laisser pour les autres. Vous avez encore un long chemin qui vous attend, pas vrai ? »

Il fait signe que oui. Une auto s'approche, le garde se met au milieu de la route. « Vous allez à Eupen ? Prenez notre ami avec vous. Il est américain. »

Il siffle pour appeler Josef et dit en lui tapant sur l'épaule : « Bonne chance pour la suite. »

Les maisons sont plongées dans l'obscurité. Le chauffeur ne dit pas un mot et ne répond aux paroles de Josef que par des mouvements de tête. Parce qu'il le prend pour un Américain ? Josef serre la poignée de son sac jusqu'à s'en faire mal. À Eupen, l'homme le laisse devant la gare. Josef cherche Herbesthal sur le panneau des horaires de départ. Le premier tram ne part que le lendemain.

Il se décide pour l'hôtel le plus miteux de la place, l'hôtel Boston. Il paye d'avance et un vieil homme le conduit dans une petite pièce sans fenêtre aux murs humides. Quand Josef s'allonge sur le lit, les ressorts se mettent à couiner. Le manteau mouillé accroché au chauffage attend comme un fidèle serviteur. Ou comme son double.

Il a serré Edith dans ses bras, devant toute la famille. Il a respiré son parfum qui montait vers lui, comme les mots qu'elle n'aurait jamais pu lui dire. Elle a dit d'autres mots : « Tu as pris la bonne décision. On ne peut pas savoir si l'Allemagne se relèvera un jour. »

Et Carl d'ajouter : « Ça peut prendre plusieurs dizaines d'années. »

Le matin, il descend boire un mauvais café dans la salle du restaurant et se fait une tartine avec de la margarine et de la confiture que lui a apportées une jeune femme qui ne manque pas d'aplomb.

« Tu n'es pas américain », lui dit-elle au moment où il se dirige vers la porte.

« Pourquoi ça ? »

« Les Américains ne descendent pas ici. Ils peuvent se payer mieux que ça. »

À 8 heures, il prend le tram pour Herbesthal et peut avoir sans problème, à 9 heures, une correspondance avec l'express Copenhague-Bruxelles. À 11 heures, il est à Bruxelles-Nord. Le train pour Paris ne part que le lendemain matin. Il erre dans les rues, dos voûté. Vers midi, il décide de prendre un hôtel moins miteux que la veille où il reste, ou plutôt se calfeutre, jusqu'au matin suivant. Il peut compenser son absence de visa par des cigarettes américaines. Carl a vendu son Linhof et lui a donné cinq cents marks qu'il a changés en dollars dans une banque lors de son dernier rendez-vous avec Dörsam. C'est beaucoup d'argent, mais ça ne suffira pas pour tout le voyage. Dörsam lui a conseillé de se faire embaucher comme matelot sur le bateau qui l'emmènera à Buenos Aires.

Le matin, il prend le train pour Paris. Il est bondé. Des soldats français sont debout dans les couloirs. Il est assis près de la fenêtre et regarde défiler les villages et les champs. Pour la dernière fois. La dernière fois qu'il est en Europe, là où il est né. Mais cela lui importe peu. Ce qui lui importe, ce sont Carl et Edith, mais aussi Täubchen et le petit Paul. Peu avant la frontière, un contrôleur lui fait remarquer qu'il n'a pas de visa. Josef n'ose pas lui offrir des cigarettes, il y a trop de monde qui regarde. Il dit qu'il arrive de Londres et que là-bas on ne lui a jamais parlé de visa. Le contrôleur hoche la tête : « Mais la prochaine fois ! » Il sent la tension diminuer parmi les autres voyageurs qui se replongent dans leurs journaux ou leurs livres en poussant un léger soupir.

Le contrôleur français ne parle pas anglais et se contente de tamponner son billet.

Il arrive le soir à Paris, gare du Nord. Cohue de gens pressés et désagréables, montagnes de valises, costumes fripés, des centaines de langues différentes.

Il achète son billet pour Le Havre puis une carte postale avec la tour Eiffel qu'il adresse à Edith avec ces mots *Beste Grüsse aus Paris* (il en ressent le besoin). Il passe la nuit dans une pension au prix exorbitant.

Cela fait maintenant deux jours qu'il est en route. Le lendemain, quand il boit son café trop léger, il ne voit autour de lui que des visages aussi épuisés et mal rasés que le sien. Et pourtant il sent en lui une chose qu'il a du mal à s'avouer lui-même : une euphorie et une élévation presque religieuse. Mais il ne s'abandonne pas à cet état ; il a déjà vécu ça quand il est arrivé à New York, et cette ville où, pendant des années, il se croyait à l'abri, comme Thoreau dans sa forêt, lui a finalement été fatale.

Tout peut encore mal tourner, même si ses papiers font vrai. Ils sont un peu usés et ont coûté 50 marks. Carl était contre, il en a appelé à la loi : C'est une chose qui ne se fait pas, allons voir la mairie de Düsseldorf où il y a ton certificat de naissance. Mais il voulait être Joe Klein, né à New York. Façon de faire un pied de nez au juge Byers et à toute l'Amérique.

Car il a un plan : retourner aux États-Unis en passant par l'Amérique du Sud.

Dans le train pour Le Havre, c'est une pagaille sans nom. Il arrive au bout de cinq heures de voyage. La ville n'est plus qu'un amas de décombres au bord de la Manche. Des marins de tout bord déambulent dans les rues, les hôtels sont rares et chers. Il achète un billet pour Dakar au service maritime, avec une brève escale à Casablanca. Tous ces noms le mettent dans un état de grande excitation, comme si l'attendaient là-bas des merveilles et des joies. L'Afrique !

Le soir il est toujours en train d'errer dans cette ville sinistrée au milieu de palissades, de montagnes de décombres, de pelleteuses. Il finit par céder aux avances d'une vieille prostituée et paye 1 000 francs pour avoir le droit de passer la nuit dans son lit et de se reposer. Il en a choisi une qui pourrait être sa mère, car il a vraiment besoin de dormir. Une fois dans la chambre minuscule, la vieille se glisse vers lui et commence à se frotter contre lui. « Pour ce prix, tu pourrais au moins me laisser un peu tranquille. »

Elle rit : « Vous avez foutu notre ville en l'air, maintenant tu payes pour ça, crapule ! »

Elle aussi s'est rendu compte qu'il était allemand. Inquiet, il lui demande comment elle s'en est aperçue.

« Tu as une étiquette allemande sur ton slip. »

« Tu étais espionne pendant la guerre ? » demande-t-il, comme si c'était une blague. Et elle répond sur le même ton : « Pour les Allemands. »

Il sait qu'elle dit vrai.

Le matin elle le réveille de deux claques. « Fini. C'est l'heure. » Dans le port, un vieux canasson tire un énorme tronc d'arbre et Josef ne peut détacher son regard de l'animal jusqu'à ce qu'il ait disparu. De gigantesques paquebots blancs crachant une fumée noire par toutes leurs cheminées attendent dans la rade. De nouveau, il est submergé par une impression de bonheur.

Avant de monter à bord, il achète des Gitanes, des chewing-gums et une carte postale qu'il adresse cette fois à Carl : « Tu peux maintenant envoyer mes affaires, comme convenu : poste restante à Buenos Aires. La prochaine carte, je vous l'enverrai de Casablanca en Afrique ! » Il la glisse dans la boîte avec un sentiment de fierté.

Le bateau est bondé. La troisième classe, la sienne, est reléguée dans les chambres froides, et ce qui était initialement la troisième classe est remonté au rang de première classe. Il se lie d'amitié avec ses camarades de bannette, un Anglais et un Français. Ils ne tardent pas à tous attraper le mal de mer, tant la houle est forte sur la Manche, et tout le navire ressemble bientôt à un bateau hôpital. Ce n'est qu'après le golfe de Gascogne que la mer se calme et à la hauteur de l'Espagne l'air venu de l'Atlantique devient doux et velouté. La chaleur augmente presque d'heure en heure, et lorsqu'il se sent guéri de son mal de mer, au large du Portugal, il monte sur le pont avec l'impression d'être comme un nouveau-né. En se promenant sur le pont, il s'aperçoit que presque toute l'Europe est rassemblée sur ce navire : des Italiens, des Allemands, des Autrichiens, des gens de l'Est, exactement comme autrefois sur le bateau qui l'emmenait vers le Nouveau Monde.

« Ils fuient », lui dit l'Anglais.

« Ils fuient ? »

« Oui, ça continue », ajoute le Français. « Aujourd'hui ils sont poursuivis en Europe de l'Est. Sauf en Allemagne. Ironie du sort ! »

« Comment tu sais tout ça ? »

« Je parle avec eux. »

« Tu bavardes avec eux ? »

« Bien sûr. »

Jamais il ne se permettrait une chose pareille. Si jamais ils demandaient qui il est, ce qu'il a fait, pourquoi il est sur ce bateau…

Ses nouveaux amis le prennent pour un Américain, ou peut-être font-ils semblant. Ils se plaignent de la présence d'Allemands à bord. Ils ne sont pas tendres : des arrogants, des irresponsables, des lâches sans le moindre remord.

« On ne les apprécie pas beaucoup non plus à New York », se risque-t-il à dire.

Deux jours plus tard, ils arrivent en vue de Casablanca, la mer est lisse, l'air est brûlant. Ils ont une escale de six heures. Le Français joue les guides touristiques et leur explique que la ville est divisée en deux : la ville moderne et la vieille ville, la médina, où il vaut mieux ne pas s'aventurer seul. De larges avenues, des calèches à cheval, et partout une lumière très blanche. Un boulevard longe la mer. En dessous d'un hôtel de luxe en bord de mer, des gens se baignent, il y a des femmes arabes en bikini. De grands palmiers bordent les rues. C'est la première ville intacte qu'il voit depuis très longtemps. Il est fasciné par les immeubles blancs avec des balcons à la française et cette lumière qui semble venir directement de l'Atlantique.

Il s'imprègne de tout ce qu'il voit, comme s'il devait ensuite le restituer dans un dessin.

Quand il s'approche de l'équateur, tout le bateau est couvert de toiles blanches. Le soleil est brûlant, l'Atlantique étincelle. Ils passent non loin des îles Canaries et deux jours plus tard ils arrivent à Dakar. Il descend à terre. Dans les rues, des Blancs avec un casque colonial et des Noirs dans d'amples vêtements colorés. Tous parlent français.

Et pourtant tout cela lui semble familier, comme s'il regardait derrière un rideau qui avait artificiellement masqué sa vie à New York. Une fois, dans un musée de New York, il avait lu quelque chose sur Dakar : pendant trois siècles, la ville avait servi de plaque tournante pour la traite des Noirs en partance pour l'Amérique.

Ses chaussures sont toujours couvertes de poussière, même s'il les fait cirer plusieurs fois par jour.

Il n'a plus assez d'argent pour acheter un billet pour Buenos Aires. Il demande le chemin de la capitainerie et se propose d'embarquer comme marin. Les gens se mettent à rire : « Qu'est-ce que tu veux faire chez nous, gringalet ! » Mais finalement quelqu'un s'apitoie sur son sort et on l'embauche comme aide cuisinier. Gîte et couvert gratuits, mais pas de salaire. Il accepte. Le prochain bateau part dans deux jours. En attendant, il s'installe dans une pension. Des toiles d'araignées collent aux fenêtres, le matelas est posé à même le sol. Les ruelles autour sont en terre battue. Allongé sur le matelas, il répète : « Dakar, Dakar », et se sent bien. Il sent l'appel du muezzin traverser son corps comme un ruisseau, il écoute cette langue qu'il ne comprend pas, guirlandes de mots qui l'entraînent loin de toutes les langues, et il a l'impression d'être physiquement relié à tout. Il repense à la *bean pie* d'Idries.

Il écrit une carte, cette fois à toute la famille : « Ici, même dans les cimetières, il y a des palmiers ! » Il dessine un palmier et met la carte dans une boîte en se rendant au port.

*

Dans les cuisines, le travail dure en général toute la journée. Éplucher des pommes de terre, hacher des oignons, courir jusqu'à la réserve, obéir aux ordres d'un Espagnol qui l'appelle José, en dépit de ses protestations : « Je m'appelle Joe ! »

« José. Tu vas t'y faire. »

Va pour José.

Il éprouve malgré tout une sorte de ravissement qu'il a du mal à s'expliquer. Il est libre. Pour la première fois depuis des années. Certes il n'est plus tout jeune, mais il n'est pas vieux non plus. Il peut recommencer à zéro et c'est bien ce qu'il a l'intention de faire.

Le petit Italien qui travaille avec lui est toujours aimable, mais il ne dit que des choses sombres. « Ne te fais aucune illusion », dit-il souvent de but en blanc.

« Il va rejoindre sa famille », a dit l'Espagnol à Josef. « Sa femme et sa fille ont réussi à partir avant la guerre. »

La nuit, le ciel est noir et parsemé d'étoiles. Jamais encore il n'a vu un ciel aussi pur, pas à Neuss en dépit des coupures de courant, encore moins à New York où le ciel avait toujours une couleur rouge, la nuit.

L'Italien jette son mégot par-dessus bord et dit :

« Raconte-moi ton histoire, Josef. »

L'eau est noire et lisse.

« Je ne connais pas encore mon histoire », dit Josef. « Je suis en plein dedans. »

Il est content lorsque arrive l'Espagnol qui leur dit d'aller récurer les gigantesques marmites où sont restés accrochés les restes brûlés d'une soupe épaisse. Un travail qui n'a rien de plaisant. Quand l'Italien s'approche de lui, il essaie d'être invisible et de ne pas respirer.

« Josef ? José ? Joe ? C'est quoi ton vrai nom ? »

Sa langue devient épaisse, sa gorge se serre, il parvient à esquisser un sourire qui n'a plus rien de ce sourire de voyou, un peu de travers, disparu depuis Neuss.

30

New York, juin-août 1940

Times Square. La voix au téléphone avait prononcé ces mots presque sans timbre : « Entrée de l'Apollo Theatre », avant de raccrocher.

Josef retourna vers la presse qui sortait des cartes avec des guirlandes de roses entourant une belle écriture noire. Le Christian Front avait été dissous. Un autre client important de moins. Ils faisaient désormais davantage de cartes de vœux et de faire-part de mariage.

Il partit à 14 h 30. Il marchait d'un bon pas, mais sans trop se presser. Les gamins qui vendaient des journaux agitaient leurs feuilles de chou où l'on voyait des images de blindés et de casques allemands. À Times Square, le *news ticker* qui faisait tout le tour de l'immeuble affichait les nouvelles en lettres lumineuses. Paris était tombé la semaine précédente. Les passants s'arrêtaient pour regarder l'écriture qui défilait.

Josef desserra son nœud de cravate. Son cou le grattait et il sentait une fièvre l'envahir des jambes jusqu'aux épaules. S'il n'avait pas émigré, il serait peut-être maintenant en train de ramper dans des forêts en France. Cette idée l'oppressa. Il avait presque oublié cette sensation qui n'avait pourtant cessé de l'habiter l'année précédente, quand les deux agents allemands avaient pris possession de son appartement. Mais les impressions sont faites pour être oubliées et on ne s'en souvient que lorsqu'elles reviennent.

Il vivait bien. Lauren était entrée dans sa vie. Parfois elle lui donnait à lire un article de journal qu'elle trouvait particulièrement important. Mais ça aussi, ça le rendait heureux.

Il continuait à faire des efforts pour lui plaire: il cirait impeccablement ses chaussures, il se rasait de près, utilisait une lotion de qualité et réfléchissait toujours aux phrases qu'il allait lui dire en arrivant. Il avait aussi toujours du temps pour elle, et quand elle appelait et qu'il était occupé à bricoler quelque chose, il n'en disait jamais un mot. S'il pensait qu'elle allait appeler le soir, il ne sortait pas de chez lui pour qu'elle ne soit pas obligée d'appeler plusieurs fois. Il se disait que ça ne ferait pas bonne impression.

Il acheta un journal à un des gamins. Le drapeau à croix gammée flottait au sommet de la tour Eiffel. Les rues étaient désertes, les Parisiens avaient fui.

Une douleur lancinante cognait contre son crâne. Il fuma une cigarette pour essayer de l'anesthésier. À l'entrée de l'Apollo Theatre, deux secrétaires se partageaient une cigarette. Elles le regardèrent, mais il ignora leurs regards.

Il savait quelle silhouette il devait s'attendre à voir apparaître : un homme grand aux épaules tombantes : Max. Il n'avait plus entendu parler de Max ni de Ludwig depuis que Schmuederrich lui avait donné son congé. Il avait espéré que les Allemands ne s'intéresseraient plus à lui. Après tout, on vivait en Amérique, un pays libre, une démocratie où personne ne pouvait obliger personne à quoi que ce soit.

Il fuma une deuxième cigarette et au moment où il l'écrasait du bout de sa chaussure, Max surgit devant lui. Il tira Josef vers le mur où étaient placardées les affiches des films qui passaient et posa la main sur son épaule, ce qui attira bien sûr les regards des deux filles. « Un nouvel agent est arrivé d'Allemagne. Il s'appelle Sebold et il a pour mission d'étendre le réseau implanté à New York. On a maintenant besoin de tous les contacts et il faut que tu nous finisses la station radio. »

« Je ne travaille plus pour vous. Si je suis venu, c'est seulement pour te dire ça. »

Max éclata de rire : « Tu es aussi stupide que l'an dernier. »

Josef avait envie de lui répondre, mais il lui sembla plus sage de ne pas prendre Max de front. Il partit et se mêla au flot des passants dans la 7e Avenue et remarqua, au bout de quelques mètres, que Max le suivait.

Il s'arrêta et leva les mains, comme s'il lui posait une question de loin. Max aussi s'arrêta. Ils se regardèrent, puis Josef se remit en route, toujours suivi de

Max qui finalement abandonna au bout de quelques centaines de mètres. Max aussi était stupide, autant que l'an dernier. L'Allemagne veut la paix. C'était ce qu'il avait prétendu l'an dernier. Et maintenant, c'était la guerre. Voilà ce qu'il aurait voulu lui dire.

Le soir il retrouva Lauren dans un fast-food non loin du Manhattan General Hospital où elle travaillait de nuit. On lui avait refusé une bourse pour la deuxième fois. Elle pensait que ses parents gagnaient trop d'argent. Il lui avait donné une autre explication : son ascendance allemande. Mais elle avait trouvé ça absurde.

Lauren bûchait simplement deux fois plus ; elle voulait financer ses études elle-même. Il ne la comprenait pas. À sa place, il serait retourné chez ses parents dans ce bel hôtel avec une piscine, un orchestre de danse, mais il ne lui dit pas. Il venait juste de mordre dans quelque chose à la consistance bizarre et au goût tout aussi bizarre, quelque chose qui rappelait l'enfance, les après-midi ensoleillés dans les forêts et les champs. Il détourna son visage et cracha dans sa serviette la feuille de salade à moitié mâchée. Il ne voulait pas regarder de près, mais il eut le temps de reconnaître la carapace écrasée d'un cafard. Lauren aussi avait vu. « Il faut le dire au serveur ! »

« Non, Lauren. Laisse ! »

« Mais c'est une faute, ils n'ont pas fait attention dans les cuisines. »

« Si. Ils l'ont fait exprès. »

Elle le regarda d'un air incrédule.

Il dit sur un ton conciliant : « J'aurais peut-être fait la même chose. S'en prendre aux Allemands. Cracher dans leurs assiettes. »

« Ne dis pas des choses pareilles, Joe ! »

« Quelles choses ? »

« Comme si tu ne prenais pas ça au sérieux. »

Il voulait maintenant lui raconter l'histoire avec Max pour lui prouver à quel point il prenait les choses au sérieux. Mais il avait à peine commencé à le lui dire qu'il sut que c'était une erreur. Le visage de Lauren s'assombrit. « Il faut que tu le signales. Tu entends ? Ils ne vont pas te lâcher. »

« On va attendre un peu, Lauren. »

« Mais tu avais promis ! »

« Il ne s'est encore rien passé », continua-t-il, mais cette fois sur un ton agacé. Et il repensa au film, il revoyait les agents du FBI, il entendait les bruits de fanfare.

Lauren le regardait.

Il fixait le mur en face de lui. Il se sentait mal.

Elle posa sa main ouverte sur la table, une invitation à ce qu'il pose la sienne dessus. Mais il ne le fit pas. Il chercha à saisir le regard du serveur, commanda un Coca et dit : « À l'Amérique. »

« À la paix dans le monde », dit-elle.

Une semaine plus tard, il s'engageait dans une petite rue adjacente, non loin du Manhattan Bridge. Max et Ludwig attendaient dans une camionnette blanche avec une inscription en lettres bleues : *Thirst Quencher*. Ils lui donnèrent l'appareil à moitié terminé.

Ludwig lança depuis le siège passager : « Nous avons pris Paris ! »

La portière se referma, il entendit le bruit du véhicule qui s'éloignait et il jeta un regard prudent sur le sac qu'il tenait à la main. Il savait qu'il devait s'en débarrasser. Il prit la direction du fleuve, mais au bout de quelques pas, il fit demi-tour. Il était préférable d'attendre qu'il fasse nuit.

Une fois rentré chez lui, il mit *After Hours*. Un blues langoureux où Avery Parrish égrenait ses notes comme avec ennui avant que l'orchestre de cuivres ne se fasse entendre. *Great*, se dit-il en remettant le morceau depuis le début. Il sentait la présence des murs et des objets, il sentait sa présence. Ici était sa vie.

Un bout de fil de cuivre dépassait du sac posé à ses pieds. Il le regarda un instant avant de détourner les yeux. Puis il se baissa, tira le fil et commença à faire de petites pattes aux extrémités, pendant qu'Avery Parrish tapait sur son piano. Quand il eut fini, il poussa le sac sous la table avec son pied. Il essaya de se rappeler comment il avait fait l'an dernier pour construire l'interrupteur. Finalement il n'y tint plus, il le sortit et ne put s'empêcher de sourire. C'était vraiment rudimentaire ; un simple interrupteur à pression avec une rondelle plate montée sur ressort, mais il suffisait d'un simple mouvement pour déplacer la lamelle et la poser sur le contact désiré. Ça fonctionnait. Il fit plusieurs essais dans un sens et dans l'autre. Puis il s'arrêta. Oui, il allait tout jeter dans le fleuve demain à l'aube. Il regarda les fils : ils étaient beaucoup trop longs. Ça allait provoquer des sifflements, s'ils bougeaient. Carl ! S'il envoyait l'appareil à Carl, ils pourraient discuter ensemble. Cela faisait quinze ans qu'il n'avait plus entendu la voix de son frère. Mais Carl ne savait pas émettre. Et de toute façon, l'appareil serait confisqué à la douane ou bien il n'arriverait jamais. Il avait lu récemment dans le *New York Times* que ceux qui écoutaient des radios ennemies étaient passibles de la peine de mort. Il avait du mal à y croire. Qu'était-il arrivé à ce pays où il était né ?

Il coupa par le milieu un câble trop long. Puis il chercha dans sa caisse à outils son fer à souder, du fil d'étain, une pince plate, une pincette, un poinçon, des pinces crocodiles, histoire de se remettre dans le bain. Il avait toujours aimé souder sans appui, cela demandait des mains qui ne tremblaient pas, mais ce n'était pas le cas aujourd'hui. Il alla à la cuisine, se versa un grand verre d'Old Monk, il sentit le rhum glisser dans son estomac ; un calme s'empara de ses bras et de ses jambes, il acquiesça à la musique de Duke Ellington, murmura plusieurs fois « fil d'étain, fil d'étain, fil d'étain », jusqu'à ce que le mot lui paraisse complètement absurde. Il prit un morceau de colophane qu'il avait acheté dans un magasin de musique, de petits cubes d'un brun sombre à l'éclat de verre, et il se mit à penser à des forêts, des forêts avec des hommes, des hommes qui couraient, s'enfuyaient, tombaient, mouraient. Il enleva la gaine de plastique à l'extrémité du câble avec une pince coupante et tourna les brins de cuivre pour qu'ils soient prêts à être soudés. Princess tournait autour de sa chaise, ses griffes crissaient sur le parquet, de temps en temps elle poussait un aboiement.

Sur le front, ils utilisaient des radios portatives. Il l'avait lu quelque part, et il aurait bien aimé voir à quoi ressemblaient ces petits appareils. Ce qu'il était en train de bricoler était trop volumineux et on ne pourrait pas le porter longtemps. Ou peut-être que si. Il n'avait jamais été sur le front, il ne savait rien des prouesses des soldats, il ne savait pas s'il serait capable de tenir le coup, des nuits entières à marcher sous la pluie, avec des vêtements trempés, des pieds écorchés et de la fièvre. Après la défaite de 1918, le service militaire avait été supprimé. Ensuite il était parti en Amérique. Il ferma les yeux. Il vit une forêt de feuillus. Il vit des visages, des mâchoires serrées sous des casques en acier. Il ne savait rien de la guerre. Il était assis sur un canapé dans un appartement à Harlem. Tout cela avait partie liée et il le ressentait pour la première fois.

Il chauffa les extrémités du fil avec le fer à souder. Puis avec la pincette il fit tomber quelques minuscules gouttes de colophane sur les contacts, se dépêcha de poser dessus le fil d'étain qui devint aussitôt liquide, s'enfonça entre les brins de cuivre et il les souda ensemble. Il n'y était encore jamais arrivé aussi bien. Mais ça n'avait aucune importance. Demain, il jetterait l'appareil dans le fleuve. Il imaginait les visages de Max et de Ludwig quand il leur dirait ce qu'il avait fait.

Il vérifia la solidité de la soudure en tirant sur les extrémités, puis il coupa proprement la gaine de plastique et la tira sur la soudure. C'était le moment qu'il préférait ; le plastique chauffé par une petite flamme fondait et épousait les brins de cuivre. Si les Allemands envahissaient l'Amérique, se battrait-il contre eux ? Oui. Se battrait-il aussi contre les Allemands sur le sol allemand ?

Il mit le disque de Fats Waller que lui avait offert Lauren : *Your Feet's Too Big*. Ils avaient ri de bon cœur et dansé. *Don't want ya 'cause ya feet's too big*. Il dansa, s'imaginant tenir Lauren dans ses bras, quelques mesures, et il se retrouva à la cuisine en train de se verser un autre verre d'Old Monk. Il chantait. Je vais le jeter par la fenêtre, non dans le fleuve, demain matin. Il savait qu'il avait besoin de trouver une explication pour Max. Il trouverait bien quelque chose. Dans l'appartement en dessous quelqu'un frappa contre le plafond avec un balai, il était déjà 2 heures du matin. Il baissa la musique puis commença à souder les connexions. Il soudait et vissait aussi allègrement que le jeu désinvolte d'Avery Parrish sur son piano. Jusqu'aux premières lueurs du jour.

Quand il se réveilla, il avait rêvé de tranchées. Il était allongé par terre entre le canapé et la table basse, le soleil dardait ses rayons sur son visage, l'air était embrumé. Il avait beaucoup soudé et beaucoup fumé.

À midi, Lindbergh passait à la radio. Dans l'imprimerie, les hommes firent tout d'un coup moins de bruit, ils arrêtèrent même les machines pour mieux entendre la star américaine de l'aviation qui mettait en garde l'Amérique contre une entrée en guerre. Lindbergh faisait partie d'un comité qui s'appelait *America First.*

Josef continuait à travailler, bien qu'il eût l'impression de ne rien pouvoir faire correctement ce jour-là, même pas se laver les dents, il faisait tout à moitié et dans un état cotonneux. Il cherchait toujours une occasion de faire une pause : pour aller fumer une cigarette, pour aller faire pipi ou prendre un café. L'Amérique devait cesser de se prendre pour le gendarme du monde, disait Lindbergh. Les hommes applaudirent. Quelqu'un lança : « *Sieg Heil.* » Éclats de rire. Josef regarda Arthur qui applaudissait aussi et qui, en le voyant, haussa les épaules.

« Ne t'énerve pas, Joe. Les choses vont se tasser d'elles-mêmes. Hitler n'a aucune chance à long terme, et les Allemands le savent bien. Il y aura sûrement un putsch pour le renverser, à un moment ou à un autre. Ce n'est pas la peine qu'on intervienne. »

Arthur sourit, ce qui énerva encore plus Josef.

« Peut-être qu'il vaudrait mieux que je me cherche un autre travail ? »

« Libre à toi. Mais qui va embaucher un Allemand de nos jours ? »

En août, Trotski fut assassiné au Mexique par des partisans de Staline. Lauren lui montra l'article. « Tu n'étais pas loin quand tu disais que Trotski était au Mexique pour préparer un grand chambardement communiste en Amérique. »

« Mais qu'est-ce qu'on peut croire aujourd'hui ? Est-ce qu'on peut faire confiance, par exemple, au Pacte germano-soviétique ? »

Elle le regarda. Elle arrivait parfois à le faire se sentir bête.

« Lauren ? » dit-il.

« Ah ! » dit-elle.

« Ah ? »

« Désolée, tu as raison. »

Jamais encore elle ne s'était excusée. Jamais encore elle ne lui avait donné raison. Ce soir-là, elle fouilla nerveusement dans son sac, se remit du rouge à lèvres et dit : « On peut y aller. »

Il y avait quelque chose qui n'allait pas. Elle avait quelque chose, elle semblait pensive et hésitante. Elle fixa la porte de l'appartement puis Josef.

« Qu'est-ce qu'il y a ? »

« Tu devrais aller voir le FBI, Joe. »

« On a déjà parlé de ça. »

« Tu dois y aller. Tu es obligé. »

« Obligé ? »

Elle évita son regard. Il toucha son épaule.

« Ils t'attendent. »

« Pourquoi ils m'attendraient ? »

« Parce que j'y suis allée. »

« Ils t'ont convoquée ? »

« Non, j'y suis allée de mon plein gré. Parce que je savais que tu ne le ferais pas. »

Il recula d'un pas, comme si on l'avait poussé.

« Je l'ai fait pour toi. Pour que ça s'arrête. Le FBI peut t'aider, ils me l'ont confirmé ! »

« Pour que ça s'arrête ? »

Elle fit oui de la tête. Il y avait quelque chose dans ses yeux. De la peur. Pas pour lui.

« C'était notre accord, Joe. Tu avais promis ! »

« Tu n'as donc pas confiance ? » dit-il presque à mi-voix.

Elle fila dans la chambre. Il savait ce qu'elle allait faire. Il le sut tout de suite. Il entendit le lit craquer, puis elle réapparut en tenant le carton où se trouvait l'émetteur.

« Et ça, c'est quoi ? Tu veux que je comprenne quoi ? C'est ça que tu appelles la confiance ? »

« Lauren, c'est un malentendu. »

« Un malentendu ? » Maintenant elle criait.

« Je voulais me débarrasser de cet appareil. Je l'ai pris uniquement pour qu'il ne cause pas de dégâts. »

Il se rendait compte en parlant à quel point il était peu crédible. Certes il avait toujours prétexté devant Max qu'il avait besoin de plus de temps. Il avait toujours espéré une autre solution que celle qui aurait consisté à détruire ce qu'il avait construit de ses mains.

Elle prit l'appareil à deux mains, le souleva et le laissa tomber d'un seul coup. Il ne se cassa pas. Il avait fait du bon travail. Elle commença à donner des coups de pied contre l'appareil qui, à un moment, se souleva presque à la verticale avant de retomber. Il éloigna Lauren. « Laisse. J'irai demain voir le FBI. »

Ce soir-là, ils ne sortirent pas. Il sentait que Lauren aurait préféré rentrer chez elle à Brooklyn. Mais elle lui tint vaillamment compagnie, but du whisky avec lui, ils écoutèrent Duke Ellington, mais tout cela lui paraissait vain et comme étranger, et il se disait qu'il se serait senti mieux dans une cellule vide.

Il était furieux contre Lauren.

« Tu leur as dit qu'on était ensemble ? »

Elle était assise sur le canapé en face de lui, jambes repliées, en train de lire. Elle fit signe que oui. Que savait-on finalement de l'autre ? Rien. Mais au moins elle avait honte, il le voyait à la façon qu'elle avait de rentrer ses épaules, de mettre ses pieds en dedans, comme si tout son corps voulait échapper à son regard.

Il passa la nuit allongé dans le lit à côté d'elle, sans dormir. Le temps s'était arrêté tant il s'efforçait de ne pas bouger, de contenir toute envie de se retourner pour ne pas réveiller Lauren. Ce temps qui le frappait en plein visage comme une vague, qui offrait en même temps une résistance et le prenait à rebours ! Et tout refluait et devenait profond, comme si c'était la nuit la plus longue de sa vie.

Une fois il eut l'impression de sentir comme de très loin puis se rapprochant à toute allure le contact de sa main sur sa hanche. Il s'était donc endormi. Mais cette impression fut immédiatement repoussée à la surface.

Le matin, quand il se réveilla, il avait mal à la tête. Lauren était déjà debout. Elle lui tournait le dos et s'habillait. Des épaules maigres, des hanches étroites, tout ce qu'il avait trouvé jusque-là charmant, il le voyait maintenant avec détachement. Il était blessé sans pourtant en être convaincu.

Ils se croisèrent à pas hésitants, entre la salle de bains et la cuisine, dans les petites activités du matin : faire du café, se laver les dents, aller chercher le journal. Il était obligé de nommer dans sa tête tout ce qu'il faisait, comme si c'était la première ou la dernière fois. Enfiler sa chemise, son pantalon, mettre sa cravate, ses chaussures, son manteau, son chapeau, prendre son passeport. Lauren était assise à la cuisine et feuilletait le journal, plongée dans sa lecture. Il sentait une violente douleur dans les côtes.

Lauren leva les yeux : « Je m'occuperai de Princess. »

Il frémit : « Alors tu penses qu'ils vont m'arrêter ? »

« Je ne sais plus ce que je dois penser. Peut-être que j'ai fait une erreur. »

New York, juin-août 1940

Ils se prirent dans les bras, sans se donner un baiser.

Peu après il s'engagea dans le 126e Rue en se demandant s'il reviendrait un jour ici.

31

New York, août 1940

Il ne bougeait pas, mais tout bougeait autour de lui. Il voyait des armoires pleines de dossiers, des machines à écrire, le parquet usé par les pas. L'agent colla le combiné contre son oreille et acquiesça d'un mouvement de tête. Josef avait dit qui il était, pourquoi il venait, et maintenant il restait là à attendre. Il retenait sa respiration et ça lui faisait mal, comme si ses côtes allaient se souder les unes contre les autres.

Il essaya de se tranquilliser en se disant qu'il était toujours un homme libre et qu'on ne l'avait pas tout de suite arrêté après la visite de Lauren. Visiblement, on ne le prenait pas pour un criminel. Elle avait parlé de « contact », rien de plus heureusement. Il entendit des pas rapides dans le couloir et son cœur se mit à battre plus vite. « Joe Klein ? »

Un homme avec une gosse moustache blanche était apparu dans l'encadrement de la porte. Il lui fit signe de le suivre. Ils empruntèrent un couloir et l'homme le fit entrer dans une pièce. Ce n'était pas une cellule ni une salle d'interrogatoire mais un bureau agréable avec une banquette dans un coin près de la fenêtre.

L'agent se tourna vers lui. C'était un homme d'une cinquantaine d'années dont les traits tombaient. On aurait dit un visage en cire fondue. Quand il souriait, ses traits remontaient un peu et cela lui donnait un air plein de douceur et de sagesse.

« Agent Ettinger. » Il tendit la main à Josef, lui montra le canapé et lui offrit une cigarette.

« Merci, c'est très aimable », dit Josef.

« Nous ne sommes pas la Gestapo. » Ettinger avait dit cette phrase en allemand avec un sourire. Josef esquissa de son côté un sourire prudent.

« Alors, racontez-moi un peu. » Ettinger avait repris en anglais. « À quand remonte le premier contact ? »

Il avait un bloc-notes posé sur ses jambes croisées et il sortit un stylo-plume.

Josef hésita. Était-ce un piège ? Avait-il besoin d'un avocat ? Comme il ne disait rien, Ettinger ajouta : « Écoutez, Joe, nous sommes au courant depuis un an. Depuis vos achats dans le magasin de pièces détachées dans Cortland Street. »

Ettinger tira une bouffée sur sa cigarette et le regarda. Josef sentit son cœur s'emballer et il essaya de ne rien en laisser paraître.

« Est-ce que j'ai besoin d'un avocat ? »

« Non, il suffit de tout me raconter », répéta Ettinger.

Il se sentit pris de vertige, sa bouche était sèche. Il se mit à parler de façon hésitante, chaque phrase pouvait être fatale. Il parla de la rencontre à l'Old Heidelberg, il dit les noms de Schmuederrich, Ritter, Dörsam, Duquesne, Max, Ludwig. Il ne savait pas si le mouvement de tête d'Ettinger à chaque nom cité signifiait qu'il connaissait déjà ces gens. Ettinger n'écrivait rien. Il regardait simplement Josef. Puis il écrasa sa cigarette et dit : « Max a été formé en Allemagne. Il devait recruter des agents subalternes à New York. Vous êtes sans doute l'un d'entre eux. »

« Vous en savez plus que moi », dit Josef.

« On ne sait pas tout. Vous pouvez me parler franchement. Dites ce que vous savez. Il s'agit de quoi ? »

Josef tira sur sa cigarette et sentit de l'agacement.

« J'ai été mis sur la touche l'année dernière. Je n'ai plus rien à voir avec eux. »

« Et l'appareil que vous êtes en train de construire ? »

Lauren leur avait donc parlé de ça !

« J'ai accepté de reprendre cet appareil pour qu'il ne fasse pas de dégât. En fait, je voulais le détruire. Mais c'était au-dessus de mes forces », dit-il presque à mi-voix.

Ettinger se mit à rire : « Ah bon ! Vous travaillez contre les nazis. Alors pourquoi votre amie vient vous dénoncer ? »

« C'était un malentendu. »

Ettinger hésita un instant, il prit une cigarette dans son paquet et dit : « L'appareil est opérationnel ? »

« Non. Il manque le quartz. Il est difficile de s'en procurer. Vous le savez aussi bien que moi. »

« Prenez le quartz de votre station. Faites en sorte que l'appareil soit opérationnel et donnez-le aux Allemands. »

« Mais pourquoi je ferais ça ? »

Ettinger se leva et lui appuya sur l'épaule. « Restez assis. »

Puis il sortit.

La rumeur de la rue passait par la fenêtre ouverte. Josef regarda le bout de ses chaussures. C'était l'occasion d'inspecter la pièce et peut-être même de regarder les notes qu'avait prises Ettinger. Mais il se rendit compte qu'il en était incapable. Il ne pouvait même pas se pencher vers le cendrier pour y déposer la cendre de sa cigarette.

Ettinger revint, accompagné d'une jeune femme qui portait un plateau avec du café. Elle lui demanda s'il voulait du sucre ou du lait, comme s'il était dans un café, alors que sa vie était en jeu. Une fois la jeune femme repartie, Ettinger reprit le fil de la conversation :

« Dites-moi ce que vous avez envoyé l'an dernier. »

Josef avait la nausée, mais il se força à prendre une gorge de café, ce qui ne fit qu'empirer les choses.

« Je ne sais pas. C'étaient des suites des chiffres. »

« Vous n'avez jamais posé la question ? »

« On me disait que c'étaient des informations que l'on pouvait trouver partout dans les magazines américains et même les journaux. »

Ettinger prit des notes pour la première fois avant de fixer Josef et de lui demander :

« Et vous y avez cru ? »

Josef réfléchit. Il ne savait plus ce qu'il avait cru ou non. Ça remontait à si loin. Un an en arrière. Il savait juste qu'il avait essayé de s'en tirer. Ça, il s'en souvenait.

« Je ne sais plus ce que j'ai cru, l'an dernier. »

« Je peux vous rafraîchir la mémoire. Vous avez assisté à des réunions de nazis. Vous êtes membre du Christian Front. Et vous avez imprimé des incitations à la haine. »

Il sentait son sang battre dans les tempes. Les grands murs blancs de la pièce semblaient émettre des vibrations, comme s'ils se rapprochaient. Goût de café et de nicotine dans sa bouche. Il sentit qu'il était sur le point de vomir.

« Pourquoi vous ne m'arrêtez pas ? »

« D'autres viendraient vous remplacer. Nous avons la situation en main. C'est pourquoi nous aimerions que vous livriez cet appareil. »

Josef fit oui de la tête.

« Et nous voulons que vous continuiez à faire comme avant. »

« Je ne comprends pas. Pourquoi continuer à faire comme avant ? »

« Quelle que soit la tournure des choses. Gardez le contact avec eux. Informez-nous de tout ce qu'il pourrait y avoir de nouveau. Vous vous en sentez capable ? »

« Je ne sais pas. Je peux y réfléchir ? »

Ettinger poussa un soupir et lui donna sa carte. « Vous pouvez réparer un certain nombre d'erreurs si vous nous aidez. Prenez la bonne décision. »

Il lui serra la main et un de ses collègues le raccompagna jusqu'à la sortie. Il aurait préféré être conduit en prison. À l'ombre. Tout au fond d'un trou. Ne plus penser. Plus rien.

Il prit le métro dans le mauvais sens et ne s'en rendit compte qu'au bout de deux stations. Il descendit pour reprendre la direction de Brooklyn. Il se sentait épuisé. Peu lui importait qu'on l'ait vu aller au FBI. Une heure plus tard, il sonnait chez Lauren. Le jardinet devant la maison était bien soigné avec des plantes grimpantes le long de la pergola et des rosiers.

Il la prit dans ses bras, mais plutôt comme on console un enfant. Puis il s'assit sur le lit et s'alluma une cigarette.

« Alors, raconte », dit-elle.

Il regarda par la fenêtre, même s'il ne voyait rien mais plongeait encore plus profond en lui-même.

Raconter ? Non, ce n'était pas lui. Il n'était pas cet homme qui était assis là et devait raconter ce qui s'était passé dans les locaux du FBI.

« Alors ils ne t'ont pas arrêté », dit-elle doucement.

« Non, ils ne m'ont pas arrêté. »

« Mais ? »

« Je dois continuer pour qu'il n'y en ait pas un autre qui prenne ma place. »

« Et c'est tout ? »

Il hésita. Il garda un moment sa cigarette au coin des lèvres, sans tirer dessus. Devait-il dire à Lauren que la FBI était depuis longtemps au courant de ses activités et qu'elle ne l'avait donc pas trahi ?

« Tu leur as parlé de l'émetteur. Pourquoi ? »

Elle tira un peu sur son foulard, elle était devenue rouge écarlate. Puis elle secoua la tête, perdue dans ses pensées, avant de le regarder dans les yeux : « Je me faisais du souci, Joe. Je ne savais plus qui tu étais. Pardonne-moi, Joe. Fais-moi de nouveau confiance. »

Il avait l'impression de comprendre quelque chose. Le problème était qu'il avait toujours trop fait confiance. Il avait besoin de se méfier davantage.

Il se leva et prit Lauren dans ses bras.

Quelques jours plus tard, il décida de faire ce qu'Ettinger lui demandait. Il appela Max et fixa un rendez-vous. Peu après il se retrouva dans la camionnette remplie de caisses et de bouteilles qui tintaient les unes contre les autres. Ludwig puait le schnaps et lisait une bande dessinée de Superman. Max lui cria tout en conduisant : « Le chef de la propagande a interdit Superman. Je t'avertis ! » et il rit tout seul de sa blague. Le véhicule brinquebalait. « Fais attention », lança Josef. « Si on est contrôlé, tout est foutu. Ou bien tu es capable de leur expliquer pourquoi tu roules à Manhattan avec un émetteur ? » Ces mots firent de l'effet.

New York, août 1940

Deux semaines plus tard, Ettinger lui fixa un rendez-vous et lui expliqua comment semer d'éventuels individus qui voudraient le filer.

La première voiture du métro était presque vide. Il monta, mais au moment où les portes allaient se refermer, il les bloqua avec ses mains et sauta sur le quai. Il prit le métro suivant, descendit à Grand Central, se fraya un chemin dans la foule et disparut de nouveau dans une bouche de métro. Il alla jusqu'à Whitehall Terminal et rejoignit à pied le point d'embarquement du ferry de Williamsburg.

Ettinger se tenait debout sur le pont supérieur. Des mouettes tournoyaient au-dessus de sa tête. Josef le rejoignit, regarda l'eau qui bouillonnait et attendit qu'Ettinger commence à parler. Le moteur vrombissait, ça sentait les gaz d'échappement. « Vous avez réussi à savoir ce qui se cache derrière l'opération *Sonnenstaub* ? »

« Non. Max aime bien faire comme s'il savait. Mais il aime jouer les importants. »

Il regarda Ettinger dans les yeux. Celui-ci gonfla les joues.

« Il ne vous fait pas confiance. Dites-lui que vous voulez faire quelque chose pour votre patrie. Tous les succès de Hitler en Europe vous ont convaincu. Dites que vous êtes prêt à émettre à nouveau. »

Les immeubles de Williamsburg se rapprochaient. Dans quelques minutes ils seraient à quai. Il allait descendre ici, Ettinger resterait sur le ferry qui le ramènerait. Des enfants sautaient dans l'East River avant de s'allonger sur les pierres chaudes de la jetée. L'été, l'eau, la chaleur, tel était leur monde.

« Sinon, il y a du nouveau ? »

« L'agent venu d'Allemagne a un grand bureau dans le Newsweek Building, dans la 42e Rue. Une société lui sert d'écran. Il fait venir chaque agent les uns après les autres. Je suis aussi convoqué. »

« Nous sommes au courant pour Sebold. Il est préférable que vous n'y alliez pas. »

« J'y renonce volontiers. Mais pourquoi ? »

« Restez loin de lui. »

Un marin à la peau burinée par le soleil préparait déjà le cordage.

« Comment savoir si je peux vous faire confiance ? »

Ettinger lui lança un regard désapprobateur. « On peut aussi vous renvoyer chez vous. Une fois là-bas, vous serez directement envoyé au front. »

« On va donc m'arrêter ? »

Ettinger fit signe que oui. « Évidemment. »

« Quand ? »

« Quand le moment sera venu. »

« Et vous m'aiderez, le moment venu ? »

« Je plaiderai en votre faveur. »

32

New York, septembre 1940

Il faisait la vaisselle en écoutant la radio et se demandait pourquoi il n'avait que deux choses de chaque : deux assiettes, deux tasses, deux verres. Mais ils étaient toujours utilisés, surtout quand Lauren était là, et il n'y avait donc jamais des montagnes de vaisselle à faire. Josef se dit que ça ne valait vraiment pas la peine d'acheter maintenant de la vaisselle. Il comptait les jours. Des jours qui se ressemblaient comme si ce n'était qu'une seule et même journée, et il ne savait pas ce qu'il attendait. Qu'ils soient tous arrêtés ? Que l'Amérique largue des bombes sur l'Allemagne ? Que Hitler envahisse l'Amérique ? En tout cas, il attendait quelque chose de grand, de décisif. Quelque chose qui permettrait un nouveau commencement, au lieu de cette impression diffuse de marcher vers une fin quelconque. À la radio, Lindbergh mettait une fois de plus en garde contre une ingérence dans le « conflit européen », lorsque Lauren sortit de la salle de bains, les cheveux mouillés. « Le sèche-cheveux est cassé. » Elle fixa brusquement la radio et Josef baissa le son.

« C'est incroyable qu'ils le laissent encore parler ! »

« Il paraît que le Lindbergh Drive de Buffalo va être rebaptisé », dit-il.

Elle hocha la tête et s'assit à la table de la cuisine avec un livre.

« Tu crois que s'il y avait une Joe Klein Street, ils la rebaptiseraient ? » Ses plaisanteries désespérées tombaient à plat. Elle se contenta de faire une moue. Il posa une tasse devant elle et lui versa du café.

Elle se plongea dans sa lecture. Elle disparaissait dans le livre, se glissait entre les pages. Le visage de Lauren changeait tout le temps, selon la perspective. Quand Josef pensait à elle, il voyait différents visages, et aucun ne s'imposait vraiment à sa mémoire.

« Pourquoi tu ne me quittes pas ? » demanda-t-il.

Elle sourit d'un air moqueur et posa sa main sur la sienne.

« Parce que tu serais tout seul. » Son geste, un jeu au départ, prit soudain une tournure grave et menaçante. Il voulut y couper court.

« Au fait, tu ronfles. »

Elle rit, stupéfaite : « Pardon ? »

« Tu ronfles presque toutes les nuits, ma chérie. »

Elle l'emmenait partout avec elle. Dans des galas d'œuvres de bienfaisance, des allocutions, des manifestations. Ce n'était pas toujours facile. Il se rendait compte que dès qu'il pénétrait quelque part, l'ambiance changeait. Parce qu'on voyait qu'il était allemand ? Lauren lui disait chaque fois que non. « Il y a suffisamment d'Allemands à New York qui sont contre l'Allemagne nazie, tout le monde le sait. » « Mais alors pourquoi ils me regardent comme ça ? » « Peut-être parce que tu es beaucoup plus vieux que moi. » Elle était gênée.

Ce soir-là, ils allèrent à une lecture dans une librairie allemande. Un écrivain exilé. Elle l'enviait de pouvoir tout comprendre. Mais lui ne se sentait pas à sa place. Il affichait un sourire crispé. Ce n'est qu'à la fin qu'il se mit à parler avec un certain Heinz, un Allemand lui aussi émigré dans les années 20, et lui aussi radioamateur. Il y avait des bretzels, mais quand le plateau arriva il n'en restait plus qu'un. Heinz le partagea avec Josef.

« Ça vous rappelle chez vous ? » demanda Lauren qui surgit juste à ce moment.

« On n'avait pas ça chez nous, en Rhénanie. »

« Il y a quelque chose qui ne va pas ? »

« Je n'aime pas ces soirées. Quels que soient les gens. »

« Tu n'aimes pas les gens ? »

« J'aime certaines personnes, mais pas quand elles s'entassent. Toi, je t'aime. »

C'était faux. Il n'aimait plus Lauren.

Cette nuit-là, il se cogna le petit orteil contre l'un des montants du lit. La douleur se fit attendre deux secondes avant d'exploser littéralement et d'irradier dans tout son corps. Quand il se remit au lit, il se lova contre le dos de Lauren. Parfois il n'était que ça : un corps se pressant la nuit contre un autre corps. Pas de désespoir, juste la dernière connexion qui le reliait au monde.

Le lendemain matin, Lauren lui montra le journal : « C'était ça, le tremblement de terre qu'on a senti hier. »

Il lut juste le titre : *27 morts, 25 disparus, 200 blessés lors de l'explosion de la fabrique de munitions Hercules dans le New Jersey.* Lauren indiqua du doigt l'article en dessous qui faisait le parallèle avec l'attentat de Black Tom perpétré en 1916 par des agents allemands. Il sentit sa gorge se serrer.

« Non, Lauren, non ! »

« Quoi, non ? »

« Les Allemands ne peuvent pas faire des choses pareilles. En tout cas pas les Allemands qui vivent en Amérique. »

Il se leva, faillit renverser sa tasse qu'il récupéra au dernier moment. Princess se mit à aboyer.

« Hitler est capable de faire bien pire encore en Europe, Joe. »

Princess n'arrêtait pas de japper.

« Il faut que tu partes maintenant », dit-il à Lauren de façon abrupte.

« Que je parte ? » Elle semblait attendre un geste tendre, mais il ne bougeait pas. Elle prit son sac à main, y fourra ses lunettes, fit un rapide tour d'horizon en veillant à ne pas croiser son regard et se dirigea vers la porte d'un pas décidé. Il sentit qu'elle hésitait un instant. Sa dernière chance. Mais il ne fit pas un geste.

La porte s'ouvrit.

Il l'entendit s'éloigner.

Il se rua sur le téléphone et appela Max.

« Oui, ça se fête ! »

« En bas près du fleuve. Tout de suite ! »

Il le retrouva près d'une pile du pont, jambes écartées, chapeau baissé sur le front, cigarette au bec. Princess lui fit la fête. Josef la rappela d'un ton sévère.

« Voilà, tu sais maintenant pour l'opération *Sonnenstaub.* »

« Vous êtes derrière tout ça ? »

« Je n'ai pas de comptes à te rendre. Tu es juste le radio. »

Il le dirait s'il le savait, pensa Josef.

« Cet attentat ! Tu tombes des nues. Avoue. »

Max jeta son mégot de cigarette. « Tu es de quel côté en fait, Josef? Fais attention à ce que ça ne se sache pas trop. »

À la pointe sud de la ville, on voyait un gros nuage de fumée, de poussière et de cendre. À l'imprimerie, l'explosion était dans toutes les bouches. La radio annonça que le nombre de morts avait augmenté : cinquante. Il semblait maintenant évident que les Allemands étaient derrière tout ça.

Il entendit qu'on l'appelait, puis Arthur lui tapa sur l'épaule. « Un appel pour toi dans le bureau. Je ne sais pas qui c'est. »

C'était Ettinger qui lui fixait un nouveau rendez-vous : « À 15 heures au bord de l'Hudson. »

« Je ne sais pas ce qui se trame. Je t'ai toujours dit qu'il y avait un truc pas net. »

« Ne te monte pas le bourrichon, Arthur ! » Il ne voulait pas entendre les théories d'Arthur. Il passa devant lui pour sortir, mais Arthur continuait, porté par l'enthousiasme menaçant de la découverte que rien n'arrête.

« Il s'agissait de tromper tout le monde. Faire diversion avec des amateurs. On se dit que les agents allemands sont des nigauds et qu'on a la situation bien en main. Et pendant ce temps, les vrais agents préparent des attentats. Votre mission a toujours été de faire diversion et d'amuser le FBI. Et vous ne le saviez même pas vous-même, ça aussi, ça faisait partie du plan. Qui aurait d'ailleurs envie de dire : Marché conclu, je joue le nazi idiot ? Non, ils prennent des vrais. Très futé. Ça ressemble bien aux nazis. »

« C'est absurde. »

Il savait que ce n'était pas absurde. C'était une bonne explication. Et si Arthur pensait ça, Ettinger le penserait aussi, lui qui voulait le voir dans une heure au bord de l'Hudson.

Peu avant 15 heures, il emprunta Vandam Street en direction du fleuve. Les petits vendeurs de journaux agitaient leurs gros titres. Il leva les yeux vers le ciel qui se découpait au bout de la tranchée d'immeubles. Deux hommes étaient debout près d'un banc en bois. L'un était Ettinger. L'autre, plus jeune, un peu replet, se retourna vivement quand Josef arriva. Il avait les yeux vifs et les lèvres humides. Mais Ettinger le retint par le bras et lui murmura quelque chose à l'oreille. Ils s'étaient mis de part et d'autre de Josef et longeaient le quai. L'heure n'était plus aux amabilités. Pas de cigarette non plus. Ettinger semblait le regarder d'une autre façon. Comme si Josef s'était joué de lui et en savait plus qu'il ne voulait bien le dire.

« Entre-temps le nombre de morts est monté à cinquante. Vous savez encore des choses, Joe. Parlez ! »

« C'est peut-être en rapport avec ce Sebold ? »

« Ça n'a rien à voir avec lui, je vous le garantit. Il faut que vous obteniez plus d'informations de Max. »

Il regarda Ettinger d'un air stupéfait et chercha à faire le lien avec l'entrevue précédente, quand ils avaient fumé ensemble en regardant la découpe des immeubles. Une certaine confiance. Une entente. Or cette fois, il n'y avait rien de tout cela dans le regard d'Ettinger.

Au cours du mois de décembre, il observa comment la lumière pénétrait chaque matin un peu plus tard dans son appartement et comment la nuit tombait toujours un peu plus tôt, refoulant peu à peu le jour. Les arbres avaient perdu leurs feuilles, New York se fondait dans un gris qui enveloppait tout. Le froid provoquait de petits nuages de vapeur devant les visages. Ils grossissaient puis se dissipaient. Il le voyait surtout quand il parlait avec Ettinger. Il se concentrait sur les petits nuages de vapeur dégagés par Ettinger et auxquels se mêlait la fumée de sa cigarette. Il se disait de plus en plus souvent : Mais arrête-moi donc, espèce de connard ! Cette petite voix dans sa tête, ces « Arrête-moi donc, espèce de connard » et les petits nuages de vapeur, c'étaient les seules choses dont étaient faites ces rencontres.

C'était lui maintenant qui conduisait la camionnette de Max. Ludwig s'était fait pincer en train de voler à l'étalage chez Macy's. Il avait sorti des cigarettes très chères de leur paquet et les avait fourrées dans sa poche. C'était Ettinger qui le lui avait dit. Max de son côté ne savait pas pourquoi Ludwig avait soudain disparu. Il avait fait entre-temps des progrès en morse et envoyait des messages, coincé entre les caisses de bouteilles, la bouche serrée. Josef conduisait la camionnette à travers Brooklyn, faisant attention à ne pas tomber sur un contrôle routier. Ettinger lui indiquait à l'avance les itinéraires les plus sûrs. Parfois il apercevait Ettinger dans la voiture qui les suivait. Il savait qu'ils écoutaient tout ce que Max envoyait.

Ce jour-là, un après-midi de plomb à Central Park, Ettinger arriva avec quelques minutes de retard. Il tenait dans sa main un cornet avec des marrons chauds et il en offrit à Josef qui en prit un poliment.

New York, septembre 1940

Le marron était si chaud qu'il crut entendre un crépitement en le touchant.

« L'explosion aux usines Hercules était un accident, Joe. »

« Alors arrêtez-moi maintenant, s'il vous plaît. » Il avait dit ça en allemand.

« Et pourquoi donc ? » répondit Ettinger en allemand.

« Parce que mon innocence est maintenant criante. »

Ettinger secoua la tête tristement. « Le moment n'est pas encore venu. »

Le lendemain, cela faisait les gros titres : *Le FBI doute qu'il s'agisse d'un sabotage orchestré par les nazis.*

Lauren, qui s'était comportée durant les dernières semaines comme s'il était personnellement responsable des cinquante-deux morts et qui lui présentait des articles de presse sur la marine de guerre, les uniformes, les cartes et les chars d'assaut, devint plus douce.

Il se sentait las, exténué. Mais c'est avec un certain soulagement qu'il monta le lendemain dans la camionnette de Max.

« Ce n'était donc pas un attentat ! »

« Pauvre imbécile ! » lui dit Max.

« Comment ça ? »

« Tu ne vois pas que c'est un mensonge du gouvernement américain, pour ne pas déclencher la panique parmi la population américaine ? »

Josef démarra. C'était une journée glaciale de décembre, les rues étaient verglacées. Dans la camionnette se mélangeaient des odeurs d'essence, de cigarettes et de sueur aigre.

« Ce n'était pas un attentat, tu entends ? » répéta simplement Josef.

« Espèce d'imbécile, tu gobes n'importe quoi ! *Sonnenstaub*, c'est Hercules. Basta ! »

« Ce n'était pas un attentat. » Josef criait maintenant.

« Calme-toi, petit. »

Dans Flushing Avenue, il aperçut dans le rétroviseur la moustache blanche d'Ettinger et sa peau rose de bébé. Ettinger conduisait ce jour-là une Austin noire. Le FBI lui mettait chaque fois une autre voiture à disposition. L'Austin le collait comme un aimant, avec juste trois mètres de distance, empêchant toute autre voiture de s'intercaler. Au carrefour de Knickerbocker Avenue, Josef accéléra. Ettinger accéléra aussi et ne fit aucun cas du feu passé au rouge. « Hé, fais attention », dit Max derrière lui. « Il ne faudrait pas qu'on ait des ennuis. »

Josef ralentit et passa prudemment devant un groupe de piétons arrêtés sur la bande blanche au milieu de la chaussée. Quand la rue fut dégagée, il appuya de nouveau sur la pédale des gaz. « Tu veux nous faire atterrir en prison ? » cria Max. Exactement, se dit Josef. Il voulait en finir avec tout ça. Il écrasa le frein. Crissement de pneus suivi d'un choc à l'arrière. Il s'était cogné le genou et sans doute aussi le bras.

New York, septembre 1940

« Bordel, Josef ! » Max était donc encore vivant. Lui aussi était encore vivant. Il prit une profonde respiration et attendit.

« Ce n'était rien », lança Max. « Continue. Nous ne sommes pas responsables. C'est lui qui nous est rentré dedans. »

« C'est justement pour ça qu'il faut attendre », dit Josef d'un air calme et concentré.

Max fulminait.

Josef ne bougeait pas. Il attendait. Le visage d'Ettinger apparut derrière la vitre, pupilles en alerte. Il cherchait quelque chose et surtout à savoir ce que signifiait tout ça. « *Mister*, pourquoi vous freinez comme ça tout d'un coup ? »

« Il y avait un chien », dit Josef d'une voix ferme.

« Voici ma carte. Nous réglerons ça sans avoir besoin d'appeler la police. »

Josef descendit. Il vit avec satisfaction qu'Ettinger reculait. Des passants s'étaient arrêtés sur le trottoir et regardaient la scène. L'Austin noire avait tout l'avant défoncé, quant à la camionnette, elle avait perdu son pare-chocs arrière ainsi que sa plaque d'immatriculation. Dans l'Austin était assis un autre homme et Josef crut voir qu'il tenait dans ses mains un petit poste émetteur, flambant neuf.

« Vous avez foncé sur la camionnette », lança quelqu'un.

« Prévenez la police ! » dit Josef.

« Vous êtes en train de tout foutre en l'air, Joe », lui murmura Ettinger.

Ils attendirent en silence. Ettinger jetait des regards interrogateurs à Josef. À un moment donné, il dit : « Réfléchissez. Il n'est pas encore trop tard », mais Josef détourna la tête. Quand un policier arriva, un quart d'heure plus tard, Ettinger dit : « Bon ! » et il alla à la rencontre de l'agent de police. Pendant ce temps, Josef se dirigea vers l'arrière de la camionnette et essaya d'ouvrir la porte en tirant de toutes ses forces sur la poignée. Il voulait que tout le monde voie ce qu'il transportait – pas uniquement des boissons mais un émetteur-récepteur. Mais la porte ne voulait pas s'ouvrir. Du liquide gouttait sur la chaussée. Ettinger parlait avec le policier. Il lui avait certainement présenté sa plaque du FBI. Le policier fit signe aux badauds de circuler. La situation devenait chaotique.

Josef remonta dans la camionnette et quand Ettinger passa devant lui, il l'entendit dire en allemand : « C'était une erreur. »

Suivi d'un soupir.

Josef se retourna vers Max assis au milieu des débris de verre. Il avait les mains pleines de sang. « Ce type n'est pas net. Tu paries ? J'ai le nez pour ça. Il a soudoyé le flic. »

« Tu es blessé ? »

« Je survivrai. Aucune comparaison avec *Sonnenstaub*. » Il émit un ricanement déplacé.

Josef avait mis le moteur en marche. Il l'éteignit à nouveau.

« Qu'est-ce qu'il y a ? » lui lança Max. « Démarre ! »

New York, septembre 1940

« Tu aimerais bien être le responsable de *Sonnenstaub*, non ? Tous ces gens morts ou déchiquetés ! »

« C'est la guerre, Josef. Tu ne sais pas ce que c'est, la guerre. Tu ne l'as jamais faite. Alors ferme ta gueule et emmène-moi à l'hôpital. »

Josef démarra. Des phrases tournaient dans sa tête. À partir de maintenant, ta vie va rétrécir, de plus en plus. Tu n'as plus aucun avenir en Amérique. Il sentit que quelque chose lâchait prise en lui et il se détendit.

La paix.

33

Buenos Aires, novembre 1949

Cela fait quatre semaines qu'il porte le même costume. Il n'a pas d'argent pour s'en offrir un nouveau et pas d'amis qui pourraient lui en prêter un. Il partage un trou à rat avec deux Argentins qui ont la bonté de le laisser dormir par terre. Sa malle est peut-être arrivée depuis longtemps, mais il ne peut aller la chercher sans le bon de fret. Il file tous les jours à la poste, mais il n'y a jamais de lettre de Carl, alors que ça fait cinq fois qu'il lui écrit en lui demandant chaque fois et de plus en plus instamment de bien vouloir lui faire parvenir le bon de fret ou du moins de trouver le numéro donné par l'expéditeur.

Il fait une chaleur accablante, pas un souffle de vent. Une pellicule de sueur est plaquée sur son visage. Cela fait trois fois en une semaine qu'il va à la laverie pour faire repasser son costume, mais ça ne sert pas à grand-chose tant le tissu est imprégné de sueur et de poussière. Il attend sagement derrière un rideau de guingois, en caleçon et en chaussettes, pendant que la jeune fille, imperturbable, passe le fer sur son costume.

Gracias, il connaît le mot. Tout comme : *hasta luego*. Il a un dictionnaire espagnol-américain qu'il préfère à un dictionnaire espagnol-allemand. Il a aussi des problèmes gastriques. Il mange dans des bouis-bouis de la soupe où nagent des morceaux de viande, et le lait est souvent tourné quand il le verse dans son café.

Il y a beaucoup de gigantisme et de géométrie dans l'architecture de Buenos Aires, mais pas autant qu'à New York, et il y a plus d'espace entre les immeubles. Sur les grands boulevards il entend les gens parler différentes langues européennes. Non loin de la poste se trouve une grande place avec un obélisque, une place bien propre avec une statue équestre, des fontaines, des bassins et des jets d'eau. Il y a là aussi des hôtels où chacune des fenêtres est protégée par une marquise blanche et arrondie telle une conque marine. Toutes les villes possèdent ces endroits qui font comme s'ils ne savaient absolument rien des autres endroits.

Son endroit à lui est à une heure de bus, dans une cité faite de maisons qui ne sont pas terminées et parfois déjà pillées. Il y manque toujours quelque chose : une vitre, une poignée de porte, une cloison. Des poules se promènent dans les rues en terre battue. La nuit, il y a des coupures de courant. *Villa miseria*, disent ses nouveaux amis. Il n'a pas besoin de traduction.

Peu importe de toute façon. Il n'a pas l'intention de faire de vieux os ici. C'est juste une ville parmi d'autres villes, avant qu'il reparte et retourne en Amérique.

Il se rapproche du port. La pause de midi est finie et les dockers se réveillent lentement de leur sieste. « Là-bas au bout », lui dit l'un d'eux quand il demande où se trouve l'Aduana Principal, la douane en charge du fret. Des noms sont marqués sur les coques des bateaux : Rotterdam, Londres, Bilbao, Gênes. Il passe au milieu d'un entassement de containers. Partout des gens dorment. Le Rio de la Plata est aussi boueux que d'habitude.

Il frappe à une porte en métal à moitié ouverte. Il entend un grognement et entre. L'homme derrière son bureau a les cheveux peignés en arrière et parle un peu anglais.

« Désolé. Il nous faut le bon de fret. » Il connaît ce genre de voix, impitoyable, définitive. Un ventilateur oscillant fait se soulever en rythme les cheveux bien lissés.

« Mais je pourrais voir moi-même ? »

« Il y a des centaines de containers ! De toute façon, je ne peux pas vous laisser entrer. Vous pouvez comprendre ça ? »

Non, il ne comprend pas.

Toutes ses affaires sont dans ce container : deux vieux costumes de Carl et deux paires de chaussures (qu'Edith a échangées contre une montre), un peigne, un rasoir, des torchons, un réveil, une lampe, une machine à écrire de voyage, des outils, de la saucisse.

Il erre à travers les rues. Il entend parler allemand. Il y a aussi beaucoup de magasins allemands : une pâtisserie Grossmann ; un magasin de fourrures W. Tolle ; la Casa Schill, une clinique du jouet ; le dermatologue Dinkeldein et la brasserie Adlerhorst. Jusqu'à présent il n'a parlé à aucun Allemand, même s'il les reconnaît à cent mètres. À cause de quoi ? Il ne sait pas, il les reconnaît tout simplement. Il les croise et essaye de se faire passer pour un Argentin.

Il devrait se rendre utile, avait dit Dörsam.

Dans une librairie allemande de l'Avenida Flores, il longe les présentoirs tel un fantôme, craignant à tout moment que le jeune libraire à lunettes le jette dehors comme un vulgaire vagabond. Il passe devant un panneau d'affichage : une chorale cherche des ténors pour chanter du Bach, un club d'échecs annonce les dates de ses tournois, réunion d'habitués au restaurant ABC (c'était là que Dörsam avait dit qu'il pourrait rencontrer Schmuederrich), aucune offre d'emploi ; on semble au-dessus de ça ici, ou bien ça fonctionne autrement. Ses doigts glissent sur le dos des livres. Parmi d'autres : *Un roman de Hambourg plein de ciel, de soleil et de mer. L'hygiène du quotidien.*

Tintement. La porte s'ouvre. Deux femmes entrent et brisent le silence qui règne entre le libraire et lui, même si elles ne disent que « Bonjour » et ne font que se murmurer parfois quelques mots à l'oreille.

Il prend un livre écrit par un Français : *Nuremberg ou la Terre promise.* Il lit sur la quatrième de couverture : *Tous les Allemands n'ont pas été des monstres comme Nuremberg veut nous le faire croire.* Une mouche atterrit sur sa main, il la chasse et repose le livre. Le jeune libraire arrive : « Tenez, ça vient juste d'arriver. » Josef prend la revue avec un hochement de tête, comme s'il savait de quoi il s'agissait.

DER WEG, Monatshefte zur Kulturpflege und zum Aufbau. Une revue allemande sur la culture et la reconstruction. Il commence à feuilleter : *N'est perdu que celui qui s'abandonne soi-même.* Citation d'un certain colonel Rudel, l'aviateur allemand le plus décoré de toute la Seconde Guerre mondiale et actuellement représentant de la société Siemens en Argentine. Un article se livre à un savant calcul pour prouver que six millions, ce n'est pas possible. *Il faut nous libérer de cette camisole qu'on nous impose de force. Nous savons que nos journaux mentent à longueur de page.* Il feuillette la revue jusqu'à la fin et voit qu'elle paraît en Argentine et en Allemagne. PROBLÈME D'ÉCHECS : Qui joue et met l'adversaire mat en deux coups ? Bien joué, messieurs… Il repose la brochure sur le présentoir et quitte la librairie en bredouillant un au revoir.

Une autre semaine passe. Ses trajets se limitent aux endroits où il peut laisser des ardoises. La jeune fille repasse maintenant tous les jours son costume. Une Sainte Vierge posée sur un petit autel domestique lève les yeux vers le ciel, comme si elle aussi en avait assez de lui. Les deux Argentins chez qui il loge ne vont pas tarder à partir. Ils ont trouvé un travail de journalier. Ils lui font comprendre qu'il peut venir aussi, gagner un peu d'argent et régler ainsi ses dettes. Il n'a pas envie. D'un autre côté, s'ils partent, il ne saura plus où dormir.

Un homme est riche en proportion du nombre de choses dont il peut se passer sans perdre sa bonne humeur. Autrefois, c'était sa phrase préférée de Thoreau, mais tout ça, c'est du passé. Plus il avance dans la vie, moins il est enclin à se fier à ce que pensent les autres.

Le dernier soir, il se laisse entraîner à un mariage par les deux Argentins. Il se saoule. Des épis de maïs et de la viande sur un feu de bois. Odeur suave. Il a l'impression d'avoir juste manqué une danse et de pouvoir de nouveau entrer sur la piste. Juste quelques foutues années derrière les barreaux, et de nouveau respirer. Mais comment ? Il ne sait plus ce qu'il doit faire de sa vie. Il a perdu le rythme et doit se caler sur cette impression qu'il éprouve ici, durant ce mariage célébré dans un quartier pauvre. Ici où il ne comprend que les mots *salud*, rhum, whisky et gin.

Une image revient et il ferme les yeux. Il a honte. C'était dans le *New York Times*. Il avait les épaules rentrées et ses mains étaient menottées. Et cet étrange petit sourire insolent sur les lèvres. Il n'a jamais compris pourquoi il souriait ainsi.

Ettinger le lui avait bien dit. Mais après l'accident il n'avait plus entendu parler de lui pendant six mois. Puis un jour il l'avait appelé : « Ce soir ! »

Josef avait soigneusement plié le pull-over de Lauren, l'avait reniflé, l'avait déplié, puis de nouveau reniflé.

À 20 h 30 ils avaient frappé à sa porte. Ils lui avaient passé les menottes puis étaient descendus avec lui jusqu'à la voiture. Il était monté et s'était retrouvé assis entre deux agents. Fin juin. Il faisait très chaud. Près de Grand Central, il avait vu à travers la vitre deux policiers en train de se tirer dessus avec des pistolets à eau. On entendait leurs rires en dépit des bruits de la circulation. Il n'avait pas été le seul à être arrêté ce soir-là. Ils avaient tous été arrêtés : trente-trois agents.

Le lendemain matin, de la poussière danse dans les cônes de lumière lorsque les deux Argentins mettent leur chapeau et prennent congé. Ils lui font comprendre que la prochaine fois, il devra payer.

Au numéro 545 de la Calle Lavalle, coincé entre deux immeubles se trouve le restaurant ABC. Petit avec un toit en tuiles, il ressemble à une maison en pain d'épice. À travers les vitres masquées à mi-hauteur par de petits rideaux, il peut voir des serviettes en tissu pliées sur les tables et de petites tasses remplies de *cortado*. Midi est passé. En entrant, il fait un signe de tête au serveur, se redresse pour signaler sa présence, regarde le gigantesque tableau accroché sur le mur du fond qui représente un paysage de montagne avec un château fort. Entre les lambris, il n'aperçoit personne qu'il connaisse. Pourtant un jeune homme se dirige vers lui au milieu des tables, comme s'il en savait plus sur lui qu'il n'en sait lui-même. « Vous cherchez quelqu'un ? »

Josef hésite. D'un autre côté, il n'a rien à perdre. Il lâche le nom de Schmuederrich. « Il ne sera là que demain soir », lui dit l'homme, avant de lui demander s'il est nouveau ici. Josef fait oui de la tête. « Vous n'avez pas de domicile ? »

Il n'ose pas faire encore oui de la tête.

« Je connais une pension où il y a peut-être une chambre de libre. Je vais vite donner un coup de fil. » Le jeune homme a bien sûr remarqué les hésitations de Josef et il ajoute avec un sourire : « C'est sans danger. C'est un couple allemand de la Sarre, les Griebel. »

La pension Aleman n'est qu'à quelques rues de là. Ils montent un escalier raide. Josef sent la sueur ruisseler sur sa nuque.

La porte s'ouvre. Ce doit être Mme Griebel. Derrière elle, sur une étagère : le buste du Führer. C'était donc ce qu'il voulait dire par : « C'est sans danger. »

« Le voyage a été fatigant, *Herr* Klein ? Tout s'est bien passé ? »

« Oui. C'est seulement ici que c'est devenu compliqué. »

« Vous êtes maintenant en sécurité. Vous avez réussi. Ici, vous ne manquerez de rien. »

« Excusez-moi, mais combien coûte la chambre ? Je suis un peu gêné en ce moment. Je n'ai pas encore de travail. »

« Ne vous en faites pas. Vous allez vite en trouver un et vous pourrez payer à la fin du mois. »

En haut règne une forte odeur d'essence. La pièce qu'on lui a attribuée vient juste d'être repeinte. Elle est claire et propre avec une table et deux chaises.

Au mur est accroché un tableau encadré, avec cette légende : *Pays de mon enfance dans le brouillard et la fumée, je te reste fidèle jusqu'à mon dernier souffle.*

Dans la petite salle de bains située dans le couloir, il se met de la mousse à raser sur le menton et se rase de près. Puis il va s'allonger sur le lit tout propre. Il pense à Edith pendant que des bruits inconnus viennent frapper son oreille : le brinquebalement d'un tramway, le chant d'un canari et quelque part une radio. Il ne sait même pas le nom du jeune homme qui l'a conduit jusqu'ici. Mais maintenant il sait ce qu'il est : un nazi en fuite.

Le lendemain, Schmuederrich se pointe devant sa porte avec deux bouteilles de *cerveza* bien fraîches. Il porte un costume clair et un chapeau de paille. Il a l'air d'avoir un peu maigri. « Tu es là, petit ! » Schmuederrich rit et découvre ses dents espacées.

Pendant un court instant il ne se passe rien, pas de poignée de main et bien sûr pas d'embrassade. Puis Schmuederrich franchit le pas de la porte. Il ouvre les bières et se met à raconter. Il travaille ici pour une association humanitaire qui envoie des colis en Allemagne : de l'huile, du saindoux, du lard, de la viande de bœuf, de l'extrait de viande, du fromage. Il s'occupe de la publicité et des relations avec les clients. C'est tout à fait sa partie, même si c'est loin d'être une promotion. Il vise plus haut, mais il ne peut pas en dire plus pour l'instant. La communauté allemande de Buenos Aires est très prisée et se serre les coudes. Tout le monde ici souhaite que l'Allemagne se libère des Alliés. Josef fronce les sourcils.

« Inutile de faire dans ton froc ! Cette fois on n'aura pas de problème avec le gouvernement. Perón adore les Allemands ! Sous l'égide des Allemands, l'Argentine va devenir la grande puissance de l'Amérique latine. On essaye de mettre la charrue avant les bœufs. Rien n'est encore perdu. Il va suffire de tirer les Allemands de leur dépression et de leur insuffler encore une fois de l'enthousiasme ! »

Schmuederrich sirote tranquillement sa bière. Il bavasse et appelle de temps en temps : « Ma petite Irma ! » C'est le nom de la logeuse. Elle déboule chaque fois en apportant de la bière et des sandwiches. Elle ouvre les fenêtres et amène un ventilateur qui se met à brasser l'air lourd de chaleur, d'odeur de térébenthine, de bière et de fumée de cigarettes. Josef se sent tout engourdi et perçoit les mots comme à travers un brouillard : constructeurs de fusées, généraux de l'aviation, physiciens, médecins, conseillers militaires, représentants de l'industrie allemande, anciens diplomates. Tous des gens importants qui n'ont pu rester en Allemagne et qui risquent d'être poursuivis en dépit de leur glorieux passé.

Ce n'est que lorsque Schmuederrich parle d'un job éventuel que Josef dresse l'oreille. À l'imprimerie Casa Schirmer, ils ont besoin de toute urgence de renfort pour la production des cartes de vœux, vu que Noël ne va pas tarder. Josef se fait expliquer en détail le chemin pour y aller. Il pourrait commencer dès demain. Schmuederrich lève son verre et trinque : « À la liberté ! »

Josef boit à grandes gorgées. Il espère que Schmuederrich va bientôt partir. C'est alors qu'il l'entend dire : « Tu devrais te rendre aussi utile chez nous. Nous allons renverser le gouvernement allemand. »

Josef détourne la tête : « Suis pas intéressé. »

« On t'a aidé. »

« Sans vous, je n'aurais pas eu besoin d'aide. »

« Tu sais ce que je crois ? Ta petite copine. Elle était du FBI. »

« Absurde ! »

« Si, si. »

« Non, Hans. Elle n'était pas du FBI. » Il sort et est accueilli par la lumière aveuglante du soleil d'après-midi. Lauren, c'est du passé. Ça remonte à une éternité. Douleur nouvelle. À chaque seconde qui passe.

34

Buenos Aires, Noël 1949

Il observe attentivement le groupe d'hommes. Leurs rires ressemblent à des hennissements. Schmuederrich les regarde avec ferveur. Inversement ils ne font pas du tout attention à lui, alors que deux d'entre eux sont des clients à qui il livre des colis CARE.

En attendant, Schmuederrich fait tourner son Martini dans son verre et montre la vue fantastique que l'on a depuis la terrasse jusqu'au Rio de la Plata avec ses reflets dorés sous le soleil couchant. Oui, c'est vraiment très beau chez les Schlüter : de magnifiques palmiers se dressent dans le jardin, une piscine ronde est entourée d'une couronne de chaises longues, un sapin croule sous les guirlandes.

M. Schlüter, un industriel allemand à qui la fortune a souri, se présente en costume traditionnel avec boutons en bois de cerf. Il leur fait un signe de tête – il est lui aussi un client des colis CARE – mais rejoint directement les invités les plus importants. Mme Schlüter, une femme mince et droite comme un I, vêtue d'une robe en soie verte, sourit aimablement en passant devant eux avant de disparaître à nouveau dans la villa où la sonnette de l'entrée n'arrête pas de tinter. La terrasse se remplit, quelques jeunes femmes avec de petits chapeaux à voilette s'installent à côté d'eux sans même leur accorder un regard et se mettent à jacasser. Elles se plaignent de la collection Dior qui vient d'être présentée à New York, superbe mais absolument pas pratique, même si elles l'ont adoptée ce soir : talons hauts, jupe tournoyante, taille de guêpe. Un tourne-disque passe des chants de Noël entonnés par un chœur d'enfants.

« Tu vois ce que je peux aussi te proposer ? Il n'y a pas que la prison ! »

Des gouttes de sueur perlent sur le front et les joues de Schmuederrich. Quand le soleil a disparu derrière les arbres, quelque deux cents invités ont investi la véranda et le jardin. Schmuederrich découvre ici et là des connaissances, en général en relation avec les colis CARE, mais il se contente d'un bref mouvement de tête, il veut rester disponible pour les gros bonnets. « Naturellement, ils sont tous arrivés après la guerre ! » On fait passer des boîtes de cigares. À gauche on parle de Dior, à droite on parle de la guerre. « Quelle erreur de vouloir démolir l'Allemagne, le seul rempart contre le péril rouge ! » « L'Amérique se fourre le doigt dans l'œil ! » La colère est surtout sensible contre les généraux qui se sont suicidés et sont considérés comme des lâches.

Buenos Aires, Noël 1949

Josef a un problème avec ses nouvelles chaussures. La semelle de l'une d'elles s'est décollée devant. Ça doit venir de la chaleur. Des chaussures bon marché. Il ne fallait pas s'attendre à mieux.

« Messieurs, des crackers et des cubes de fromage ? » Schmuederrich pose son verre de Martini, demande où sont les cigares et observe les gens. Il donne l'impression d'être tout aussi perdu que Josef qui remarque même que certaines personnes font exprès de ne pas les voir en passant devant eux.

« On t'appelle comment ici ? José ? » demande-t-il d'un air absent.

« Peu m'importe comment on m'appelle. »

« Ne te laisse pas faire. Moi, on veut m'appeler Juan ici. Pas de ça ! Les *putas* disent toujours ça. »

« Les *putas* ? »

« Les putes ! Il y a de jolies donzelles dans le coin. »

Un des enfants Schlüter gambade en chemise de nuit parmi les invités et se cache derrière les robes du soir des dames. La nounou vient le chercher, penchée en avant, les bras ouverts, elle l'attrape et ramène à la maison le bambin qui rit aux éclats.

« Tu en es où avec ton boulot à la Casa Schirmer ? »

« Ils n'ont pas prolongé. Ça se termine à la fin du mois. »

« Parce que tu causes trop de l'Amérique. À toujours dire que tu fais des économies pour y retourner. C'est même parvenu jusqu'à mes oreilles. »

« J'ai peut-être des problèmes avec le gouvernement américain, mais pas avec l'Amérique. »

Schmuederrich lève les yeux au ciel.

Lorsque Mme Schlüter frappe dans ses mains pour inviter tout le monde à passer au salon, Josef est obligé de lever haut le genou pour que sa semelle ne traîne pas par terre. Schmuederrich ne se rend compte de rien. Dans le salon dont les murs sont partout recouverts de tissu, un vieil homme dont le visage ne semble être fait que de deux énormes sourcils blancs et broussailleux attend près du piano à queue. « *Oh du goldenes Meer!* » lance-t-il. Émus, certains invités ferment les yeux. « *Oh ihr Sterne!* » poursuit-il. « *Wie ihr auf uns herabschaut und an uns denkt, wenn wir schon nicht mehr sind!* »

Arrive ensuite un homme avec des lunettes d'écaille qui se lance dans un exposé d'où il ressort que l'art abstrait est une impasse dans la mesure où il ne peut toucher l'âme humaine. Tout le monde d'opiner du chef. Les cendriers débordent, la bonne se faufile au milieu de l'assemblée et les vide un à un. L'érudit déplore que le spectre permanent de la publicité et les tangos hollywoodiens empêchent que l'on accueille l'art de façon tranquille et paisible. Les jeunes femmes en Dior se jettent des regards et gloussent doucement. Elles lui rappellent Lauren. Elle aussi pouvait rire de cette façon. À la fin, une dame aux formes généreuses chante un lied de Schubert : *Du bist die Ruh, der Friede du.* Puis on déclare le buffet ouvert. Schmuederrich s'éclipse et laisse Josef tout seul.

Il a mal à l'estomac. Il sort en claudiquant et prend son paquet de cigarettes. La terrasse est vide, mais le cercle des messieurs est toujours à la même place, comme s'ils ne se souciaient pas de ce qui se passe autour. Ils le toisent. L'un des messieurs a une prothèse à la jambe. Il est encore jeune et arbore un sourire impudent. Visage bien dessiné. Il l'a déjà remarqué tout à l'heure. Il ne sait pas s'il doit leur faire un signe de tête. Au moment où il décide de s'éloigner, il entend qu'on lui pose une question : « Où est-ce que vous avez servi ? » Il se retourne, doutant que l'on puisse s'adresser à lui. Il se dit que la question prononcée d'une voix rauque doit venir de l'homme qui a des mains soignées et très blanches et qui est le seul à porter un uniforme avec des décorations.

« Nulle part. Je vivais à New York. Et je ne m'en plains pas. »

« Nous pensions que vous aviez une blessure de guerre à voir votre façon de boiter. »

Josef se sent soudain gai et léger. « Ma chaussure est abîmée. La semelle s'est décollée. Je suis obligé de lever le genou pour qu'elle ne racle pas par terre. Comme ça ! »

Il lève le pied et reste sur une jambe pour montrer la semelle qui pendouille. Ces messieurs se mettent à rire. L'homme à la prothèse est celui qui rit le plus fort.

« Vous avez acheté vos chaussures ici ? »

Josef fait oui de la tête.

« Alors vous vous êtes fait gruger. »

« Elles étaient bon marché. Je voulais faire des économies, mal m'en a pris. »

« Il faut faire attention où l'on économise. Les chaussures, c'est important. Sinon, vous n'avancerez pas dans la vie. »

« Je m'en souviendrai. »

Il leur souhaite une bonne soirée et traverse la terrasse où il tombe nez à nez avec un Schmuederrich tout excité : « Ils te demandaient quoi ? »

« Où j'ai servi. »

Schmuederrich regarde les hommes toujours en train de discuter. On dirait qu'il se recueille un instant, puis tout d'un coup il lance d'une voix forte : « Il était interné ! À New York ! »

« Ah, votre adjudant n'est pas un agent du FBI ? Nous voilà rassurés. »

Éclats de rire.

« Et vous ? » lance l'un des hommes d'une voix forte, montrant par là qu'il est inutile qu'il s'approche.

« Nous avons travaillé pour l'Allemagne. Toujours patriotes. » Schmuederrich les regarde dans l'attente d'une réponse.

« Vous n'êtes pas arrivés à grand-chose là-bas ! Comment vous vous appelez ? »

Comme Schmuederrich ne répond pas, l'un des hommes dit sur un ton conciliant : « Mais c'est Hans Schmuederrich, celui qui nous vend des colis d'amour. »

Nouveaux éclats de rire.

Schmuederrich leur souhaite à tous une bonne soirée et va dans le jardin. Les hommes continuent de bavarder, riant parfois de façon moqueuse. « Il faut être indulgent. Ils ne savent pas vraiment ce qu'est le Troisième Reich » « Ils n'ont même pas eu le droit de porter des armes. » « On dit qu'il y a eu pas mal de traîtres. »

Des anges en papier d'argent sont accrochés aux citronniers. Un chat tigré leur donne des coups de patte et les fait danser. Le fleuve est plongé dans l'obscurité.

Josef quitte ses chaussures et marche pieds nus sur le gazon. Il voit Schmuederrich près de la piscine, il est assis sur une chaise longue et se penche pour attraper une cigarette qui roule sur le sol.

J'aurais dû te dénoncer, se dit Josef. Toi, moi, tous autant que vous êtes.

•

35

Ellis Island, mai 1946

Quand il se réveillait le matin, il voyait par la fenêtre la statue de la Liberté à droite. Elle était prisonnière, comme lui. Et chaque matin, c'était comme s'il la découvrait pour la première fois. Lorsqu'il était arrivé sur le transatlantique. Ce moment restait vivace durant toute la journée et seule la nuit effaçait tout. Le soir dans le dortoir, quand il se tournait sur le côté, il avait l'impression de tomber. Comme si la rumeur des bateaux de pêcheurs, le clapot des vagues le poussaient vers une falaise, le repoussaient, presque dans un au-delà.

Le matin, tout recommençait. À droite, la statue de la Liberté, au loin la ville qui semblait jaillir hors de l'eau avec ses tours lisses et sveltes serrées les unes contre les autres comme des gens retenant leur souffle dans un ascenseur bondé et faisant attention à garder leur calme et leur dignité.

Lorsque, contre toute attente, il fut transféré à Ellis Island à l'automne 1945, cela signifiait surtout qu'il allait revoir Lauren. À Sandstone, là-bas dans le Nord, elle n'avait pas pu lui rendre visite. Il l'avait bien compris et d'ailleurs ça lui convenait. Elle n'était ainsi pas obligée de le voir dans cet habit rayé de prisonnier, comme si les barreaux de la prison avaient déteint sur tout son corps.

Au fil des années, ils s'étaient de moins en moins écrit, mais toujours sans le moindre romantisme, dès le début. Les lettres étaient lues avant d'être distribuées. Il se demandait si c'était la raison pour laquelle ils laissaient de côté tout ce qui était intéressant et apportait un peu de chaleur.

Ses lettres étaient toujours adressées à Brooklyn, et il en déduisait que Lauren vivait seule. Pas de mari, pas d'enfants. Quelque chose lui plaisait là-dedans et il se demanda pourquoi. Une sorte de joie maligne ou bien l'espoir que tout pouvait recommencer ? Le pardon. Un nouveau départ, peut-être même que l'Amérique se montrerait accueillante à son égard. Tout recommencerait.

Il était maintenant tout près de Lauren et Lauren voulait lui rendre visite. Elle lui avait demandé si elle pouvait apporter quelque chose, une *bean pie* par exemple, et il avait alors su qu'elle viendrait vraiment. Quelques semaines avaient passé, mais c'était aujourd'hui qu'elle devait venir. La première fois qu'ils allaient se revoir après cinq années.

15 h 10 et il était toujours tout seul. La pièce s'était remplie. Il observait la porte et le gardien, et parfois il jetait un coup d'œil sur les mocassins bicolores de l'Allemand assis à côté de lui. Il discutait avec sa femme de la reprise d'un magasin de chaussures à Bushwick. Ils avaient deux enfants qui avaient de la chance que leur mère ne les ait pas emmenés sur l'île avec elle.

Il y avait là beaucoup de personnes jeunes. Dans le gigantesque hall d'enregistrement où on avait inspecté sa bouche, ses yeux et ses oreilles quand il était arrivé, il y a bien des années de cela, ils jouaient l'après-midi au badminton. Personne ne leur avait dit combien de temps ils allaient rester sur cette île. Et ce qui se passerait après. Les avocats empochaient l'argent et disaient ensuite, la mine contrite, qu'ils n'avaient pas eu de chance au tribunal.

Parfois lui revenait sa phrase préférée de Thoreau, que la bonne humeur de l'individu ne dépend pas des circonstances extérieures. Mais il avait commencé depuis longtemps à en douter.

Une femme au regard fureteur était arrivée, la tête un peu en avant comme si elle était myope. Elle s'arrêta devant lui et, debout, lui adressa un petit sourire. Il avait oublié de se lever et il décida donc de rester assis. Poitrine plus pleine, visage plus rond. Elle avait une mise en plis qui lui faisait une sorte de casque sur la tête. Ça lui donnait un air de ménagère. Elle avait maintenant trente ans.

« Il faut passer un tunnel et ensuite des tas de portes, avant d'arriver ici. »

« Je n'ai pas regardé l'heure », dit-il en essayant de comprendre ce qu'elle disait : elle parlait encore de son parcours pour arriver jusqu'ici.

Elle était si près et si différente qu'il ne pouvait pas la regarder dans les yeux. Il fixa le mocassin à côté de ses pieds et fit juste un signe de tête. Oui, il y avait un tunnel après le débarcadère du ferry, puis la salle où l'on était fouillé. « Mais ce n'est pas grave », s'empressa-t-elle de dire.

« Tu te teins les cheveux maintenant ? »

« Non, ça, c'est ma couleur naturelle. Tu n'as jamais remarqué que je me teignais les cheveux avant ? »

Il secoua la tête.

« *Managering* », dit-elle quand il lui demanda ce qu'elle faisait. « Mais je dois aussi mettre parfois la main à la pâte quand les femmes d'étage sont en retard. Un petit hôtel sur Long Island. » Qu'en était-il de son rêve de devenir journaliste ? Il n'osa pas lui demander.

Elle croisa les mains et les posa sur la table. Ces mains qu'il connaissait bien et qu'il avait si souvent touchées. Le vernis rouge était impeccable et il se dit que c'était pour lui. Elle s'était sûrement fait les ongles aujourd'hui. Et maintenant elle était assise là où ce n'était pas sa place, où ce n'était la place de personne, où on était simplement gardé. Soudain il vit tout en double, tout lui paraissait encore plus artificiel, cette île pareille à un coffre où ils étaient tous enfermés, et cette portion de liberté qui était logée dans Lauren et qui déboulait brusquement ici, cette relation avec l'extérieur, et il sentit à quel point elle en souffrait aussi : deux personnes assises l'une en face de l'autre, mais dont les conditions de vie étaient totalement différentes.

« Comment va Princess ? »

« C'est maintenant une vieille demoiselle. Elle est devenue dure d'oreille. »

Ils se sourirent. L'espace d'une fraction de seconde, il vit dans ses yeux quelque chose d'autrefois.

« C'était très important pour moi que tu la prennes avec toi. Comme si une partie de moi était restée libre. »

Elle l'observait attentivement pendant qu'il parlait, et il réalisa alors pourquoi elle le regardait comme ça : il parlait trop lentement. Comme si le temps qui s'était arrêté sur Ellis Island avait imprégné jusqu'à sa façon de parler.

« Comment va ta famille en Allemagne ? Tu as des nouvelles ? »

« Pas encore. »

« Il faut que tu leur écrives. »

Il joua l'émigrant attardé : « Moi avoir fait ça. Moi attendre réponse. » Elle eut un sourire indulgent.

« Et toi, ta famille ? » demanda-t-il par politesse. « Tes parents dans les Catskill Mountains, ils vont comment ? »

Elle fit un geste de la main pour évacuer la question, ce qui pouvait aussi bien signifier que ça ne valait pas la peine d'en parler ou que tout allait bien.

Ellis Island, mai 1946

Maintenant, c'était à lui. Soit !

Il regarda par la fenêtre les vagues qui se dressaient et s'abattaient. Une forme de calme, même si leurs mouvements n'étaient pas réguliers.

Il ne savait pas si sa famille en Allemagne vivait encore.

Il aurait pu leur écrire quand il était à Sandstone pour s'en informer, mais il avait eu honte d'écrire depuis une prison. Ce n'est que depuis qu'il était à Ellis Island qu'il avait osé leur écrire une lettre. Ça remontait à quinze jours. Camp d'internement, ça fait moins terrible que prison.

Il se pencha en avant. Il commença par les généraux. Pendant ses années de prison à Sandstone, il avait découpé tous les articles concernant leur exécution.

« Canaris a été exécuté en 1945 dans un camp de concentration. Canaris, tu sais qui c'était ? Le chef des services secrets. Il avait été mis sur la touche parce qu'on trouvait que ses actions n'étaient pas assez couronnées de succès. »

« Où tu veux en venir, Joe ? » dit-elle.

« Tu te souviens des agents nazis dans le film ? Ces espèces de gros lourdauds ? Tu crois qu'il n'y en avait pas de meilleurs quelque part ? »

« Tu veux dire quoi exactement ? »

Il se rapprocha encore et dit sur un ton de confidence : « Ils ont pris exprès des gens qui ne savaient rien faire ou des gens comme moi qui n'étaient pas volontaires du tout et qui ont ensuite tout déballé.

Ils ne voulaient pas que l'Amérique soit mise à feu et à sang. Ils ont toujours fait croire qu'ils soutenaient les projets de Hitler, mais en réalité ils travaillaient contre lui en secret. C'était une sorte de résistance. »

Elle semblait entendre en décalé et ne saisir que progressivement le sens de ses paroles. Elle lui adressa un sourire sans expression, comme si elle voulait lui donner encore une chance de laisser tomber ce sujet.

« Il y avait une opposition ! On n'a rien laissé filtrer ici pendant longtemps ! »

« Je comprends. Tu veux faire partie des bons. » Elle eut un sourire froid. Son rouge à lèvres avait un peu marqué le haut de ses incisives.

« Non, je veux savoir ce qui s'est passé ! » dit-il sur un ton indigné.

Elle s'éloigna un peu de la table, se tourna vers la fenêtre dont les vitres étaient rendues opaques par le sel.

Il la regarda, comme s'il l'implorait. Il avait imaginé ce moment différemment, plus facile.

Elle se retourna vers lui, un sourcil levé : « Joe, en ce moment en Allemagne, on ne parle que de résistance et d'opposition. À croire que tout le monde faisait de la résistance. Et toi aussi maintenant ? »

Il sortit alors l'article de journal qu'il gardait plié au fond de sa poche et le poussa devant elle, comme elle le faisait autrefois quand elle voulait qu'il lise un article.

« Regarde, Lauren. C'est écrit noir sur blanc. Durant l'été 42, huit saboteurs ont été débarqués sur les côtes américaines par un sous-marin. Ils n'avaient aucune formation, rien ! Canaris, le chef de l'Abwehr, a simplement dit : "On va perdre huit bons nazis." C'était un leurre. »

Elle lui jeta un regard de refus, presque hostile. Il n'avait plus rien d'autre à offrir, c'était son dernier atout, ces huit bons nazis.

« Il date de quand cet article ? Et qui l'a écrit ? »

« Le chef des opérations de sabotage, Lahousen. Il a donné une conférence de presse internationale en décembre 1945. » Il avait peur de la réaction de Lauren et il baissa les yeux vers les mocassins qui bougeaient nerveusement. Tout le monde était nerveux ici.

« Il dit ça après la guerre. Tout le monde peut dire ça et se mettre du bon côté. »

« Mais qu'est-ce qu'ils auraient pu dire avant ? Ces choses-là, on ne va pas les crier sur les toits ! »

« Joe, ça ne sert à rien de se raccrocher à des choses pour lesquelles il n'y a aucune preuve. »

Elle ne le comprenait donc vraiment pas ? Il eut un petit rire amer. Il aurait bien aimé se lever et partir, comme un homme libre, oui, il aurait été un homme libre durant ces quelques secondes où il quittait une femme, mais il ne pouvait que rentrer docilement dans sa cellule qu'il partageait avec d'autres.

« Lauren, j'ai tout perdu. Et je ne sais plus ce que je dois penser de moi. »

« Je peux l'imaginer. Mais ta théorie est une pure spéculation. »

Il la regarda, songeur. Bien sûr que tout était dans sa tête. C'était clair et lumineux et ça laissait une trace scintillante dans cette journée grise. Il se sentait humilié.

« Joe, même si c'était vrai, ça voudrait dire qu'ils ont sacrifié des gens. Six mois de plus et tu serais aussi mort maintenant. Tu aurais été jugé par un tribunal militaire. Ce ne sont pas des héros, les gens qui acceptent de faire des choses pareilles. »

« Je ne cherche pas l'héroïsme, je cherche la vérité », dit-il sans plus de force, si bien qu'il avait du mal à y croire lui-même.

« Vraiment ? Eh bien la voilà, la vérité. » Elle prit l'article en fit une boule de papier qu'elle laissa tomber sur la table.

Il regarda Lauren, atterré, essayant de l'imaginer en train de houspiller les filles de l'hôtel quand elles avaient oublié de changer une serviette dans une chambre.

Elle humecta ses lèvres puis avança un peu et dit sur un ton conciliant : « Tu ne sauras jamais quelles étaient les motivations des autres. Mais tu sais ce que tu as fait. Et si tu as quelque chose à te reprocher, apprends à vivre avec. »

Il ne se souvenait pas s'ils s'étaient dit adieu, mais il sentit soudain sa main dans la sienne. Oui, elle lui avait tendu la main, lui avait dit : « Bonne chance, Joe. Fais attention à toi. »

Ellis Island, mai 1946

Le sac en papier avec la *bean pie* était sur la table. Il le laissa là.

Quand il revint dans sa cellule, il vit l'écriture de Carl. Carl était vivant. La lettre était posée sur son lit, comme si son frère était soudain dans la pièce.

Il lut la lettre. Ils étaient tous vivants. Tous les Klein avaient survécu. Edith, les deux enfants et toute la famille à Düsseldorf et Aix-la-Chapelle.

« Tu es chez nous comme chez toi », écrivait Carl. Il savait que ce n'était pas vrai. Mais ces mots lui réchauffèrent le cœur.

Aussitôt il se mit à l'ouvrage et fit envoyer à Neuss, par le biais d'une agence spécialisée, un colis CARE. Du chocolat. Du café. De l'aspirine. Des saucisses. Du poivre. Du lard. De l'adhésif.

36

San José, Costa Rica, juin 1953

Il sent la chaleur s'abattre sur lui au moment où il sort. Tout ce vert partout lui brûle les yeux. Il regarde la rivière avec envie. L'eau est fraîche. Il y a déjà mis le pied une fois.

Il va frapper à la porte de Maria. Elle a une serviette nouée autour de ses cheveux mouillés et semble être contente de le voir pour ainsi dire en privé.

Maria l'a mis en garde contre les dangers de la rivière. Elle n'a jamais dit lesquels. Les crocodiles ? Les courants ? Aujourd'hui, il est venu lui demander.

« Elle est très profonde, Don José ! »

Il la regarde d'un air étonné.

« Huit mètres aux endroits les plus profonds, disent les hommes. »

« Mais je sais nager. »

« Mais elle est très profonde. »

Maria ne sait donc pas nager, c'est ce qu'il en déduit. Et elle ne sait pas ce que ça veut dire : nager.

San José, Costa Rica, juin 1953

« Ça n'a aucune importance la profondeur », lui explique-t-il. « On peut même se noyer dans un mètre d'eau. »

Elle se frotte les cheveux avec sa serviette et le regarde, comme s'il lui racontait des balivernes.

« Maria, se noyer, ce n'est pas comme de tomber d'un échafaudage où on a en effet plus de chance de survivre si on tombe de deux mètres plutôt que de six mètres. »

« Bon, eh bien, allez-y voir ! »

Il ne cesse de lui répéter les mêmes choses. Par exemple pour l'écureuil qui tourne dans sa cage et essaie désespérément d'en sortir. Pendant la journée, la cage est accrochée sous la véranda. Quand on s'approche, elle se met à tanguer furieusement.

« Il préférerait mourir plutôt que de rester enfermé », a-t-il dit hier à Maria. Mais elle fait la sourde oreille et pince les lèvres.

Il s'allonge de nouveau sur le lit. Il est petit, sans montant ni tête de lit. Il regarde le ventilateur tourner. Les pales brassent l'air en produisant un léger son aigu. Par terre son posées les cartes géographiques. Tout le Costa Rica est étalé autour de lui. Cartographier un pays. Les montagnes, les routes, les rivières, les habitations. Alternance de couleurs : bleu clair, vert tilleul, blanc coquille d'œuf.

Buenos Aires. Deux années bloqué dans une ville qui était soit boueuse à cause des pluies diluviennes, soit poussiéreuse à cause d'un soleil de plomb. Impossible d'y gagner le moindre argent si l'on n'était pas arrivé avec de l'argent. Il a démoli des maisons et repeint les clôtures des jardins de riches exilés. Tous des individus avec un passé ! Il a logé un temps dans la cabane de jardin de la maison de vacances d'un couple autrichien, un peu à l'extérieur de la ville. Il tenait le jardin propre. Tondre le gazon, tailler les haies, enlever les mauvaises herbes. Respirer, dormir, manger des haricots et du riz. Il se disait : maintenant je suis comme Thoreau dans sa cabane au milieu de la forêt. Deux années passées ainsi. Il retrouvait les Allemands quand il recevait une invitation par l'intermédiaire de Schmuederrich. Quand il eut économisé assez d'argent, il partit. Son intention était de retourner en Amérique en passant par le Mexique. Au Costa Rica, il se fit arrêter pour la première fois à cause de ses faux papiers. Il passa trois jours en prison. Oui, il était allemand. Ils envoyèrent un émissaire allemand. Ce dernier le crut, mais il avait besoin de preuves dont il ne disposait pas. Il finit par demander s'il pouvait téléphoner et appela Dörsam. Ce dernier connaissait quelqu'un sur place. Deux heures plus tard, il était libre et avait une adresse en poche. C'était celle de Maria. Et en plus, il avait obtenu ce travail à l'Institut géographique.

Musique du ventilateur. Il n'a pas fait grand-chose, juste farfouiller au milieu des cartes, les pousser, les déplacer, content de pouvoir encore faire ça. Il n'a pas encore complètement surmonté le vertige qu'il a eu dans le petit avion, un vieux biplan trimoteur. Ils travaillent en équipe, il jouit d'un grand prestige. Tout le monde l'appelle José l'*Americano*.

Il feuillette parfois le *Stern*. Il les a maintenant tous reçus sauf le dernier qui devrait arriver aujourd'hui. Il feuillette, il cherche, même s'il sait que son nom ne sera jamais cité. Ça ne lui déplaît pas, au contraire. Mais pourquoi Dörsam veut-il venir le voir ?

Il s'arrête un moment sur une image montrant l'entrée du Bund germano-américain dans le Madison Square Garden. *Mais ils le font en toute bonne foi et dans un évident sentiment de solidarité avec la terre natale.*

Touchant !

Parmi tout ça, des réclames : des femmes en train d'étendre le linge et montrant à quel point leurs serviette hygiéniques n'entravent en rien leurs mouvements ; d'autres femmes, mains sur les hanches, reins en avant mais le pied arrière légèrement replié, gage de distinction et de modestie, font de la publicité pour des collants.

Une auto arrive dans la cour. Le chauffeur est un jeune homme, cigarette au coin de la bouche, chapeau repoussé en arrière. Il descend et prend la pose : bras posé sur le toit de la voiture, regard dirigé vers Josef. Ce dernier lui fait un signe de tête depuis la véranda. Tout cela va lui appartenir un jour. C'est le fils aîné de Maria qui, à cet instant, sort en courant de la maison et saute au cou de son rejeton. Josef sent des effluves de parfum. « À lundi, Don José ! » lui dit-elle. Ça lui convient parfaitement qu'elle passe le week-end chez ses enfants en ville. Peut-être aura-t-il de son côté le courage, durant ces deux jours, de rendre sa liberté à l'écureuil.

Depuis la véranda il peut voir jusqu'au chemin qui passe devant la maison. Les trois chiens du voisin font leur promenade. C'est le soir. Le chien de Maria reste toujours attaché. Depuis la mort de son mari, il est devenu dangereux. Manifestement tout est dangereux ici.

Il entend parfois les halètements du chien, ça dépend d'où vient le vent. C'est simplement un chien de garde qui aboie quand quelqu'un approche. C'est tout. Maria lui a confié qu'elle avait un pistolet sur sa table de nuit.

Au début, le chien aboyait aussi quand Josef traversait la cour. Maintenant il reconnaît ses pas et reste tranquille.

Couinement des freins de la bicyclette du facteur. Il a déjà dans la main la grande enveloppe brune avec l'écriture de Carl. C'est le dernier numéro du *Stern*. Ça le rend d'autant plus nerveux que Dörsam a annoncé sa visite.

Il sent son cœur battre plus fort quand il ouvre le magazine. Il voit la photo des accusés au tribunal, encadrée par de la publicité : *Monsieur le professeur Scholl, spécialiste des semelles orthopédiques et rhumatologue.* Il est à droite et regarde de côté. Il regarde quoi ? Qui ? Lauren ? Il se souvient qu'ils faisaient tout pour éviter que leurs regards se croisent. Il se sentait vidé à l'intérieur, sans pouvoir marcher ni parler. Il se souvient des raclements des pieds, des murmures dans la salle, il se souvient du juge Mortimer Byers. Il se souvient de la chaise vide et des chuchotements : Où est Sebold ? Il était le seul absent dans ce tribunal, cet homme qu'il n'avait jamais rencontré grâce à Ettinger. Sinon il aurait peut-être écopé d'une peine plus lourde encore. Le bureau de Sebold était en fait un piège. Derrière une glace sans tain, un agent du FBI filmait tous ceux que Sebold faisait venir dans son bureau. Il se souvient des films montrés durant le procès. Tous ces agents qui débarquaient dans son bureau, les uns après les autres. C'était la première fois qu'on voyait une telle chose, et le lendemain tous les journaux parlaient de cette spectaculaire méthode qui avait permis de démasquer tous les espions.

Le seul à ne pas apparaître dans les films, c'était lui. Ettinger avait disparu, tout comme Sebold. Et lui Josef se retrouvait assis au milieu de trente-deux nazis et il n'arrivait pas à ouvrir la bouche.

Il déplia prudemment la lettre de Carl.

Comme ça fait quelques jours que je n'ai rien reçu de ta part, je me dis que tu es en train de m'écrire ce que tu m'as promis.

Non, il a simplement commencé. Carl lui a demandé de lui expliquer enfin tout en détail.

Les autres lettres sont des doubles. Carl envoie des lettres à tout vent, aux journalistes, à la rédaction du *Stern*, aux agents survivants…

Cher M. Thorwald, mon frère qui erre à travers le monde sans papiers… puis-je solliciter votre aide pour… nous devons unir nos forces…

Josef avale sa salive. Il a besoin d'un peu de répit et met un disque de Duke Ellington.

Un peu plus tard, il fixe longuement une photo de Nikolaus Ritter et repense à l'Old Heidelberg. Ces cheveux gominés, ce large sourire satisfait. Ritter doit être en train de se pavaner devant les journalistes dans sa maison de Hambourg, et de raconter ses souvenirs. Tout va pour le mieux pour ce brillant négociant. Il doit expliquer comment il a aidé la juive Lily Stein à sortir du pays en échange de quelques menus services pour l'Abwehr.

Tout en bas d'une page, son regard tombe sur la lettre d'un lecteur. Un ancien agent suppose que l'échec des opérations d'espionnage faisait partie d'un calcul. Tiens donc ! Il n'est apparemment pas le seul à avoir eu cette idée.

Il pousse un soupir et referme le magazine. Tout ça, c'est du passé.

37

San José, Costa Rica, juin 1953

Ricardo compte encore une fois. Quatre bouteilles de soda. Deux briques de lait. Cinq bananes. Il tapote du doigt chaque objet qu'il compte. Il recommence depuis le début et rajoute une banane pour que ce soit plus facile à compter. Ses lunettes sont sales et un verre est fêlé au milieu. Il fait tout avec une extrême lenteur qui a le don parfois d'exaspérer Josef ou parfois au contraire de lui transmettre un profond sentiment de paix.

Il se souvient des mouvements rapides d'Edith. Sa façon de tirer même la porte derrière elle avec son pied, le pain coincé sous le menton et la lessive sous le bras.

Avec Ricardo, il réfléchit bien à ce qu'il va lui faire prendre sur les étagères. Il lui arrive de raccourcir la liste des courses parce que tout va trop lentement à son goût. Ricardo ne fait qu'une chose à la fois. Inutile de lui demander trois produits qui sont pourtant posés côte à côte sur les étagères, par exemple du riz, des lentilles et des haricots. Il ne reviendra de toute façon qu'avec un seul paquet.

Chaque chose retrouve avec lui sa dignité propre. Ici la semoule. Ici le tabac. Ici le lait.

Oh, comme il aime ça maintenant !

Sur le chemin du retour, il est doublé par une voiture qui laisse derrière elle un gros nuage de poussière. Il bloque sa respiration. La voiture passe devant le vieux pochote tout hérissé d'épines et qui a poussé tellement de travers que personne n'a le cœur de le couper.

La voiture qui l'a dépassé est arrêtée devant l'entrée du jardin. Un taxi. Dörsam est déjà descendu et lui dit en levant un cornet de crackers : « Vous habitez là, n'est-ce pas ? »

Josef le précède jusque sur la véranda : « Asseyez-vous, monsieur Dörsam. »

« Vous savez », murmure Dörsam, « vous vous faisiez assez rare à Buenos Aires, mais je n'ai entendu que du bien à votre sujet. Vous ne rechignez pas devant le travail. Vous mettez toujours du cœur à l'ouvrage. Les Allemands vous doivent tous leurs clôtures repeintes à neuf. Et comment ça se passe à l'Institut géographique ? Ça va ? »

Où veut-il en venir ? Il sait qu'il a un bon travail grâce à lui.

« Je n'ai pas à me plaindre. »

« Vous n'avez jamais eu à vous plaindre. Tout a toujours bien marché pour vous. »

San José, Costa Rica, juin 1953

La chaleur de midi a pris ses quartiers sous la véranda. Josef va à la cuisine, sort deux verres, hésite, met encore des glaçons dedans avant d'y verser de l'eau. Une idée lui traverse l'esprit : il pourrait saisir Dörsam et le faire passer par-dessus la balustrade, ou bien aller chercher le pistolet de Maria, lui mettre une balle dans la tête et le jeter dans la rivière. Elle est profonde.

Quand il revient, il voit que Dörsam a quitté sa veste et même baissé ses bretelles.

« Cet automne, il va y avoir des élections législatives en Allemagne », dit Dörsam en mâchant. Il offre des crackers à Josef qui fronce les sourcils. Il voulait simplement le tenir au courant. Le candidat du Deutsche Reichspartei est Rudel. « Vous l'avez vu à Buenos Aires. Celui avec une prothèse à la jambe. »

Josef ne sait pas s'il doit opiner du chef ou éclater de rire.

Dans la cour, le chien aboie.

« Vous avez eu vent de la série de reportages dans le *Stern* ? » dit Josef en profitant de cette interruption. « Ce n'est pas pour ça que vous êtes venu ? »

Dörsam le regarde d'un air étonné. Josef se lève, va chercher les magazines et les pose sur la table. Dörsam se penche et les feuillette. « Notre engagement mérite la reconnaissance qui lui revient. Oh, regardez-moi ça, Kristina Södermann a fait un nouveau film ! »

« Ça ne vous évoque rien d'autre ? » La voix de Josef est inhabituellement forte, presque stridente. Dörsam repose le magazine, se tourne et regarde par-dessus la rambarde de la véranda. Partout la jungle. Du vert. Les feuilles des bananiers pendent mollement comme des drapeaux alanguis. Dörsam n'a toujours pas répondu. Peut-être qu'il n'a pas entendu.

« Vous nous avez utilisés », dit Josef.

« Utilisés ? » Dörsam fait aller et venir un glaçon dans sa bouche avant de le croquer.

Josef passe une main sur son front et décide d'aller droit au but : « Pourquoi êtes-vous venu au Costa Rica, monsieur Dörsam ? »

Dörsam se renverse en arrière. « Je dois voir encore d'autres Allemands ici. Je veux savoir sur qui je peux compter. Si nous gagnons cet automne et ramenons l'Allemagne au premier plan, serez-vous des nôtres ? »

« Non, monsieur Dörsam. »

Dörsam hoche la tête. Il n'a pas l'air déçu. Il s'extasie sur la magnifique vue que l'on a depuis la véranda. « Vous êtes vraiment bien ici ! Un vrai petit paradis sur terre. Peut-être qu'un jour je viendrai aussi m'installer au Costa Rica. »

Peu après, Dörsam se lève et remet lentement sa veste. « Faites-vous installer une climatisation ! » et il descend les marches à pas lents, suivi de Josef qui l'entend soudain hausser le ton :

« Regardez-moi ça ! Ces indigènes ! Ils ne savent même pas qu'on ne peut pas garder un écureuil en cage. »

« Monsieur Dörsam ? »

Dörsam continue et se contente de tourner la tête : « Oui ? »

San José, Costa Rica, juin 1953

« À l'époque, je suis allé voir le FBI et je leur ai parlé de nous. »

La main de Dörsam est déjà posée sur la poignée de la portière. Il se tourne brusquement : « Au fait, j'allais oublier. Vous avez le bonjour de Schmuederrich. »

« Dites-lui aussi bonjour de ma part. »

Le taxi disparaît dans un nuage de poussière. Il ne voit que ce temple de fumée qui monte dans les airs, spectre qui lentement retombe, tandis que le ronflement du moteur s'éloigne et que les bruits de la jungle reprennent le dessus : glouglous, gazouillis et pépiements.

Un morceau de cracker est resté coincé entre ses dents.

Le soir il écoute une radio allemande à destination de l'étranger. Elle émet depuis Cologne mais c'est si net qu'on dirait qu'il s'agit d'une radio locale. Il regarde la lettre qu'il a commencée hier. Il a recommencé plusieurs fois. Je vais continuer ce soir, se dit-il. Ou bien la refaire. Je vais tout t'écrire, Carl, afin que tu comprennes tout.

Puis il barre la dernière phrase.

Je ne sais pas si je peux t'expliquer tout ça. Je crois que j'ai simplement été trop bête. Et que maintenant il est trop tard.

Mais ça aussi il le barre.

Un orage se lève. Coupure de courant. Le ventilateur du plafond fait encore un dernier tour. Le ciel s'assombrit, les arbres commencent à se balancer. Debout sur la véranda, il profite du vent frais et du silence. Silence suspendu. Tout se recentre.

Le lendemain, il est réveillé par un scritch-scratch régulier qui le chasse hors de ses rêves. Maria est rentrée. Elle est assise sur les marches de la maison et arrache les feuilles d'une énorme plante aromatique. Elle en a tout un tas à ses pieds. Scritch-scratch. Ce bruit le déstabilise. Comme s'il venait de faire une erreur.

Il sort du lit, s'habille rapidement et descend la rejoindre. Elle l'accueille avec un grand sourire ! « Don José, vos cheveux sont trop longs. Je pourrais vous les couper, si vous voulez. »

« Avec plaisir. » Il hésite puis dit d'une voix ferme : « Mais d'abord, il faut qu'on relâche l'écureuil. »

Le sourire de Maria se fige. Mais soudain, à sa grande surprise, elle accepte et fait un geste vers la cage. Il va la chercher et la porte jusque devant la maison. Maria s'accroupit et observe l'écureuil. Il est accroché de tout son long à la grille, ses petites griffes agrippées aux barreaux. Bref échange tranquille de regards, comme si l'animal savait.

« Il ne sera jamais loin, Maria. Il va s'installer ici dans le jardin. »

« Il va prendre le large. »

« Oui, peut-être. »

Elle ouvre la petite porte et un arc vibrant de fourrure traverse l'air et disparaît dans la jungle. Rapide et agile comme une bonne idée qui vous traverse l'esprit ; léger et rapide comme l'air. Où a-t-il vu ce magasin d'appareillage électrique en ville ? Il lève les yeux. Oui, il serait possible d'installer une antenne sur le toit.

« Don José ? » Maria sort une clef de sa poche. « C'est la clef du garage à bateau. Vous pouvez prendre le bateau et aller pêcher. Comme les hommes du coin. Mais soyez prudent. »

Peut-être va-t-il rester ici.

Remerciements

Pour la partie historique, je remercie Florian Altenhöner, le professeur Wolfgang Krieger, Christoph Selzer et Monika Siedentopf. Ainsi que Barry Moreno et Kevin Daley du Ellis Island Immigration Museum et les radioamateurs du Chaos Computer Club de Berlin. Je remercie aussi Ernst Vranka (OE3EVA), qui a attiré mon attention sur quelques erreurs techniques – tout n'a pas pu être transposé de façon littéraire et je prie les radioamateurs de bien vouloir m'en excuser !

Pour les discussions et leurs lectures attentives, je remercie ma lectrice Corinna Kroker ainsi qu'Isabel Fargo Cole, Hannah Dübgen, Rolf-Bernhard Essig, Lucy Fricke, Karin Graf, Christian Jeukens, Sünje Lewejohann, Inger-Maria Mahlke, Lydia Mechtenberg, Klaus Sellge, Liliana Marinho de Sousa.

Des remerciements particuliers à ma mère qui, pour moi, s'est souvenue de tout.

Imprimé en France par
CPI BRODARD & TAUPIN (72200 La Flèche)
en décembre 2020

pour le compte des Éditions J.-C. LATTÈS
17, rue jacob – 75006 Paris

PAPIER À BASE DE FIBRES CERTIFIÉES

JC Lattès s'engage pour l'environnement en réduisant l'empreinte carbone de ses livres. Celle de cet exemplaire est de : 900 g éq. CO_2
Rendez-vous sur www.jclattes-durable.fr

N° d'édition : 01. – N° d'impression : 3041454
Dépôt légal : janvier 2021